JN059714

遠藤周作探究——II

遠藤周作『深い河』を読む

マザー・テレサ、宮沢賢治と響きあう世界

山根道公

日本キリスト教団出版局

装画　斉藤　泉
装幀　長尾　優

「遠藤周作探究シリーズ」刊行によせて

百年前に生まれた遠藤周作は、人間の弱さや哀しさに共感する小説やエッセイによって、戦後の日本で様々に生き悩む人たちの人生に寄り添い、幅広い世代の人たちに愛読される国民的作家となった。一方で、『沈黙』に代表される日本人とキリスト教をテーマにした純文学長篇作品によって国内の主要な文学賞も受賞し、「キリスト教徒による今世紀最高の正統的物語」（ジョン・アップダイク）と賞賛されるなど、二十世紀を代表する国際的な日本人キリスト教作家となった。

彼の代表作『沈黙』は累計二百万部を超えて読み継がれる戦後の日本文学の名著になり、世界文学としても約三十か国で翻訳出版され、英ガーディアン紙の「死ぬまでに読むべき必読小説1000冊リスト」（二〇〇九年）に選出されている。さらに、累計百万部に及ぶ評伝『イエスの生涯』をはじめ、『私のイエス』『キリストの誕生』などは今も読み継がれ、多くの日本人をイエスとの出会いへと導き続けている。『おバカさん』のモデルで知られるネラン神父が、遠藤の追悼文で「彼の作品を読んだ大勢の人々が、キリストに興味を抱くようになったし、彼の影響で洗礼を受けた人も少なくない」「パウロ遠藤周作は、異邦人の使徒であるパウロの模範的弟子であった」と語る通りである。

なぜ、キリスト教とは馴染みの薄い二十世紀日本の地で、世界的に高く評価されるキリスト教芸術（文学）を創造する、そしてかつ日本の生き悩む多くの人を励まし、イエスとの出会いへと導く、そんな稀有な作家が誕生し得たのか。その作家の謎に迫りながら、その文学を丁寧に読み解くことで、二十一世紀に入っていっそう深まる現代人の孤独と宗教を背景とした文明の対立といった闇の中にあって生き悩む私たちへの遺書のような作品から、どのような光を受け取ることができるのかを本シリーズでは探究してゆく。

それによって、遠藤の文学作品が、混迷する時代の中で次の百年もどのように読み継がれる価値を有するものであるかを明らかにできればと願っている。

遠藤周作生誕百年記念の年に

著者　山根道公

＊目　次＊

※本書は、『遠藤周作『深い河』を読む　マザー・テレサ、宮沢賢治と響きあう世界』（朝文社、二〇一〇年）を加筆修正（序章は差し替え）した上で改訂復刊したものである。

第一部　『深い河』を読む

女神チャームンダー像
（ニューデリー国立博物館蔵／山根道公 撮影
本書 128 頁以下参照）

序章　夕暮の眼差し——『深い河』創作日記」に触れて

1

遠藤周作の文学を思うとき、私には心に浮かぶ一つの詩がある。

石

ながい間からだが悪るく
うつむいて歩いてきたら
夕陽につつまれたひとつの小石がころがつてゐた

これは、キリスト教詩人八木重吉の晩年——と言っても二十九歳で結核で夭折するのだが——の詩である。
体調が悪く夕暮の道をうつむいて歩いていた重吉は、ぽつんと道端に転がった一つの小石が明るい夕陽にあたたかくつつまれているのをふと眼にする。それと同時に黒く落ちた自分の影を見て歩いていた重吉は立ち止まり、自分も小石と同様に夕陽につつまれていることを背中のあたたかさで感じながら、病んで孤独に思える自分も本当は神の恩寵の光にあたたかくつつまれているのだと気づかされた自分の姿をこの小石に重ねて見ているのだろう。遠藤文学には、人生の挫折や重荷を背負ってとぼとぼとうつむいて歩く人物の落とす黒い影が描かれる。しかし、その黒い影は夕陽につつまれたこの小石ゆえの影であるといえまいか。この夕陽につつまれた小石を見るように人間や人生を見る眼差し、それを「夕暮の眼差し」と呼びたいと思う。

人にはその存在の根底に刻まれた魂の原風景がある。そして作家のなかには、その魂の原風景が生涯を通して無意識のうちによみがえり、作品のなかにしばしば絶対の風景となってあらわれる場合がある。例えば、作家三島由紀夫にとって「夏の光」がそうであるように。七十三年の人生を閉じた作家遠藤周作の文学的生涯の全体を見渡す時、遠藤の生涯のなかにその存在の根底に刻印された魂の原風景と呼べるものがあるなら、それはこの「夕暮の眼差し」と深く結びつく風景であるように私には思える。

没後半年経って発見された遠藤周作の「『深い河』創作日記」の掲載された「三田文学」(97・夏)を開くと、そのノートの一部の頁の写真が冒頭に掲げられているのが、私の眼に飛び込んできた。そこにはあの遠藤のくせのある彎曲した文字でこう綴られていた。

堀口大学の、

夕ぐれの時はよい時

かぎりなくやさしいひと時

という詩をなぜか心に甦らす。

これは、車中から関ヶ原あたりの田園の黄ばみはじめた稲田にうすい秋の陽ざしがそそがれるのを見ながらの遠藤の感慨であるが、田園にそそがれる秋の夕暮の陽ざしに限りない優しさを感じると同時に、その美しい夕暮に眼差しを向ける自身が限りなく優しい想いになるひと時を味わっているのであろう。そして自分の人生の秋にそそがれる陽ざしの限りない優しさをも想っているといえないだろうか。七十歳を前にして「一日一日、自分の人生が終りに近づきつつあることを感じない日はない」（「創作日記」）と余命の短さを意識するなかで、夕暮の時が寂寥感や孤独感を呼び起こす以上に、限りない優しさと結びつくところに、遠藤の最晩年の魂の風景を見る思いがする。いや、最晩年の、というよりも、自らの無意識から浮かび上がってきたこの詩句こそ、遠藤自身の存在そのものの基底にある魂の原風景をも暗に表しているように私には思われるのだ。

この「創作日記」は、「目黒の新しい仕事場に移ってほぼ一ヶ月になる。新しい小説の漠然たるイメージはあるのだが、まだ着手していない。「大友宗麟」と「男の一生」とに追われて手がつかぬのだ」という言葉ではじまり、十日程の日記が書かれただけで、ほぼ一年後に「「男の一生」連載を終り、愈々（いよいよ）純文学に久しぶりにとり組むことにする」と記されたところから、本格的に書かれだす。ここで出てくる歴史小説『男の一生』は、戦国の世の木曽川のほとりの一介の地侍だった前野将右衛門の波瀾に富んだ一生を描いた作品であるが、その生涯を語り終えたあと、小説では「人々がそれぞれの野望や夢を追って戦い、死んだのに、木曽川だけは黙々と流れている。それが言いようもなく哀切で胸しめつける」と語られ、最後はこう結ばれる。

物語は終り、今は黄昏、私は川原に腰をおろし、膝をかかえ、黙々と流れる水を永遠の生命のように凝視している。

この小説のなかで、この木曽川は主人公にとって亡くなった娘や妻、そして自分もいずれ帰りゆく大きな命の故郷として語られ、さらに切支丹の高山右近の言葉を通してその木曽川をもつつみ更に大きなあらゆるものもつつみ育てる大いなる生命の河があると語られる。この結びの情景描写には、黄昏の光のなか、目に見える川の流れに人間それぞれのはかない人生を重ねて胸しめつけられる悲しみをもって見つめながら、その無常を超えてそれをさらにつつむ目に見えない永遠の生命の河を祈りのごとく凝視する「私」の「夕暮の眼差し」が描かれている。遠藤は自らの心象風景ともいえるこの美しいラストシーンを描いてこの小説を書き終えたところから、『深い河(ディープ・リバー)』の執筆に本格的に向かっていく。この川を凝視する「私」の「夕暮の眼差し」が描かれた情景は、『深い河』を創作する遠藤の人間と人生を凝視する作家の姿そのものを象徴した一枚の絵のように私には思われてならない。

もちろん、夕暮を愛し、描いた作家や詩人は少なくない。三島由紀夫や吉行淳之介など、遠藤と同世代の作家の作品を思い起こしてもそれは明らかだが、しかし、遠藤の「夕暮の眼差し」には自身の信仰とも深く結びついた独自な人生観や文学観が反映しているように思われる。例えば、三島の『暁の寺』には、「あの夕焼の花やかさ、夕焼雲のきちがいじみた奔逸を見ては、『よりよい未来』などというたわごとも忽ち色褪せてしまいます」「何がはじまったのか? 何もはじまりはしない。ただ、終るだけです」とあるように、三島にとって、夕焼の華やかな夕暮の時は、刻々と夜に向かって美しい喪失を示す時間である。それはすぐ後に訪れる滅亡を予感してもっているが故に美しく、「すべての芸術は夕焼ですね」ともその作品で語られるように、芸術の比喩であり、滅亡の象徴である。そうした夕暮のイメージは、本質的に「滅び」の美しさに共感を示す日本人の伝統的な美意識と地続きの感受性によって描かれた世界であるにちがいない。

そうした夕暮の美しさが滅びの美、究極の美の完成を求める芸術の象徴であり、その美を憧憬する愛（エロス）と結びつくのに対して、遠藤にとっての夕暮の光は、滅びとは反対に、人間の命がこの世から去るときもその光のうちには滅びない、永遠の限りない命の象徴であり、醜く色褪せた人生をも優しくつつむ神の愛（アガペー）の恩寵の象徴であるといえる。それゆえに、その夕暮の光につつまれた時は、先の堀口大学の詩の言葉のように限りなく優しい時であると遠藤には感じられるのであろう。こうした夕暮への想いの相違はそのまま作家の自らの人生と文学によせる姿勢の違いにも端的にあらわれている。夕暮、特に夕焼けや夕陽（斜陽）に滅びの美を重ねる三島や太宰治が、四十歳前後で自死して自分の人生と文学を美意識をもって完結させているのに対して、人生がどんなに醜く色褪せたものであろうと、途中で棄てないことが愛であると語る遠藤は、精神的にも肉体的にも苦しみ迷いながらも夕暮の光のなかに自らのそうした人生を抱きしめて、「人々は私の体を見たら、よくこの体で働いた、と思うだろう」（「創作日記」）というほどに燃え尽きる最後まで人生と文学を愛おしみ生きぬいた生涯であったといえるように思う。

2

遠藤の夕暮に心ひかれる想いは、例えば、六十歳を前にして書かれた「仕事部屋の窓から」（『冬の優しさ』）というエッセイのなかで次のように語られている。

夕方になると大きな窓のそばに腰かけて、音楽をききながら夕靄（ゆうもや）が次第に街を包む気配をみる。代々木公園の空で寝ぐらに戻る鳥の群れが大きな弧をえがき、NHKのたくさんの窓に灯がともり、渋谷の方向に西武劇場のネオンがかがやきはじめる。この時刻が私は特に好きであり、そしてこの時刻、言いようのないほど人生や人間に心ひかれることがある。

ここで、夕靄につつまれる街に眼差しを向ける夕暮の時は、「言いようのないほど人生や人間に心ひかれる」特別な時刻として語られている。遠藤が「人生」という言葉を使うときには、「生活」との対比で独自な意味を込めていることが多いが、平面的、直線的に時間の流れる日常が「生活」の次元であるなら、自らの生の内部に重層的に積み重ねられた時間の地層と垂直的に関わるのが「人生」の次元であるといえるように思う。夕暮の時は遠藤にとって生活の次元からふと離れて人生の次元にふれ得る時刻であったといえるにちがいない。

同じエッセイのなかには、三十年前にリヨンに留学中の頃、青春を謳歌する自分たち学生を見ながら「青春だね」と呟く老夫婦のあたたかな微笑を思い出しながら次のように語っている言葉がある。

それは自分の老いへの肯定であり、(中略)そのような老いをつつましやかに、素直に肯定しようとする心理なのである。(中略)

あの声には暖かな、何とも言えぬ人間的なやさしさがあった。老夫婦の笑顔にもそれを裏打ちするような暖かさとやさしさとがにじみでていた。

自分も齢をとったならばそんな老人になってみたいと思ってきたが、どうやら私もその年齢にたどりついた。願わくば秋の果樹園にさす午後の陽のようなものが私にも摑めんことを……。

ここで秋の果樹園にさす午後の傾きかけた陽とは人生の秋にそそがれる神の恩寵の光の象徴であるといえようが、ここには人生の春と夏を生きてその結実に向かう秋を迎えた自分に、その人生の秋を素直に肯定させてくれる恩寵の光がそそがれることを願う祈りにも似た想いが語られていよう。

こうした人生を肯定させてくれる恩寵の光を、遠藤は夕暮のなかでありありと体験していることが、『スキャンダル』を出した翌年の六十四歳のときに書かれた長編エッセイ『死について考える』のなかに見ることができる。

老齢とは醜く、辛く、悲しいものだと申しましたが、もうひとつの面があるようです。自分の経験から申しますと、たとえば夕暮れ、仕事場の窓の向こうの東京の街やその街の上にひろがる銀色の雲、雲のあいだから落ちる光を眺めている時、急に何ともいえぬ感動に胸をしめつけられることがあります。それはやがて自分がここから去る日がくるだろうが、しかし自分がこうして生まれたことが、また自分をふくめてこの地上で生きてるすべてのものは苦しんだり愛したり結びあったり別れたりしていた一人一人の人間だったことが、言いようのない懐かしさで考えられるのです。それは若いころには決して味わわなかった感情なので、あるいは老人の感傷かもしれません。しかしその感傷のなかには人間の人生やこの地上を肯定したいという気持ちが含まれています。

代々木公園を散歩している時、原宿の通りを歩いている時、若い恋人たちに出あうと、私は私が死んだあとこの人たちも私とおなじような人生を送るのだなとふと考え、しっかりなと、思わず呟くことがあります。夕暮れ、仕事場の外で子供が歌を歌っているのをきくと、頑張るんだよ、と小さな声をひとりでかけています。老年は冬のように醜くく、辛いものでしょうが、しかしその老年まで春があり、夏があったのです。それを思うとやはり生きていてよかったという気持ちになります」（『死について考える』）

ここで遠藤の夕暮の眼差しは胸のしめつけられるような感動で、夕空の雲や光、そしてその下に広がる街に向けられている。この頃、すでに自分がこの世界から去る日のことを夕暮のなかで意識しながら、自分を含めて苦しんだり愛したりした人間の人生すべて、そしてこの地上すべてに対して言いようのない懐かしさを感じてそれを肯定していることに、さらにその想いのなかからあふれでる優しい眼差しのこめられた、人生の春や夏を生きている若い恋人たちや子供たちといった地上に残るものに励ましの言葉をかける姿に、遠藤の晩年の暖かな人間的な優しさがにじみでていよう。この夕暮の光のなかで、たとえ醜く辛く悲しいものであっても春や夏を生きてきた人生をいとおしんで抱きしめるように、素直に肯定している遠藤の夕暮の眼差しは、自ら願っていた「秋の果樹園にさす午後の陽のようなもの」を確かに自分のものとしてとらえている姿にちがいなかろう。

遠藤文学の最後の大きなテーマとなったすべてのものを母のように受けとめつつみこむ「深い河」には、こうしたおだやかな陽光をおとす夕暮のなかでありありと実感されていた遠藤の人生観や死生観が込められていたのではなかろうか。もちろん、小説『深い河』の「深い河」は、無意識、聖なるもの、母なるものの象徴としてインドのガンジス河であることが小説の主題をきわだたせる構成上も必要であったろうし、それによって成功していることは確かだが、何といってもガンジス河はインドの大河である。日本のなかで生きる遠藤の「深い河」への想いの底流には仕事場の窓から東京の夕暮の街を見つめるなかで自らの無意識のなかからあふれでた実感が流れていたにちがいなかろう。

『深い河』のなかにも夕暮の風景をながめる印象的な場面がある。それは、ピエロと名付けられた犀鳥（さいちょう）が童話作家の沼田の書斎から葡萄色に染まった夕暮の丹沢山塊をながめる場面と、入院した沼田がその犀鳥を想いながら病院の屋上で西空の夕焼けをみる場面である。沼田はルオーの絵が好きで、ルオーにとってピエロはイエスの象徴であることが作品のなかで語られる。そのことからも、書斎から夕暮の風景をながめる犀鳥のピエロの眼差しにも、そのピエロを想いながら病院の屋上で夕焼けをながめる沼田の眼差しにも、その背後にそれと重なるイエスの人間の悲しみを見つめる愛の眼差しが暗に込められていることは確かだろう。そして遠藤が「自分がこうして生まれたことが、また自分をふくめてこの地上で生きてるすべてのものは苦しんだり愛したり結びあったり別れたりしていた一人一人の人間だったことが、言いようのない懐かしさで考えられる」という胸しめつけられる想いで夕暮の街とその人間をながめる眼差しにも、すべての人間とその人生をじっと見つめているイエスの愛の眼差しと重なるものが感じられよう。さらに、そうした夕暮が直接出てくる場面だけではなく、この小説の圧巻ともいうべき最も情感のこもった場面――磯辺が月光に照らされ銀色にかがやくガンジス河を前にして「一人ぽっちになった今、磯辺は生活と人生とが根本的に違うことがやっとわかってきた。そして自分には生活のために交わった他人は多かったが、人生のなかで本当にふれあった人間はたった二人、母親と妻しかいなかった」という人生の次元の真実に気づく場面と、美津子がガンジス河に入って永遠そのもののように朝陽にきらめく流れを見やりながら、自分のそれまでの人生を肯定し、自分を含めてそれぞれの人がそれぞれの辛さを背負って祈る、その人たちをつつむ人間の深い河の悲しみを感じる場面――にも、この夕暮をながめる自らの胸しめつけられる懐かしさのなかでとらえられた人生の真実がその根底に込められているように私には思われてならない。

また、息子の遠藤龍之介氏の「遠藤周作　その息子として　読者として」（「文藝春秋」96・12）と題された手記のなかには、遠藤の晩年の夕暮によせる想いが更に印象深く語られている。

> 父と話している時、ふと洩らした象徴的な言葉が記憶に残ったことはあります。ある時、二人で居間に座

って窓を眺めていると、「夕焼けを若い時に見るのと今見るのとでは違うな。昔は単に日が沈むとしか思わなかったが、六十を過ぎた今見ると、夕焼けの中から自分の懐かしい人や肉親からの本当に微かな声が聞こえてくるんだ。お前もあと三十年もすると、そう思う日がくる」と言ったことがありました。

夕焼けのなかから懐かしい人や肉親の本当に微かな声――微かな声というと聖書的表現として旧約聖書の預言者エリヤが聞いた神の声が連想されるが――が聞こえてくるというのは、その声の内容よりも、かすかでそれはわからないものであっても、すでに亡くなっている母や兄など肉親をはじめ人生の次元で真に交わった懐かしい人たちが夕焼けの光のなかに感じられる永遠の生命の次元に確かにいてそこからこちらに語りかけているということを、遠藤が理屈ではなく深い魂の次元での真実な出来事として体験していることを語っていよう。

ちなみに、夕陽が沈むかなたに次の世界である彼岸を想う宗教的感性は、農耕民族であった日本人が太陽を崇める文化的基層に仏教（観無量寿経には、日想観という沈んでいく太陽に心を集中し夕陽のかなたにある西方極楽浄土を心に思い浮かべる修行もある）が根づくなかでできあがったものではないかと察せられるが、キリスト者の遠藤が夕焼けのなかに死者たちの迎えられた天の故郷を想い、その夕焼けのなかからの死者たちの微かな声を聞くのもそうした日本人の宗教的感性に根ざした実感であったと考えられよう。

こうした体験は『深い河』創作日記のなかの次の言葉を思い起こさせよう。

朝、ミサ。いつもと違って今朝のミサは母や兄がその秩序にいる神（キリスト）の愛をひしひしと感じた。というより少年時代のあの夙川の教会の思い出が蘇り、私は幸福感に充された。そしてここは生活ではなく人生だと心の底から思った。（毎日土曜日まで私が送っているのは生活だ）今後は毎週ミサに来よう。そして人生にふれよう。悦びを感じながらミサの終り、母の好きだった聖歌をきく。

その後の日記にも「朝、ミサに行く。祭壇の上に母、兄たちが見えるような気がする」とあるが、こうした体験は、夕焼けの中から懐かしい人や肉親の声を聞くという体験とも魂の次元で通じるものにちがいなく、こうした夕焼けの中から聞こえてくる魂を震わすかすかな旋律は、『深い河』執筆中の遠藤の魂の基底に通奏低音のように響いていたものではなかったろうか。

遠藤は小説『深い河』の執筆過程について、『スキャンダル』に続く純文学書下ろし小説として、当初は「悪の問題」を真っ正面から一人の女主人公に取り組ませるという構成で、成瀬美津子を主人公にしてずっと書き進めていたが、それを途中でやめ、彼女も残しながら別の主人公を何人か増やしてこの小説ように書き上がった(「対談　最新作『深い河』」「國文學」93・9)と語っている。遠藤が遠くない死を意識しながら夕暮のなかで人生と人間をすべて肯定し、人生の次元で出会い、別れた懐かしい者たちの声が聞こえてくるといった意識の深層の魂の次元での体験が、小説の主題を、遠藤が以前から『スキャンダル』の続編として表層意識で考えていた「悪の問題」から、死を超えた次元とつながる「深い河」による魂の救済の問題へと転換せしめたように私には思われてならない。

『深い河』が刊行されたとき、そこにこれまでの遠藤文学の忘れえぬ人物やエピソードなどが集大成されていることから、親しみと懐かしさを感じながらも、これが遠藤の最後の作品になってしまうのではないかと不安を感じた読者は少なくなかったろう。そしてだれよりもそれを魂の次元で予感していたのは遠藤自身であったにちがいなく、『深い河』の巻頭に掲げられた「深い河、神よ、わたしは河を渡って、集いの地に行きたい」という神への呼びかけが何よりもそれを告げていよう。

遠藤は、自らを病気のデパートと呼んでいたように、生涯実に多くの病を背負いながら、純文学の創作という命を削るような仕事に精魂をそそいできた。遠藤が晩年に入院中の患者を励ますために書いた色紙には、蝸牛（かたつむり）の俳画とともに「私は結核で片肺で／慢性肝炎／高血圧／糖尿／それを持ちながら二十数年頑張って仕事をしてきました／病気をなめるな／病気に負けるな」とあるように、五十代から糖尿病での長い闘病生活のうえに、上顎がんの疑いでの手術、さらに腎臓病も加わり、『深い河』の新刊が出るときはそのための手術入院中で、その小説が話題を呼んでいた頃は、心不全で一時危篤状態であったという。『深い河』はそんな遠藤が自らの残された命を削るようにして書いた作品であったのだ。遠藤自身、「あれは自分の一生の集大成なんですよ。あの中に書きたいことは全部書きつくしたんです。だから、いってみれば、あれは自分の遺稿みたいなものですね」（『神は人を何処へ導くか』鈴木秀子）と語っていたという。そんな病を背負いながら、身近な人には「母と兄のいるところへ行きたい」ともらすこともあったというが、『深い河』のエピグラフの神への呼びかけは、永遠そのもののように輝く夕焼けの空を見ながら、〈神よ、わたしはこの大きな永遠の生命の世界から差してくる愛の光につつまれて、母や兄のいる集いの地に行きたい〉という切なる魂からの祈りそのものではなかったかと思われるのである。

ところで、この小説『深い河』の執筆途中での主題の変更の推移の過程については、「創作日記」によって克明に知ることができる。それについては、高山鉄男氏による「遠藤周作『創作日記』について」（「三田文学」97・夏）で詳しく述べられているので、ここでは遠藤の無意識が明らかに小説の世界を、「悪の問題」にではなく、「深い河」による魂の救済の問題へと導いていっていることが読み取れる箇所を指摘しておきたい。

例えば、「創作日記」がはじめられて二年ほどたった一九九二年の七月十六日の日記には、「この日記を読みかえしてみると、はじめのプランがまるで流れるに従って方向をさまざまに変え、迂余（原文ママ）曲折しているのがよくわかる。小説ができるまではこういうものだ。結局、無意識が書かせているのだ」とあり、また七月三十日の日記には、「この日記を読みかえしてみると、固い壁にぶつかるたび、それを乗りこえるのは私の無意識から浮かびあがってくるストーリーであるが、そのストーリーには長い間の私の小説の型があるような気がしてならない。その型がひょっとすると私の人生観、人間観なのかもしれぬ」とある。そしてその無意識からのストーリーの具体例については、初稿を終えた直後の九月十日の日記の「この創作日記を再読してみると、(六月二十二日)この磯辺の部分は最初思いついておらず、無意識が私に教えてくれたものなのだ」(傍点原文)という箇所から知ることができる。実際に六月二十二日の日記には「最初の書き出しがやっと決まる。/「わたし必ず生れかわるわ。場所は何処かわからないけれど……あなたの生きている間、この世界の何処かに、必ず生れてくるから」/「そうか」/磯辺は妻の手を握りしめながら強くうなずいた」とある。

後で詳しく触れるが、この場面が無意識が教えてくれたものであるという。この二人を別つ死に立ち向かうのに手を握りあう夫婦の姿の場面が描きだすのは、遠藤が三十数年前に夕暮の病室から目頭を熱くしながら見つめた情景である。ここから遠藤の人生観、人間観をおのずと表すような無意識からの小説の型が何であるかを推測するなら、それは、夕暮のなかで遠藤が胸しめつけられる懐かしさで想い出すような人生の次元で真に出会った者たちが、自らの無意識から浮かび上がってきて小説を動かすというような型なのではなかろうか。『深い河』は、固い壁にぶつかるたびにそうした無意識からの使者たちが登場することで、これまでの遠藤文学の懐かしい人物やエピソードを集大成したような作品におのずと出来上がっていったのにちがいなかろう。そのことは、『深い河』の執筆中に書かれた「人生の再構成」と題されたエッセイの次の言葉とも深く関わろう。

> 岩波ホールの客席でスクリーンを見ながら私は色々な事を考えたが、そのひとつは人は死を前にして、自

分の『人生を再構成する』ということだ。ドゥミもまたおのれの人生の短さを知った時、さまざまな過去の生活の記憶から、彼の本当の人生（真実）を織りなしたものを選択して、それを再構成してみたくなったのだろう。人間の最後の祈りにも似たそんな願いがこの映画を通して見る者の心を切々とうつのである。

（『万華鏡』）

これは、「ジャック・ドゥミの少年期」という映画を観ての感想であるのだが、それがそのまま遠藤が『深い河』を執筆しているときの無意識の願いとも重なっているように私には思われてならない。遠藤もまた夕暮のなかで、おのれの人生の短さを予感したとき、それまでの雑多な生活の記憶から自らの人生の真実といえるものを選んで再構成したいという最後の祈りにも似た願いが、心の奥の無意識からわき上がっていたのではなかろうか。そして小説が表層意識で書き進められて行き詰まるたびに、無意識から浮かび上がるもので乗り越え、小説はおのずから人生を再構成する方向に進められていったのであろう。

「創作日記」を読むと、多病と老齢ゆえの体力の衰えもあり、「『沈黙』のように酔わせない。『侍』のように重厚になっていない」と、『深い河』の執筆のなかで、言葉やイメージに情感の乏しいことや文章に活力がないことに大変苦しんでいることがうかがえる。『深い河』は実際に『沈黙』や『侍』ほど文章で読者を酔わせ、ひきこむほどの迫力にはさすがに欠けるだけに、さっと一度表面のストーリーを追って読んだだけでは何かものたりない感じが残る読者も少なくないようだ。しかし、そうした遠藤の人生の最後の祈りが込められて「文字通り骨身を削り」（「創作日記」）書かれた作品であることに思いをはせて読み味わってみると、一言一言にそうした祈りが滲んでいて読む者の心を切々と打たないではいない深さがあるように私には思われてならない。

3

人生の次元にふれる遠藤周作の夕暮の眼差しは、いつ頃から遠藤の作品のなかに描かれはじめたか、遠藤の文学の流れを遡行してみると、意外にその源流にまでたどりつくことがわかる。

最初の小説「アデンまで」は、マルセイユの港の夕暮の描写ではじまり、アデンに近づく最後の場面でも夕暮は同乗の黒人の女の死と結びついて象徴的に描かれている。しかし、遠藤の文学のなかで夕暮の眼差しが遠藤独自の人生の次元にふれる時として決定的な意味をもつものとして描かれるのは、三十七歳の時に結核が再発して三度の手術をし、死と向きあう二年半に及ぶ入院体験を経てからであることはまちがいないと思われる。

その入院体験そのものをなまのかたちで正面に据えて描いた長編小説に、退院から三年後に一年にわたって連載した『満潮の時刻』（「潮」65・1～12）という作品がある。主人公の明石は、生活から離れた入院体験のなかで、生活と人生は別の意味をもつことを知る。そして夕暮の病棟の屋上にのぼり、手すりに靠（もた）れて夕空の下にひろがる街を見つめるのが癖となり、それは明石にとって人生にふれる時刻となる。明石は夕空に煙が真直ぐにのぼり消えていくといった今まで何の興味も持たなかった夕暮の一風景の背後に、一つの低い旋律が鳴っているように感じる。また夕暮に少女が唄を歌っている姿に急に胸に突き上げるような哀しみを感じるようになる。そうした夕暮の風景から触発された感情を嚙みしめ、人間の人生を解きあかす意味がそこにはあるように思う。また、屋上から偶然眼にした開け放たれた西陽にきらめく病室の窓の向こうで、手を握りあうことでしか死に立ち向かうことのできない夫婦の姿を目頭を熱くしながら凝視し、人間にとっての死の意味とは何かをそこに問いはじめる。そして自らが生死を彷徨った三度目の手術に成功した直後、明石は次のように思う。

今こそ明石は自分がこの病院での苦しく長かった生活で獲たものに秩序を与え、まとめねばならぬ時が来たと思う。（中略）
だが、手を握ってもゴムの植木鉢の男は死んだ。夫婦は死に勝てなかった。子供の壮ちゃんはやがて死んでいく運命をもっていた。煙は今日も、黄昏の、乳色の空にのぼる。
だが、それらをじっと見ている眼がある。屋上の手すりに靠(もた)れて暮れていく街とあの窓を見ていた自分の眼、九官鳥の眼、犬の眼、それらの眼は今やっとあの踏絵のなかの凹(へこ)んだ磨滅した顔の眼に重なり、とけあい、一つとなっていった。

ここでは、真夜中の病室で死の不安と孤独のなか自分と二人だけ目覚めている九官鳥のぬれた哀しそうな眼と雨のなかの林で首を吊った男をじっと見つめていた犬の眼が、哀しみのこもった眼で人間を見つめる踏絵のキリストの眼と重なっている。そのことはこの作品にも描かれているのだが、同じく病院生活を描いた短編集『哀歌』のあとがきで、作者自ら解説するところでもある。そのためこのことはよく知られているのであるが、それ以上に私がここで特に注目したいのは、「屋上の手すりに靠れて暮れていく街とあの窓を見ていた自分の眼」が「踏絵のなかの凹んだ磨滅した顔の眼」と重なると語られていることである。この踏絵のキリストの眼とは、人間を哀しそうにじっと見つめ、その苦しみを分かちあおうとする眼差しであることから、遠藤自身の夕暮の眼差しも、人間の哀しみや苦しみを共に分かとうとする哀しげな眼差しで人間を見つめる眼であったということだ。そうした夕暮の眼差しで小説のなかの人間をじっと見つめることこそ、その後の遠藤文学の根底を貫く遠藤の人間凝視の視座ではなかったろうか。それは、決して美しいもの、価値あるものを探し求める眼差しではない。醜いもの、見捨てられたもの、価値のないもの、たとえ人生そのものが醜く色褪せたものであっても、それを決して棄てないで、その辛さや哀しさを分かちあい、抱きしめる眼差しである。そこにこそ遠藤が「『深い河』創作日記」で書いている自らの無意識にまで深く刻まれた小説の型があるのではなかろうか。そしてそこに遠藤の信仰も人生観も文学観もおのずと滲み出ているのにちがいない。

少年の時に無自覚にキリスト教の洗礼を受けた遠藤にとって決定的な回心があったとするならば、それはパウロの回心のように劇的なものではなく、実が秋の陽ざしのなかで熟するようにゆるやかにおとずれたものであったろうが、この病院の屋上の夕暮の眼差しからはじまったことは確かではなかったろうか。それは、死を前に手を握りあうしかできない夫婦を、目頭を熱くして凝視する遠藤の夕暮の眼差しが、自らのなかで死と向きあう自身も含めたそうした哀しい人間を眼に泪をためてじっと見つめるキリストの眼差しと重なり、とけあい、一つとなっていくのを肉感をもって感じるというような信仰体験ではなかったろうか。遠藤の存在の根底がそのキリストの眼差しに決定的にとらえられたことこそ遠藤の信仰的回心にちがいなく、また同時にそれがその眼差しで人間を凝視するという文学的回心をも生んだといえるだろう。遠藤自身がそうした想いをもっていただろうことは、この入院体験を描いた小説に『満潮の時刻』という象徴的な題をつけていることからもうかがえる。小説では退院の時の妻との会話で「あなたはこれから満潮じゃありませんか。退院したんですもの」「新しい生命が生れるのは満潮の時刻か。満潮の時刻に赤ちゃんは多くの場合、生れるんだな」とさりげなく語られるだけだが、そこには二年半という死と向きあった苦しい入院体験を経て潮満ちた、自らの信仰的かつ文学的回心ともいえる新たな誕生が告げられていよう。

加藤宗哉氏の「わが師　遠藤周作――三十年の時の畔で」(「別冊文藝春秋」96・冬)のなかに、遠藤が加藤氏と車でこの病院の前を夕暮に通りかかるときなど、遠藤が病室の窓から洩れる明かりにじっと眼をむけることがあり、ある夕暮には車から降りて舗道に立ち、病室から洩れる明かりを見つめていたこともあったと、最も身近にいた加藤氏にしか見せることはなかっただろう遠藤の姿が伝えられている。遠藤は夕暮の病棟の窓を見つめながら、今苦しみのなかにいる者たちとの連帯感をもつと同時に、信仰的にも文学的にも立ち返るべき自分の原点をその夕暮の眼差しのなかで確認していたのではなかったろうかと私には思われてならない。

さて、この夕暮の眼差しはその後の生涯の作品に折々あらわれてくるのであるが、退院の翌年、やっと作家活動を本格的に再開した最初の連載小説――それは入院体験を経た遠藤の新たな誕生を告げる最初の作品でもある――『わたしが・棄てた・女』のなかに、主人公の一人吉岡の夕暮の眼差しが二度、重要な意味をもって描かれている。一つは棄てた女ミツのことを忘れてしまっていたのを思い出す場面である。

屋上からはみわたすかぎり東京の街がひろがって見え、黄昏の地平線のあたりは少し褐色に曇り、うるんだ赤い硝子玉のような夕陽がちょうど、ゆっくりと沈もうとするころだった。……無数の家がそこにあり、無数の人間がそこに住んでいるが、それらの一人、一人の人間に、自分と同じような人生があるのだという ことを、急にぼくはこの時、感じた。(沢山の人生だな。色々な人生だな。)少しつめたくなりだした手すりに靠れて、ぼくはぼんやりと呟いた。(この街で、みんなが生きたり、悦んだり、苦しんだりするのだな。)その瞬間、突然、ミツの顔が心に浮かんだのである。

そして吉岡がミツの死を知らせる手紙を読むのも夕暮の屋上で、この小説の最後はそれを読み終わった吉岡が夕暮の街を見つめる次の場面で結ばれる。

ぼくは、自分の気持に確証を与えるために、屋上の手すりに靠れて、黄昏の街を見つめた。(中略) そこには、数えきれない生活と人生がある。その数えきれない人生のなかで、ぼくのミツにしたようなことは、男なら誰だって一度は経験することだ。ぼくだけではない筈だ。(中略) しかし、この寂しさはどこからくるのだろう。もし、ミツがぼくに何か教えたとするならば、それは、ぼくらの人生をたった一度でも横切るものは、そこに消すことのできぬ痕跡を残すということなのか。寂しさは、その痕跡からくるのだろうか。そして亦、もし、この修道女が信じている、神というものが本当にあるならば、神はそうした痕跡を通して、ぼくらに話しかけるのか。しかしこの寂しさは何処からくるのだろう。

ぼくの心にはもう一度、あの渋谷の旅館のことが甦ってきた。蚊を叩きつぶした痕のついている壁。しめった布団。そして、窓の外に雨がふっていた。雨の中を、ふとった中年の女が、だるそうに歩いていた。これが人生というものだ。そして、その人生をぼくは、ともかく、森田ミツという女と交ったのだ。黄昏の雲の下に、無数のビルや家がある。バスが走り、車がながれ、人々が歩きまわっている。ぼくと同じように、ぼくらと同じように……

ここで吉岡は夕暮の街に眼差しを向けながら、自分の出世や幸福のみに懸命な生活の次元から離れ、人生の次元にふれている。そして、夕暮の街の無数の人間たちとの連帯感を感じ、人生で交わったミツのことを想い、胸しめつけられる寂しさを感じながら、その痕跡を通して神が話しかけることを想っている。ここに遠藤の病院の屋上での夕暮の眼差しのなかで人生にふれたときの思いが重ねられていることはまちがいなかろうが、ここで「うるんだ赤い硝子玉のような夕陽」という言葉には、うるんだ眼で人間を見ているキリストの眼差しが暗に込められているにちがいない。

この小説は、この夕暮の眼差しと共に遠藤の信仰と文学にとって以後決定的な意味をもつ、人間を哀しげにじっと見つめるキリストの顔がこうした暗喩以外で直接に登場する最初の作品である。それは次のように描かれている。

風がミツの眼にゴミを入れる。風がミツの心を吹きぬける。それはミツではない別の声を運んでくる。赤坊の泣声。駄々をこねる男の子。それを叱る母の声。吉岡さんと行った渋谷の旅館、湿った布団、坂道をだるそうに登る女。雨。それらの人間の人生を悲しそうにじっと眺めている一つのくたびれた顔がミツに囁くのだ。（中略）

（責任なんかより、もっと大切なことがあるよ。この人生で必要なのはお前の悲しみを他人の悲しみに結びあわすことなのだ。そして私の十字架はそのためにある。）

この「一つのくたびれた顔」が登場し、その声がミツに囁く場面は、この小説全体の流れのなかでは余りに唐突な感じがする。逆に言えば、それだけ遠藤はこの新たな出発の小説で人間の人生を悲しそうにじっと見つめるキリストの眼差しをどうしても描きたかったということであるにちがいない。そしてこのキリストの眼差しが見つめている情景は、そのまま先の吉岡が屋上で夕暮の街を見つめながら、心に甦ってこれが人生だと想う情景と重なっている。そしてその悲しげなキリストの眼差しは、人生に必要なのは悲しみの連帯でありそのために自分の十字架があることを告げる。この人間を悲しげに見つめるキリストの眼差しこそ、三年後の『沈黙』に結晶し、その後の『死海のほとり』『イエスの生涯』『侍』そして『深い河』へと至る遠藤文学の根底を貫き、息づいているものであるといえるだろう。

ところで、そうした「キリストの眼差し」の体験の結晶ともいうべき小説『沈黙』において、「夕暮の眼差し」はどのように結びつくだろうか。「沈黙」というタイトルは出版社がつけたもので、遠藤自身は書き上げた原稿に「日向(ひなた)の匂い」という題を、次のような想いをこめて付けていたという。

人生がすべて裏目に出てしまったフェレイラ(中略)いわば屈辱的な日々を送っている男が、あるとき自分の家のひなたのなかで腕組みしながら、過ぎ去った自分の人生を考える。

そういうときの〈ひなたの匂い〉があるはずだと思った。言いかえれば〈孤独の匂い〉だろうが、私はそのイメージをタイトルにしたかったのである。(「沈黙の声」)

フェレイラが実際に〈ひなたの匂い〉を嗅ぐ場面は書かれていないが、フェレイラがロドリゴと再会する場面の描写は「夕陽にかがやいた山門」「西陽の照りつける板の間」「和服を着せられたこの老人のうすい背中に夕陽がいっぱいに当っている」等、夕暮の陽ざしが象徴的に描かれているにとどまる。そしてむしろ、踏絵を踏んだ後のロドリゴにこそ〈ひなたの匂い〉が感じられる場面がある。

『沈黙』の最後の場面は、「夕暮まで窓に靠れて、彼は子供たち眺めていた。(中略)夕暮になって雲が少し割れ、弱々しい陽がさした」という言葉ではじまる。午後の傾きかけたやさしい陽ざしのなかで、胎児のように両膝を手でだきながら、窓に靠れて外の子供たちを眺めているロドリゴの姿に、〈ひなたの匂い〉〈孤独の匂い〉が嗅ぎとれないだろうか。私は、以前に「『沈黙』九章を読む――踏絵後のロドリゴ」(「風」92・秋。『遠藤周作　その人生と「沈黙」の真実』所収)と題してこの場面について詳細に論じたが、その論において、この最後の場面が、踏絵を踏んで五年以上の歳月が経って、屈辱的な日々を送っているロドリゴが、踏絵を踏んだ体験を追想するなかで踏絵のキリストと対話し、過ぎ去った自分の人生の意味を想っているという点に、見落としてはならないこの小説の最も重要な主題が込められていることを指摘した。小説はそうしたロドリゴの次の言葉で締めくくられる。

今までとはもっと違った形であの人を愛している。私がその愛を知るためには、今日までのすべてが必要だったのだ。（中略）あの人は沈黙していたのではなかった。たとえあの人は沈黙していたとしても、私の今日までの人生があの人について語っていた。

この最後の、神は沈黙していたのではなく、今日までの自分の人生を通して語りかけているという結びの言葉こそ、遠藤がこの小説を通して語りたかったことであるのはまちがいなかろうが、それは、ロドリゴがキチジローに売られ、踏絵を踏み、転びポウロと蔑まれ、果ては死んだ男の名と妻まで与えられるという挫折と屈辱の極みのような今日までの人生も、キリストの愛の眼差しともいうべき〈ひなた〉のなかにあることを語っている。さらに言えば〈ひなた〉のぬくもりのなかの〈匂い〉という目にみえなくとも近くにその存在を感じることができたとき、はじめて実感をもって語ることのできる言葉であるといえるのではなかろうか。遠藤にとって先の入院体験は、結婚して長男が生まれ、『海と毒薬』が好評で文壇的地位をやっと確立し、これからという矢先の出来事であり、二年半にも及ぶ入院生活のなかで肉体的な苦しみと共に精神的な苦しみと深い挫折感を味わったにちがいない。そのような遠藤が夕暮の眼差しのなかで人間の人生を見つめ、哀しそうにじっと見つめるキリストの眼差しを肉感をもって感じながら、過ぎ去った自分の人生もそのキリストの眼差しのうちにあることを実感できたとき、そうしたキリストの愛の眼差しを知るために二年半の入院生活を含めた今日までの人生のすべてが必要であり、その人生を通して神は自分に語りかけているのだと確信できたのではなかろうか。

ところで、『沈黙』の二年後に書かれた短編で、同じく棄教した神父のことが描かれた「影法師」という小説がある。それは、遠藤の母と若き日の遠藤を精神的に指導してくれていた神父の棄教という衝撃的な出来事を、その神父への手紙という形で語った小説で、それはまさに〈ひなたの匂い〉が夕暮の光によって象徴的に描かれた作品である。

まず、少年時代の記憶のなかにある、神父であったのに日本人の女性と結婚し、教会から追放された老外国人の思い出が、「黄昏の光が強く照りつけた教会の門前で僕は突然、この老人にぶつかりそうになりました」と語られる。そして聖職者でありながら日本人の女性と限界をこえた交際をしているという噂をされるようになった指導司祭だった神父の姿は「窓から差しこんだ黄昏の陽が染みのようにあたっていた」と語られる。そして最後にデパートの屋上でその棄教した神父の後ろ姿を偶然みつけた私は、「貴方はその望遠鏡と金網との間にたって、一人でじっと暮れていく街に向きあっていた。（中略）わずかに、わびしい陽がもれていました」と語る。この夕暮の微光のなかに暮れていく街を見つめるうしろ姿には、〈ひなたの匂い〉〈孤独の匂い〉が滲み出ているにちがいなく、「その貴方のうしろ姿を幾度か噛みしめる時、それは僕の人生の河のなかで、他の幾つかの影法師に重な」ると語る。斜めに陽を受けて長く黒い影をおとす影法師を描くことは、そのままそこに陽射しがそそがれていることを暗に語っていよう。遠藤は人生で出会った悲しい者たちを黄昏の光のなかに見ることで、その背後にできた影法師を描いているといえる。そして最後はこう結ばれる。

動物や鳥たちはなぜ、あのように悲しみにみちた眼をするのか。僕にはそれらすべてが、僕の裡で一つの系列をつくり血縁の関係を結び、僕に何かを語りかけようとしている気がしてならぬ。と同時に、それらを一つの系列として自分の人生のなかに場所を与える時、貴方がもはや、自信と信念に充ちた強い宣教師としてではなく、灯をつけたビル、おむつを干したアパートの間にはさまって、もはや、人生を高みから見おろし裁断する人ではなく、貴方が棄てた犬の悲しい眼と同じ眼をする人間になったことを考える。そして、そのために貴方が僕を裏切ったとしても、もうそれを恨む気持は少なくなった。むしろ貴方のかつて信じていたものは、そのためにあったのだとさえ思う。

ここでは、人間が人生を高みから見おろして裁断するのではなく、辛く苦しい人生をとぼとぼと生きる者の悲しみを共にして生きるために、キリストの存在はあったのだとさえ言っている。ここでも、人生に挫折した人間の夕暮の眼差しが、犬や鳥の悲しい眼と重ねられ、最後にはキリストの存在の意味とも結びつけられる。遠藤は、自らの人生の河のなかのそれらの黒い影を描きながらも、同時にそれによってそれらをつつむ夕暮の光、キリストの愛の眼差しを暗に語っていることは明らかだろう。

4

こうした遠藤が夕暮の街や空を見つめ、人生と人間を想い、そこにキリストの眼差しが重なってくる、そんな遠藤の夕暮の風景に向ける眼差しを想うと、ルオーの最晩年の「聖書の風景」と題された一枚の夕暮の絵が私には思い起こされ、そこに込められた夕暮を見つめるルオーの眼差しとも重なってくる。『深い河』のなかでもルオーの絵が好きな童話作家沼田を登場させているが、遠藤自身、ルオーの絵を愛し、『ルオー　キリスト聖画集』に寄せた文章のなかで次のように語っている。

やがてその作者が少しずつ人間の悲しさと、その悲しみをわけあうイエスの姿に結晶されていく。イエスや人間の上に注ぐ夕陽の荘厳な光は神の恩寵の光だ。伝統的に基督教徒でない日本人が特に愛するのは、この種のルオー作品であろうが、その時、我々にはルオーの作品が人間の魂の底にある『何か』をゆさぶっていることを感じざるをえないのである。

ルオーの中期以降の風景画の多くは夕暮の風景で、そこには庶民的な姿のイエスと村人たちが夕暮の光につつまれて描かれているのだが、特に私が思い起こす最晩年の「聖書の風景」は、子供に優しく手をさしのべるイエスとその子の母親、そして村人たちと村全体が、夕暮の慈光そのもののような静かな黄色の光につつまれている絵である。ここで遠藤がこうした作品が人間の魂の底にある「何か」をゆさぶると感じるのは、人間の無意識のうちにある魂の底からの渇望に応える何かがその絵のなかにあるということではなかろうか。その魂の底から渇望されているものこそ、このルオーの絵のなかのすべてを受けとめつつみこむ永遠そのもののような夕暮の慈光の黄色に象徴されているように思われるが、遠藤もまたそれを小説のなかで描いてきたといえよう。そうしたルオーの夕暮の風景のなかには、しばしば村人のそばにたたずむイエスが悲しみの同伴者のごとく、さりげなく描かれていて心惹かれるのであるが、それ以上にこうした静寂の慈光のうちに人間も建物も道も樹木もすべての風景を見つめることのできる眼差しこそ、私たちの魂の底からの渇望に応える何かがあるのではないかと思われる。なぜなら、例えば「塔のある風景」のようにイエスも村人も登場しないが、同じ静かな慈光につつまれた夕暮の村の風景だけの絵を見ても、その村に生きる村人とそこにそそがれるイエスのあたたかな眼差しが自ずから感じられ、同質の感動を受けるからである。

ところで「創作日記」には、軽井沢の別荘で『深い河』の執筆中に「書棚からルオーの画集をひきずり出し、めくっていたら、思いがけなく、昔書いた私のルオー論が出てきた。イザヤ書の次の言葉はそのなかで引用してあった。……この詩編の言葉が、今の私の小説の主題であることは言うまでもない」とある。この遠藤のルオー論は、五十歳のときに『世界の名画16　ルオーとフォービズム』(中央公論社、一九七三年)に書いた「ルオーの中のイエス」(エッセイ集『冬の優しさ』に収録)であると察せられるが、確かにそこには、「創作日記」に引用されている通りのイザヤ書の箇所が出てくる。このイザヤ書の言葉は、実際に『深い河』に何度も引用され、章のタイトルにも使われていて、小説の全体を貫く主題であることはまちがいない。

ここで私の興味を惹くのは、そのルオー論の内容である。それは「もしルオーの作品のなかからたった一枚の絵を選べと言われれば、ほとんど躊躇なく私は、《デ・プロフンディス(深き淵より)》と題された油絵を選ぶだろう」という言葉ではじまる。遠藤は、「聖書の風景」と題された有名な幾つかの作品も自分の小説にしたいほど心惹かれるとも言いながら、それらにたちまさってこの作品は自分の心を吸いこむという。先に触れた「聖書の風景」も、また哀しげな眼をしたイエスの顔も遠藤文学のイエス像とも通じるものがあって魅力的にちがいない。そうした絵が多くありながら、あえてこの作品に最も吸い込まれるという言葉に何か不思議なものを私は感じていたが、まさにこれは遠藤が無意識に願っていた自らの最期の姿そのものであったにちがいなく、そして実際にその予見通りの最期を遠藤は迎えたと、今となっては言えるように思う。

その作品は、「老いた父親が今、息を引きとった瞬間の絵」で、「おそらく長い間、看病したであろう妻と子供とが黄昏の一部屋で、死者の寝台のそばに跪いている」絵であるのだが、遠藤は「この絵の全体に漂っている言いようのない静けさは一体、何だろう」と自問し、「死んだ父親とその妻と子の三人の間には謙虚な運命の受容という似た姿勢が部屋の窓に見える黄昏の陽と共に我々にじんと伝わってくる。……妻と小さな子供との背中には悲しみと共に夫や父の死を肯定している何かがある。壁にかかげられたイエスが夫の同伴者となっているという信頼がある」と自答する。そして最後にその文章はこう結ばれる。

《デ・プロフンディス》のもつ静かさのなかに、これら三人の親子を室内のどこかでやさしく泪ぐみつつ見守っているイエスの眼差しを感じるのは私一人であろうか。（中略）この絵のこちら側にもう一人の人――同伴者イエス――が、じっと立っているのを感じるのは私一人であろうか。

この黄昏の陽のさしこむ病室で運命を受容し、死をも含め人生を肯定する親子と、それを見守るイエスの眼差しは、遠藤の人生を肯定する夕暮の眼差しとそれを見つめるイエスの眼差しとの関係と一致するものがあるにちがいない。

「一日一日、自分の人生が終りに近づきつつあることを感じ」ながら『深い河』の執筆に向かっていた遠藤は、たまたまルオーの画集を開き、年老いた父親の死の瞬間を描いた作品を解説した二十年前の自分の文章をどのような思いで読んだことだろう。遠くない自分の死の場面をそこに重ねて想いながら、改めてこのルオーの絵に見入っていたのではなかろうか。まさに二十年前にこのルオーの絵について語った言葉は自らの最期を予見するものだった。

一九九六年の秋の夕暮、遠藤は慶応病院の病室で夫人と息子に見守られるなか、死の瞬間を迎えた。病室に現実の黄昏の光は差していなかっただろうが、ルオーの夕暮の絵のなかの慈光が現実を超えて世界をつつむように、現実を超えた光が遠藤をつつんでいたことを、最期のときまで手を握っていた順子夫人から直接うかがった。それは、夫は息をひきとる数分前から顔が輝くようにパッと明るくなって、自分の握った手を通して「俺はもう光の中に入った、おふくろにも兄貴にも逢ったから安心しろ」というメッセージが送られてきて、自分も必ずまた夫と光輝く世界で再会できると確信でき、大きな平安が与えられたという順子夫人の体験だった。

ところで、「創作日記」は、一九九三年五月の腎臓病のための腹膜透析の手術の堪えがたい苦しみの後、順子夫人の献身的な看護への感謝とその体調をいたわる言葉で締めくくられている。その直後に『深い河』が刊行されたときに、遠藤は「これから私が書きたいのはヨブ記なんです」「小説じゃなくて長編エッセイでやろうといま考えています。私に突き付けられた大問題ですからね。ヨブ記はぜひ書いてみたい」（「対談　最新作『深い河』」「國文學」93・9）と闘病のなかでの今後の抱負を語っている。それは、体調がもつならば取りくみたいという願いだったろうが、実際は、「創作日記」で「悲惨なる晩年」を予感している通り、それからの最後の三年間は過酷な闘病生活を強いられ、遠藤がヨブ記を書くことはできなかった。ヨブ記は、過酷な苦難にあって不当な試練の意味を神に問う義人ヨブと神との関係と相克を描いた、旧約聖書の中の知恵文学の傑作であるが、遠藤の最後の生そのものがヨブ記のテーマを壮絶に生きることになったといえる。

特に遠藤が脳内出血を起こしてからの最後の一年は、ほとんど言葉も話せない状態で順子夫人と手を握りあうことでしか意思を通わしあえない試練の中にあった。しかし、順子夫人は、その一年があったおかげで、臨終のときの夫からのメッセージを握った手を通して受け取ることができたのだから、病中の苦しい生活もお恵みだったと感じていると語っていた。私は夫人からその言葉をうかがったとき、愛する者との死別に向き合うという人間にとって最大の試練のなかで遠藤と順子夫人の最後の夫婦愛の交流の姿そのものが試練の意味を物語る、「遠藤のヨブ記」であったと思われ、『満潮の時刻』のなかの次の言葉を想い起こした。

屋上にもたれたまま、次第に眼がしらがあつくなるのを感じた。（中略）死というものは誰も避けられぬことである。だが死にたちむかうのに、手を握るしか方法のない人間の行為に、彼はなぜか知らぬが生きることの素晴らしさを感じたのである。なぜそこに人間の素晴らしさがあると思ったのか、今の彼にはわからない。だが同時にもし自分がこの理由を噛みしめていけば、人間にとって死がなぜ与えられているか、死の意味とは一体なんなのかが少しずつ解きほぐされていくような気がする。

この三十数年前の人生の問いに、遠藤と順子夫人との手を握りあう最後の姿そのものが応えてくれているにちがいなかろう。そして、遠藤は、自分の最期を予告するかのようにエッセイ『死について考える』の最後を、セスブロンの言葉「死というのは、たぶん、海みたいなものだろうな／入っていくときはつめたいが、いったん中に入ってしまうと……」を受けて次の言葉で結んでいる。

入っていくときははなはだ冷たい。冷たいから叫んだって、もがいたっていいんです。それが通過儀礼としての死の苦しみでしょう。しかしいったん入ってしまった海は——永遠の命の海で、その海には陽光(ひかり)がきらめくように、愛がきらめいている…………。

夕陽にかがやく夕焼けも、朝陽にきらめく深い河も、陽光きらめく永遠の命の海に重なる象徴的な意味があり、それらすべての光は私たちの魂が迎えられる世界の愛のきらめきと通じるものであるといえるのだろう。

私は、遠藤がその陽光きらめく永遠の命の海に迎えられてからの一年、遠藤を偲んで長崎をはじめ遠藤の文学と信仰のゆかりの場所をたずねながら、遠藤がそこで何を体験し、何を想ったか、改めて思いめぐらしてきた。

そして最後にたずねたのが信濃町にある夕暮の慶応病院の病棟だった。新しい病棟は屋上には上がれないので、私は最上階でおりた。病棟はエレベーターを中心にコの字型になっていて、エレベーターを出た前のロビーのような広い廊下の窓が西空に開け、夕暮の風景を新宿の高層ビルの彼方に眺望できた。高層ビル間に沈むうるんだ夕陽を眺めながら、遠藤が三十数年前に、病院の屋上から夕暮の風景を見つめていたことを想わないではいられなかった。そしてふと視線を下げるとカーテンの開けられた病室の様子が目に入り、遠藤もこのようにふと目に入った病室で死にゆく夫の手を握りしめる妻の姿を見つめながら目頭を熱くしたのかと想われた。と同時に、この病棟のどこかで今度は遠藤自身が夫人と手を握りあうしかできない長い闘病生活を送り、死を迎えたことが想われ、さらに今も死を前に手を握りあうしかできない人たちがこのどこかにいるのだろうと想うと、哀切で胸がしめつけられた。そしてそうした死を前に手を握りあうしかできない人間を、うるんだ眼でじっと見ているイエスの眼差しを、私自身の夕暮の眼差しの背後にかつてないほど生々しく感じながら、陽が沈むまで夕暮の慈光の差しこむ病室の窓を見つめていた。そして夕靄のなかに街の灯がにじみはじめてから、私は遠藤の存在の根底にある魂の原風景の一端に触れえた余韻を噛みしめながら、夕暮の病棟を後にした。

第一章　磯辺の場合——愛する者の死後の行方をさがす旅

1

遠藤周作は最初の純文学書下ろし長篇『沈黙』を発表して以来、『死海のほとり』『侍』『スキャンダル』とほぼ七年おきに純文学書下ろし長篇を刊行してきた。そして『スキャンダル』から七年経った一九九三年に純文学書下ろし長篇『深い河（ディープ・リバー）』が発表された。すぐに一読して、その作中の人物の一人一人がそれぞれの担う主題やエピソードや性格など、これまでの遠藤文学の忘れえない作中人物たちと深くつながり、それと同時に作者のこれまでの人生を織りなした真実が作中人物たち一人一人に投影されていることが想われ、懐かしさが感じられた。作者自身が「私の仕事の集大成のような作品だと、読者から言われます。過去に書いた作中人物たちとは、その後の人生をずっと共にしてきたような愛着があって。そうした人物が多く出ているせいもあるでしょう」（「七年ぶり長編『深い河』」「読売新聞」夕刊一九九三年七月十六日）と語るように、作者のなかでその作中人物の一人一人は、作者自身の分身であり、共にその人生の重荷を負って生きてきたのであろう。それはまた、人生の重荷をかかえて遠藤文学に接してきた読者のなかで共にその人生の重荷を負ってきた作中人物たちであるともいえよう。この小説は、そうしたそれぞれの人生の重荷を負って魂の救済を求める登場人物たちが、それぞれの人生で離別や死別をした大切な者たちへの想いを心に抱きつつ、死者も生者もつつみこみ流れるガンジス河に象徴される母なる「深い河」のほとりに集う話である。そして、人生の重荷を負い、魂の渇きをかかえてこの小説を読む読者の一人一人も、その登場人物たちに自らを重ねつつ、この母なる「深い河」のほとりにいざなわれる作品であるといえるのではなかろうか。

ところで、『深い河』が発表されたとき、病院にいた遠藤が「この作品がみんなにどれだけ理解されるかということを、かなり憂鬱な顔で疑っていた」（「追悼座談会」「群像」97・12）との様子を安岡章太郎が伝えている。確かに『深い河』は純文学作品としては文章は読みやすいが、さっと一度表面のストーリーを追って読むだけでわかったつもりになると、そこに込められた深いテーマは理解されないままになってしまう危うさがあろう。遠藤は、『死について考える』のなかで、庭師の根石の話を受けて、「小説だって同じだなァ」と思わず呟いたと述べ、次のように語る。

> 小説家が特に注意して選んだ言葉や隠喩は、たんにそれだけの意味ではなく、根石と同じような、その作品の要(かなめ)を暗示する内容を含んでいる場合があります。もし上すべりに表面だけ読むなら、きわめて日常的な平板な意味にしかとれませんが、何度もそこを読んでいただくと、もっと深い、時には思いがけない作者のテーマが秘められている表現だったとお気づきになるでしょう。庭とおなじように、小説も地面にかくれている部分や、石と石とのあいだの空間（小説の場合は行間）の緊張が大切なのです。

小説『深い河』は、遠藤が一生の集大成として人生の最後の祈りを込めた遺稿のような作品であるからこそ、その注意して選ばれた一語一語を何度も読み味わい、その底に隠れている重層的な意味を読み解くことで、その作品のテーマに深く迫ることが可能になり、さらに二十一世紀を生きる私たちへの遺言ともいうべき言葉をしっかりと噛みしめることもできよう。そうした作品の読み解きをこの章より試みたい。

さて、この『深い河』には、主要な登場人物が五人いる。一人一人が十三章の全体のなかで「磯辺の場合」「美津子の場合」「沼田の場合」「木口の場合」「大津の場合」と章立てされて扱われ、短篇小説のようにそれぞれの重い人生が描かれる。そのなかでも作品の主題に最も深く関わる人物は、美津子と大津であると考えるが、特に美津子を軸として並立的に描かれるそれぞれの人物たちが微妙にからまりあいながら小説は展開していく。これは、遠藤が「文章は分かりやすく、構成は非常に凝る、が私の流儀」(「七年ぶり長編『深い河』」)と自らの小説の特徴を指摘する通りである。その点から言って、一人の人物を中心に読み進めていくことは、凝った構成のなかで巧みに描かれた登場人物たちの微妙なからみあいを読み落とすことにもなりかねないという危惧もあるのだが、そうした点にもできる限り留意しながら、「深い河」のほとりへいざなわれていく登場人物の一人一人の魂の劇を丁寧に読み解き、最後の章で全体の構成を明らかにしたいと思う。そこで第一章では、小説の最初に登場する磯辺を中心に読み進めていく。

2

小説は「一章　磯辺の場合」の次の冒頭の描写で幕が開かれる。

やき芋ォ、やき芋、ほかほかのやき芋ォ。

医師から手遅れになった妻の癌を宣告されたあの瞬間を思い出す時、磯辺は、診察室の窓の下から彼の狼狽を嗤うように聞えたやき芋屋の声がいつも甦ってくる。（傍点筆者。以下同）

磯辺は、妻などかえりみることなく、男としての仕事や業績がすべてだと思い、宗教などにも関心はなく、死ねばすべて滅びると漠然と思っている戦後の無宗教の日本人の典型のような初老の男である。子どもはなく、長年妻と二人で暮らし、定年も間近で退職後はできなかった新婚旅行のやり直しに妻と海外旅行をしようと計画していた、そんな矢先に、突然、妻が手遅れの癌であるという宣告を受けたのである。「あの瞬間」から磯辺の人生の方向は強引に変えられる。

この冒頭から、生活と人生の次元の違いが象徴的に描かれている。間のびしたのんきそうなやき芋屋の声は、人生の悲しみとか苦しみとは全く無関係に流れる、卑近な日常の生活の次元の表象といえ、それに対して長年連れ添い二人で暮らしてきた妻の死の宣告の瞬間は、それまで仕事一途に生きることに価値をおいてきた生活の次元では答えの出せない、人が愛する者の死を前にして生と死の問題を問わずにはいられない人生の次元への幕開けの時を示していよう。

それに続いて病状を説明する医者の指は「まるでそのやき芋屋の声に伴せるように」と表現されることで、そこには医者がやき芋屋と同様に磯辺の人生の苦しみなどとは関係なく日常の仕事を行う生活の次元を生きていることが明らかにされている。

そして磯辺はその場を立ち上がる時の、医師の「回転椅子の嫌な軋みが磯辺には妻の死の予告に聞こえた」という表現は、磯辺が日常を超えた何ものかを感じていることを示唆していよう。さらに、その嫌な軋みが「回転」によって生じるところには、磯辺がある超越的な力によって強引に人生の向きを変えられる運命が象徴的に表現されているといえないだろうか。すなわち、これを機に生活の次元しか頭になかった磯辺が、死と死を超えた生の問題と向き合う人生の次元を生きる方向に転換させられていくのである。

ところで、この冒頭に示された生活と人生の次元の違いは、この小説全体に通底する、さらに言えば遠藤の多くの文学を貫く重い主題であるといえる。遠藤が意識的に「人生」という言葉を「生活」との対比で独自な意味を込めて使うようになるのは、自らの結核再発による死と向き合う病床体験を正面に据えてその機微を描いた『満潮の時刻』からで、そこではっきりと「生活と人生は違う」という表現が出てくる。また、『深い河』の準備を始める初期に刊行されたエッセイ『死について考える』のなかでは、病気や孤独な老年になると、人は生活から人生の次元にいつの間にか滑りこむと言い、生活は道徳、世間体、外づらを大事にし、自分の心の奥底にあるもの、自分の人生の核になっているものを無視、軽視して成立するが、人生は心の奥底にあるもの、「本当の自分」と「死」の問題とに対面すると説明している。さらに最晩年のエッセイ集『最後の花時計』のなかのエッセイ「生活次元を超えた人生の意味」では、V・E・フランクルの『それでも人生にイエスと言う』を取り上げ、生活次元は自分の利害損得や物質的欲望がすべてでそのために生きるが、人生次元は生活次元が拒否する病気や苦しみにも人生の意味や価値を発見し、苦悩のなかで愛の意味、愛の存在を知ると述べ、生活次元がすべてと考える人間と、生活次元を超えた人生次元こそ本当のものとする人間と、さらにこの二つの間を振れ動く人間との三種類の人間がいると語っている。それを受けて言えば、「磯辺の場合」は一番目の生活次元がすべての人間だった磯辺が、妻の死と向き合うのを機に三番目の生活次元と人生次元を振れ動く人間となり、徐々に人生の次元の比重が増して二番目に近づいていく物語であるともいえよう。

それから、医師と別れ、妻にどう嘘をつこうかと苦しむ磯辺の前を二人の看護婦が楽しげに話しながら通る。磯辺の目には「彼女たちは病院で働いているのに病気や不幸とはまったく関係のない健康と若さとに溢れている」と映る。ここにも、人生の重荷を負ったものが感じる、それとは無関係に流れる生活の次元を生きる者との落差が描かれている。

そして、妻の病室にもどった磯辺は妻に、医者は、三、四ヵ月は入院しなければならないが、その後は良くなると言っていたと嘘をつくと、妻は、あと四ヵ月も、あなたに迷惑かけるのねと答える。『死について考える』のなかで遠藤は、家族が互いの思いやりから癌であっても癌とは言わずに騙し、本人も騙されているふりをするという場合があることを指摘しているが、磯辺と妻の場合もそれに近い関係であることがうかがえよう。そして、突然、妻はひとりごとのように、「さっき、あの樹を見ていたの」と話しだす。そして、病室の窓から見える銀杏の老樹と会話し、その樹が「命は決して消えない」と言ったという。

ここで、人生の苦しみとは無関係、無関心に流れる生活の次元に対して、窓の外に静かに立っている一本の樹が、病床の孤独な妻の理解者となり、その心の苦しみを共にする同伴者となっていることは注目に値しよう。この一本の樹をはじめ、犬や鳥など動物（これはこの小説では「沼田の場合」に出てくるが）の、人間を超えたいのちとの共感、連帯は、遠藤文学の一つの特色でもある。ここには明らかに、この妻と同様の遠藤自身の入院体験の投影がうかがえる。遠藤は『深い河』準備中に連載されたエッセイを集めた『変るものと変らぬもの』のなかのエッセイ「樹々と話ができる」で、死の危険も覚悟せねばならなかった手術を前にして、病室の窓から見える大きな欅の木に、毎日、話しかけていたと語っている。樹齢百年ぐらいのその木を羨ましく思い、「君の長い命の力を手術の時、少しわけてくれないかな」とたのみ、そして手術は成功し、以来、心のどこかに人間と植物には何か眼にみえない対等の交流がありうるのではないかという気持が残ったと述べている。

さらに、先にも触れた『満潮の時刻』には、病室の窓から見た大きな一本の樹木との、特別ないのちの共振ともいえる体験が描かれている。ある日の絶対安静の時、窓に顔を向けた主人公明石の眼に、樹木の一枚、一枚の葉に命がこもり、風がその生命に応えて流れるのが見える。彼はこの体験を契機に事物と人との関係を病床のなかで深く考えていくことになる。三度目の大きな手術が終り、出血もとまらず熱も下がらない不安な状態のなかで、明石の内心は次のように語られる。

> 事物は決して人間とは無縁の世界でそれ自身の存在を冷酷に非情に保っているのではなかった。それはたがいに目だたぬように、ひそかに、つつましやかに人間に何かを訴え、何かを告げるために存在しているのである。健康な時、明石は街をあるいた。家はそこにあり、樹々はそこにあり、空はビルディングとビルディングとの間に勝手に拡がっていた。（拡がっていると明石は思っていた）だがあれは間違いだった。事物はたとえばあの安静時間のあいだ、明石がはじめて見た風に葉をひるがえす樹木のように、人間に接近するのを待っていたのである。鳥の眼、犬の眼のように人なつこく、哀しげに、何かを訴えようとしていたのである。
>
> 「ああ、俺はやはり、この病気から恢復せねばならぬ」
>
> 明石はこの時、はじめてのように、自分の熱、口から出てくる血が一日も早く止ることを願った。

この直後から、彼は恢復に向かい、体力ももどりはじめ、ヴェランダまで一人で歩けるようになる。そして、そこで日なたぼっこをしながら、植木鉢の花に指をふれ、そのやわらかな感触が胸に伝わるのを感じる。事物はたえず人間に話しかけようとしており、それを聞くまいとしているのは人間であるという、この小さな貧しい発見をえるために自分はこの骨を失ったのだと思えばいいと、彼は肋骨の数本を失って凹んだ部分にそっとふれてしみじみ考える。そしてさらに、彼のなかでこの事物の人間への眼差しは、長崎で見た踏絵のなかのキリストの眼差しとも重なってくる。そして、そのキリストの眼差しは、自分の顔に足をかける者を憎まず、その痛みをともにする愛の眼差しであることに気づいていくことになる。

長々と『満潮の時刻』の内容に触れたのは、遠藤が人間と事物との関係をどれほど重要視しているかをここで確認しておきたかったからであり、それは遠藤文学の本質的な部分と深く関わるからである。カトリック作家遠藤にとって、その事物の孤独な苦しく哀しい人間への何かを訴えるような哀しげな眼差しは、そのままその事物の背後にあるより大きないのちの眼差し、さらにはキリストの眼差しと通じるものであることはいうまでもない。

このようなことを踏まえてこの箇所に注目すると、この銀杏の老樹と会話する磯辺の妻の体験がどれほど深い意味をもつか理解されよう。事物は人間の苦しみをともにし、人間に何かを話しかけようとしている。もちろん、それは、客観的に誰にも聞こえてくるといった日常的な生活の次元で言葉を交わすというようなものではなく、そうした表層意識の言葉を仲介としない、意識の深みでの事物のいのちとの響きあいによる会話であるといえよう。それは、さらにいえば、事物を通してそのいのちの奥にある、より大きないのちとの響きあいであるともいえるだろう。そう考えるなら、ここで自らの死を予感した磯辺の妻は、一本の老樹のいのちとの魂の交流を通して、さらにそのいのちの根源にある、自分のいのちを最後に受けとめてくれる大きな永遠のいのち、すなわち母なる「深い河」を魂の次元で直観的に感じているといえるのではなかろうか。そうであるからこそ、「命は決して消えない」という言葉を意識の深みで受け取ることができたのであろう。

その後、磯辺が、部屋の隅にあるテレビが幸せそうな夫婦の姿をみせつけるゲームを放映しているのを眺っている妻の側で漠然と眺める場面が描かれる。ここには、テレビがそうした人間の苦しみを共にする老樹（事物）とは対照的に個人の苦しみや哀しみと全く無関係に流れる生活の次元を最もよく表す世界であることが示されていよう。

それから磯辺の次のような内心が語られる。

長年の間、仕事や人間関係で当惑したり、途方に暮れたことも多い磯辺だったが、今、この瞬間、彼がおかれている状況はそんな生活上の挫折とはまったく違って次元を異にしていた。眼前で眠っている妻が三、四ヵ月後、確実に死ぬのだ。それは磯辺のような男が今まで一度も考えたことのない出来事だった。重かった。彼はどんな宗教も信じていなかったが、もし神仏というものがあるならば、こう叫びたかった。（どうして、こいつに不幸を与えるんです。女房は善良で、やさしい、並みの女です。助けてやってください。お願いです）

ここで、妻の死の宣告という出来事が、「生活上の挫折とはまったく違って次元を異にしていた」という点は重要な意味をもとう。この「生活上の挫折とはまったく違った次元」とは、先にも触れたように生や死の問題と向きあう人生の次元であるといえる。なぜ、善良でやさしい妻が癌で死ななければならないのか。生活の次元ではこの問いに真に答えることはできない。たとえ生活の何々が一因だとか、遺伝的になりやすかったとか、客観的な答えが与えられたとしても、そんな答えは磯辺の問いに対して全く意味をなさない。誰も磯辺にかわってそれに答えることはできず、磯辺自身が、自分の人生との関わりのなかで自分だけの答えを見出していくしかないのである。ここにおいて現代の典型的な日本人ともいうべき仕事人間であった磯辺は、生活の次元では答えの出せない人生の問題と向きあわずにはすまされなくなったことが自覚される。そしてはじめて人生の問題と向きあうという次元においてはどうしようもできない現実にぶつかるという挫折を経験する。そのとき、どんな宗教も信じていなかった彼に、はじめて自分を超えたものへの祈りが生まれたといえる。宗教に無関心な者がほとんどであるこの現代日本の社会において、この磯辺のように愛するかけがえのない者の死を前にすることは、人が人生と向きあう最も厳粛な契機の一つであるにちがいなかろう。

この後、磯辺が薬缶を空焚きにして火事を起こしそうになったのを、妻が夢で見て知らせる予知夢（ドリーム・テレパシー）や、妻の意識が体から抜け出して天井からベッドに寝ている自分の姿を見る幽体離脱というふしぎな出来事が起きる。遠藤はエッセイ「延命医学のむなしさ」（『変るものと変らぬもの』）のなかで、同じく幽体離脱など非科学的な話を取り上げた理由を「本当に肉体死＝すべての死なのかという現代の大事な問題にかすかにも触れたかったから」と語っている。それを踏まえると、ここで、こうした非科学的ともいうべき出来事が描かれているのは、肉体が滅びれば無であると漠然と思っている宗教など信じない現代人の磯辺がこの世界にこれまでの合理主義や因果関係では割り切れない何かがあるのに気づきはじめ、この目に見えている世界だけがすべてでなく、肉体が消滅しても滅びないものがあることを徐々にではあるが実感していくきっかけとしての意味があるからであろう。

そして、磯辺と妻との最後の場面はこのように描かれる。

磯辺は妻の口に耳を近かづけた。息たえだえの声が必死に、途切れ途切れに何か言っている。

「わたくし……必ず……生れかわるから、この世の何処かに。探して……わたくしを見つけて……約束よ、約束よ」

約束よ、約束よという最後の声だけは妻の必死の願望をこめたのか、他の言葉より強かった。

磯辺は、それから三日後、葬儀をすませるが、妻の死を心の底から納得することはできず、妻は友達と旅行に出ていて、やがて帰ってくると自分に言い聞かせている。そんな磯辺は、病院から持って帰ったボストンバッグから妻がつけていた手帳を見つけ、そこに死ぬ二十日程前に銀杏の樹と会話したことを記述した日記を見つける。そこには、「「樹さん、わたくしは死ぬの。あなたが羨しい。もう二百年も生きているんですね」／「私も冬がくると枯れるよ。そして春になると蘇る」／「でも人間は」／「人間も私たちと同じだ。一度は死ぬが、ふたたび生きかえる」／「生きかえる？　どういう風にして」／やがてわかる、と樹は答えた」とあり、さらに最後にボランティアの成瀬との会話を記した日記には「わたくし、生れ変って、もう一度、主人に会える気が、しきりにする」と記されてある。

ここで、妻は日常の言語を超えた意識の深みでの老樹とのいのちと交流する会話によって、死んでも再び生きかえるということを教えられ、転生に確信をもつようになったことがわかる。先にも触れたように、自らの死を目前にした妻は、自分を最後に受けとってくれて、そこで再び生きかえる母なる「深い河」を樹との会話を通して直観的に感じとっているといえよう。

磯辺には、その後も虚ろな毎日が続く。「探して……わたくしを見つけて」という妻の最後の譫言(うわごと)はなまなましい残像のように耳の奥に残っているが、多くの日本人と同じように無宗教の彼には、死とはすべてが消滅することであり、そんな不可能なことがあるとは思えないでいる。そのようななかで、彼は「お前が生きている間は（中略）死は俺のずっと向うにあるようだった。だがお前が両手を拡げて遮ってくれていた死は、お前がいなくなると急に眼前に現われたようだ」と内心を吐露する。死がずっと向こうにあると無意識に思って生活していた無宗教の彼は、死はすべての消滅だと合理的に考えていたわけだが、しかし、妻の死によって死というものが眼前に現れたとき、生活の次元の合理主義では割り切ることのできない人生の次元の問題、死んだ妻はどこにいったのか、人は死んだらどうなるのかといった問題と向きあうことになったのである。ちなみに、死が急に眼前に現れるというこの表現は、『死について考える』のなかで遠藤が五十四歳の時に二つ上の兄を急に失ったときの想いを吐露した表現と重なっており、そのときの実感が込められていることがわかる。

師走がきて、磯辺は空虚な家で正月を送ることに耐えられず、ワシントンにいる姪の招きでアメリカへ休暇を過ごしにいく。彼は、そこで姪から、映画女優のシャーリー・マクレーンの書いた自分の前世を探っていく本や、世界中から前世の記憶を持っている子供の例を集め、調査しているヴァージニア大学のスティーヴンソン教授の本がベストセラーになっていることを知らされる。帰国の日、空港の売店でその二冊の本を偶然見つけると、それが目に見えぬ何かの力の働きのように感じ、妻が彼の背を押して近寄らせたような気さえして、思わずその本を買う。彼は、機内でスティーヴンソン教授の説得力のある本を読んで、妻の最後の言葉を少し信じる気持にさえなっていく。

そして、この後には、磯辺が生まれ変りの研究調査をするヴァージニア大学の研究室に問い合わせた手紙の返事が示され、そこには、前世は日本人だったという事例は一九五三年生まれのビルマの女性一人だけで、今後、前世で日本人であったことを語る事例が出た場合は連絡するという内容が記されている。

ここまで、一章の「磯辺の場合」を見てきた。ここでは、ほとんどの現代日本人と同じように無宗教の磯辺が、妻の死の宣告、妻の予知夢や幽体離脱といった不思議な出来事、妻の「必ず……生れかわるから……探して」という転生を約束する最後の言葉、そして前世の記憶をもつ子供を調査したスティーヴンソン教授の本との出会いといった体験を通して、今まで生活の次元でもっていた肉体の死はすべての死といった合理的な考えは徐々に揺らぎはじめる。そして死んだ妻はどこにいったのか、人は死んだらどうなるのか、無か、転生か、といった問題が、磯辺の残された人生の切実な課題となっていく。そして、この磯辺の人生に投げかけられた問題は、そのまま この小説全体を貫く主題となって深まっていくことになる。

3

「二章　説明会」で小説の語りは回想から現在に移る。磯辺はインドツアーの説明会に参加し、そこで偶然、病院で妻の看病をボランティアでしてくれた成瀬美津子と一緒になる。その時、「記憶の底から」磯辺のことが浮かびあがってくると語る美津子の様子から推察して、磯辺の妻の死からはかなりの歳月がすでに経っていることが暗に示され、「一章」はこの時点での磯辺の回想であったことが明らかになる。そして、磯辺と美津子はそれぞれ探しものを求めてインドツアーに参加することを明かす。

その後、「六章　河のほとりの町」で、インドに到着した磯辺たちツアー一行の様子が描かれる。磯辺は、ヴァーラーナスィに向かって夜の闇を走るバスのなかで、妻と過ごした日のことを思い出し、数え切れぬほど読みかえしたヴァージニア大学からの二通目の手紙が入っている上衣の内ポケットを押さえる。その手紙によって彼はこのインドツアーに参加したのであり、そこには、インドのガンジス河のほとり、ヴァーラーナスィの近くのタムロージ村で日本人として前世を生きたラジニという少女の話が報告されたと記されていた。その手紙には、その少女がそれを告白したのは四歳のときであるとあり、磯辺はその少女が妻の生まれ変りかもしれないという一縷の可能性にかけて、インドツアーに参加したことから推し量ると、すでにこの時点で妻の死から四年以上が経過していたことになる。というのも、妻が死んだ後に生まれた子どもでなければ、妻の生まれ変りの可能性を考えることはできないはずだからである。磯辺は、妻の死から四年以上の歳月が流れるなかで、妻の最後の言葉を大切な遺品のように守り続けていたのである。

ヴァーラーナスィのホテルに着いた夜、中庭で美津子と会った磯辺は、ツアーに参加した目的を聞かれ、手紙を見せる。そして、美津子から転生を信じているのかと問われ、こう答える。

「わかりません。妻が死ぬまでは、そんな死後のことなど、まったく無関心でした。死のことさえ考えた事もありません。でも、あいつが息を引きとる前日、言ったひと言が……心の糸に引っかかって、落ちないんです。生きかたをきめました。馬鹿ですな、私も。人生にはわからぬことがあるんです」

ここで、磯辺が、妻が息を引きとる前日に言ったひと言が心に引っかかり、生きかたを決めたという経過を読むと、それに重なるイエスと弟子たちの関係が思い起こされよう。イエスも息を引きとる前夜、最後の晩餐の折に、弟子たちに遺言ともいうべき最後の言葉を残す。そして弟子たちはその言葉にその後の人生の生きかたをかけていく。もちろん、その場合、イエスの残した言葉との関わりでイエスの死と復活が重要な意味をもってくるわけだが、磯辺の場合も妻の残した言葉との関わりで妻の死と転生が大きな意味をもってくる。人生には、合理的な思考からすれば愚かに見えようとも、それを生きてみなければ、それに賭けてみなければわからないことがあるのであり、磯辺はまさにそうした生きかたを選んだといえよう。ところで、ここで言葉の上では全く別ののように思えるイエスの復活と妻の転生とは、実はこの後に出てくる大津が美津子に語る「弟子たちへのイエスの復活」についての説明によって結びついてくるのであるが、それは次章で言及するので、ここでは、妻の転生がどのようなものであるのか、この磯辺の言葉のあとにある次の象徴的な描写が暗に示していることを指摘しておきたい。

磯辺が立ちあがったあとも、ブランコは軋んだ音をたてて独りゆれた。ちょうど彼の妻が死んでもその言葉が夫の心をふり動かしているように。我々の一生では何かが終っても、すべてが消えるのではなかった。

続いて「七章　女神」は、磯辺が、ホテルで妻との生活を回顧する場面から始まる。磯辺は「(俺は妻を愛していただろうか)」と自問するなかで、夫婦愛とは、歳月と共に埃がつもるように少しずつ出来あがっていった眼にみえぬ連帯感を指すのだろうと思う。そして、あの妻の遺言ともいうべき譫言への約束が、少しずつ重い深い意味をもち、こんな異国に来たことを思う。

翌日、ガンジス河に向かうバスの中から人渦のなかの少女を見ていた磯辺に、「探して……約束よ」という妻の必死の譫言がまた聞こえ、磯辺は「(見つけてやるぞ。待っているがいい)」と心のなかで数えきれぬほど呟いた同じ言葉をくりかえす。

その後「八章　失いしものを求めて」では、磯辺は、ツアー一行と次の目的地ブッダガヤーには行かず、ホテルに残る。そして、妻が生きている間は思い出しもしなかったありきたりな夫婦の会話、幸福でも不幸でもなかった場面が甦り、なぜか急に痛いほど胸をしめつけられる。それから、いよいよ磯辺は、ヴァージニア大学から教えられた少女を探しに、タクシーに乗り、転生について次のように思う。

磯辺はまだ半信半疑だった。ヴァージニア大学に連絡をとり、親切な研究員から手紙をもらった後も、彼は正直、疑いが晴れず、確実なのはあの時の妻の声だけだった。信じられるのは心のなかにかくれていた妻への愛着だった。そして今、ここに誰かから、もし来世があってふたたび結婚するかと問われれば、今の磯辺は即座に妻の名を口にしたにちがいなかった。

ここで人生の次元を生きる磯辺は「確実な」もの、「信じられる」ものを妻との結びつきのうちに見出しており、それが磯辺自身を支えている。その妻との絆は来世があるならそこまで続くものであることが意識されている。さらに、「妻の死後、やっとわかったのは夫婦の縁というものである。数えきれぬほどの男女があるのに、そのなかから人生の同伴者となった縁。たしかにそれは偶然の出会いにちがいないのに、今の磯辺はその縁が生れる前からあったような気がする」と語られる。そこから磯辺は目に見えない妻との絆、すなわち彼女が人生の同伴者である縁が生前から死後まで続くというこの現世を超える次元に実感をもちはじめることによって、それまで死ねば無になると漠然と考えていた死生観が大きく変化していることがわかる。

タクシーは何処にでもあるインドの田舎の風景のなかを走り続け、磯辺は妻の思い出にふける。やっと目的地のタムロージ村が見え、磯辺は眼をつむり妻の声を聞こうとするが、なぜか、今朝まで耳の奥できこえた妻の最後の声は蘇ってこない。ここで、磯辺が、自分の外の三次元の世界で現実に妻の生まれ変りを求めようとしたとき、妻の声が聞こえなくなったという点には、妻の「生れかわる」との言葉に対する理解が違っており、それを探す方向が間違っていることが暗に示されていると思われるが、そのことは最終章で明らかになる。

彼はタクシーを下り、集まってきた子供たちのなかの髪と眼の色の真黒な少女に日本人の生まれ変りと教えられた少女の名である「ラジニ」であるかを聞くが、少女は首を振り、子供たちは何も理解せず、磯辺の口まねをしてはやしたてる。そして、人生に敗北したような悲しみが磯辺の胸にこみあげる。

そして「九章　河」は、ホテルの食堂でウィスキーを飲んでいた磯辺のところに、美津子が帰ってきた場面から始まる。美津子にどうでしたかと尋ねられて、磯辺は、探していた少女はヴァーラーナスィの町に一家で引っ越したと聞いたので、帰りにタクシーの運転手に教えられて、有名な占師の所に寄り、占師から少女がどこにいるか明日までに調べておくと言われたと答え、そんな所にまで寄った自分の滑稽さに自棄になってウィスキーを一気に飲む。

翌日、磯辺は部屋のなかで「お前のせいだぞ」「俺は探した……お前はどこにもいなかった」と妻に呼びかけ、子供の時、妹とやった「かくれん坊」の遊びを思いだす。そして「俺は探した」「いますとも」「あのいかさまの占師しか俺にはもう手がかりがない」と妻と会話する。ここで磯辺は前日のタムロージ村では聞こえなかった妻の声を、恩寵の象徴といえる白い光の差し込む部屋で再び聞いている点は注目されよう。

この後、磯辺は前日の占師の所に行き、生まれ変った妻の住所の書いた紙を受け取り、高い料金を払わされる。そして、タクシーでその場所に行き、ラジニという小さい娘をさがし、不潔そのものの露地をさまよう。そこには、ラジニという女は何人もいて彼女たちはそれぞれ怯えた眼つきで磯辺を見あげ、手をさしだして金を乞うだけだった。彼は、やりきれなさに裏通りの酒屋で買った酒をラッパ飲みしながら路をさまよい、ガンジス河にたどりつく。

眼前は巨大な河。月光が銀箔のような川面に反射している。（中略）
洗濯物を叩く岩の一つに腰をおろし、磯辺は南から北へ黙々と流れつづける錫色の河を眺めた。（中略）
あまたのヒンズー教徒たちが、この大きな流れによって浄められ、より良き再生につながると信じている河。妻も何かによって運ばれていったのか。

「お前」
と彼は呼びかけた。
「どこに行ったのだ」
かつて妻が生きていた時、これほど生々しい気持で妻を呼んだことはない。

磯辺は、妻がこの三次元の世界に転生することを考え、その妻をインドまで求めて来たが、それは失敗に終わった。しかし、その間、妻の思い出はかつてなかったほどに鮮烈によみがえり、自分と妻との縁は現世を超えているほどに強いものであることを自覚するようになる。そんな磯辺が、河に向かって妻の生前にはなかったほどに生々しい気持で「お前」と呼びかけえたのは、生まれ変りの少女を求めて村や町に行ったときには実感できなかった妻の確かな存在感を、この河に向かって強く感じているからであるといえよう。それゆえに、お前はどこにいったのだとその存在感を生々しく感じながらその居場所を問うのである。それは、この三次元の世界に生きる者からは、感じながらも触れえない、永遠の次元に生きる者への孤独な呼びかけであるともいえるのではなかろうか。さらに、河に向かう磯辺の姿は次のように描かれる。

> 一人ぽっちになった今、磯辺は生活と人生とが根本的に違うことがやっとわかってきた。そして自分には生活のために交わった他人は多かったが、人生のなかで本当にふれあった人間はたった二人、母親と妻しかいなかったことを認めざるをえなかった。
> 「お前」
> と彼はふたたび河に呼びかけた。
> 「どこに行った」
> 河は彼の叫びを受けとめたまま黙々と流れていく。だがその銀色の沈黙には、ある力があった。河は今日まであまたの人間の死を包みながら、それを次の世に運んだように、川原の岩に腰かけた男の人生の声も運んでいった。

河に「お前」と呼びかける磯辺は、もはやかつてのように死はすべての消滅であると考える無宗教の合理主義者ではありえない。磯辺は、既成の宗教の教義を信じるというようなものではないが、妻のいのちを抱きとめ流れる母なる「深い河」を信じる宗教性をもつようになっている。ここで、磯辺が生活と人生は根本的に違い、人生のなかで本当にふれたのは母親と妻だけだという言葉の意味は重い。生活が日常の表層意識の次元であるとするならば、人生とはその意識下と深く関わる次元である。磯辺の無意識の奥に深く刻まれ、そこに生きてその深みから彼を揺り動かしている人間は、母親と妻だけだというのであろう。さらに無意識の奥底にある、死も生もすべて包みこみ流れる母なる「深い河」は、彼の存在の根底をも包みこみ流れているといえるのだろう。磯辺は眼前のガンジス河を見ながら、目に見えない自らの内なる「深い河」を凝視していたといえよう。そうであれば、亡くなった妻は「深い河」に受けとめられているのであり、転生した妻を求める旅は、そのまま、自分の無意識の奥底にある母なる「深い河」への旅でもあったということができるのではなかろうか。その「深い河」は、母親のように磯辺の孤独な叫びを黙って確かに受けとめる。そして、母親が黙ってそばにいてくれるように、その沈黙は、磯辺の哀しみや孤独を愛で包み癒す力がある。磯辺の人生のすべてがこめられた声は、彼の妻のいのちをも包みこみ流れる母なる河に抱きとめられ永遠の次元へと運ばれていくのである。

4

この小説で磯辺の姿が最後に描かれるのは、最終章のツアー一行が帰国の途につくためカルカッタで空港へ行くバスを待っている場面である。

「ひどい暑さですわね」と美津子は磯辺のそばに近よってたずねた。「お疲れじゃないですか」

「いや、いや。来てよかったですよ」

と磯辺は照れ臭げに笑った。

「少なくとも奥様は磯辺さんのなかに」と美津子はいたわった。「確かに転生していらっしゃいます」

　磯辺は眼をしばたたいて、うつむいた。うつむいた背中はこみ上げる悲しみを体全体で怺（こら）えているように見えた。

　最初から磯辺夫婦と関わりをもち、ツアーの間に磯辺へのいたわりの愛情を深めていった美津子が最後に、転生した妻の居場所をさがし求めていた磯辺の旅への答えを告げる。それは他のどこでもない、磯辺のなかにこそ転生しているのだと。この答えによって妻の最後の言葉からはじまった転生した妻さがしの磯辺の長い旅の円環は閉じられる。ここで、人生全体で怺えている磯辺の悲しみとは、転生した妻をさがすことにも失敗し、その無力さのなかで、自分がどれほど妻との生活のなかでエゴイストだったかに気づき、妻に対するうしろめたさを感じれば感じるほど、妻の愛の大きさが思いやられるゆえの悲しみであるといえるのではなかろうか。

　磯辺は、長年連れ添った妻の死の宣告という人生最大のマイナスの出来事によって人生と向きあい、さらに妻の最後の言葉によって転生した妻をこの三次元の世界に求めて挫折するが、その言葉をきっかけに妻がどれほど深く自分を愛していてくれたかを実感し、また妻が自分の人生にとってどんなにかけがえのない存在であるか、さらには自分と妻が偶然を超えた何か大きな働きによってどれほど深く結びつく縁があったかに、人生全体で気づいていく。転生した妻を求める、磯辺の滑稽な無意味にも思える旅は、現実的には挫折し、一見、敗北であったようにも見えるが、魂の次元で考えるなら、妻の死という最大のマイナスの出来事を彼の人生にとってプラスの意味をもつものに転換する重要な働きをしたといえよう。この旅を終えた磯辺は、妻の生前以上に自分のなかに生きる妻の愛を深く感じ、妻と強く結ばれていることをかみしめてその心に生きる妻と共に人生を生きることになろう。妻のことを空気のように思い、その愛情を意識することもなく仕事一筋に生きてきた磯辺にとって、妻の愛を、妻との深い結びつきを知るためには、妻の死も、転生した妻を求めての旅も無駄ではなく意味あるものであったということができるのではなかろうか。

このように妻と磯辺の関係を見てくると、先にも少し触れたが、そこにイエスと弟子たちの関係と重なるものを見いだすことができる。イエスは弟子たちに差し迫った自分の死を告げ、弟子たちは動揺するが、イエスは自分がよみがえり、再びあなたたちと会うという言葉（ヨハネ16・22）を、死の前夜の最後の晩餐で遺言のように残して、十字架上で亡くなる。磯辺の場合も妻の死が告げられ、動揺するが、妻は死の前日の危篤の病床のなかで磯辺に遺言のように自分は必ず生まれ変ると告げて亡くなる。イエスの死によって悲嘆に暮れる弟子たちにとって、自分はよみがえり、再びあなたたちと会うというイエスの残した言葉が、何を意味するのか理解できないながらも、暗闇のなかの一点の光であったように、磯辺にとっても、妻の残した必ず生まれ変るという言葉が、どのようなことを意味するのかわからないながらも、その後の人生の生き方のよりどころとなる。そして、イエスの生前は無理解で最後にはイエスを弱さゆえに見棄ててしまう弟子たちがイエスの死を契機にイエスの生前の行動や言葉を思い出しながらその意味やその愛に気づいていく。それによって、イエスを見棄てた弟子たちのうしろめたい心に、そんな自分たちを死の最後まで深く愛してくれていたイエスの存在が刻印されていく。それと同様に、妻の生前は妻の愛情を意識することすらなくエゴイストだった磯辺も、妻の死を契機に生前の妻との様々なことを思い出し、自分がいかにエゴイストだったかに気づき、妻へのうしろめたい心に、死を迎える最後までそんな自分を愛してくれていた妻の存在が彼のなかに深く刻まれていくようになる。そしてさらに、弟子たちは「あの方は、あなたがたより先にガリラヤへ行かれる。かねて言われたとおり、そこでお目にかかれる」(マルコ16・7)とあるごとく、ガリラヤ湖——それは弟子たちの無意識にある母なるガリラヤ湖をも意味するといえるが——で復活のイエスと愛による奇蹟によって出会っていくように、磯辺も母なるガンジス河——それは磯辺の意識の深層にある母なる「深い河」の投影であるといえようが——で先にそこに受けとめられ、その永遠の次元に再び生きつづける妻に愛による絆によって出会っていくのである。

これは、いずれ大津について見ていくときに詳しく触れることになるが、大津は弟子たちが体験したイエスの復活という出来事について、イエスは死んでも弟子たちのなかに生きつづけ、弟子たちのなかに転生したのだと美津子に説明する。美津子はそれを聞いて、別世界の話のようだというが、その美津子が最後の場面で、磯辺の妻は死んでも磯辺のなかに生きつづけている姿を磯辺の心の奥に見いだし、磯辺のなかに妻は確かに転生していると告げることになる。このように磯辺のような典型的な現代の日本人というべき無宗教で平凡な人間のなかにもイエスの弟子たちの体験に類似する愛の奇蹟による転生という魂の劇を見いだし得るということは、弟子たちへのイエスの復活という出来事が私たちの人生の次元に全く関係のない別世界の実感のもてないことであるわけではないのだということを語っていると捉えることもできよう。そしてこの魂の劇は、作者遠藤自身が本当に心の底から実感できる復活や転生の意味をその劇に託すことで、人は死んだらどうなるか、無か、復活か、転生かという現代人の大きな問題に対して作者の独自な死生観を語ることにもなっているのである。

第二章　大津の場合――イエスの愛に生きる旅

1

前章では最初に登場する磯辺を中心に読み進めた。登場する順に従えば、次は美津子の番になるが、美津子を見ていくには、美津子が追っていく大津をしっかりと捉えておく必要があろう。そこでこの章ではこの作品の主人公の一人ともいうべき大津を先に取り上げ、そのなかで美津子にも触れつつこの小説を読み味わいたい。

大津については作者遠藤自らが「戦後、フランスに一緒に留学した井上洋治（「風の家」主宰の司祭）がモデルです」（「東京新聞」一九九三年八月十四日）と語っている。

大津は大学で哲学を学んだ後、フランスの修道院に入り、神父になる勉強をしながらも、ヨーロッパのキリスト教に違和感をもち、耐えきれず、神父になることが危うくなりながらも、自分の心を偽ることはできず、日本人として実感できるキリスト教を求めていこうとする。そうした姿には、井上神父の自伝的エッセイである『余白の旅』などで語っている神父自らのフランスの修道院での体験と重なる点が確かにある。しかしながら、女性に棄てられた挫折が修道院に入るきっかけになるという最初の設定や、神父となってインドで働くという最後の設定については、「群像」での遠藤と井上神父と安岡章太郎との座談会（「「信」と「形」――『深い河』を手がかりに」）でその点が話題になり、遠藤は大津には「井上神父の投影が幾分ある」と言いつつも、最初の美津子に棄てられるという設定は創作であるとわざわざ明言している。

ちなみに、遠藤は芸術家が扱う素材について「芸術家は自分が創作の衝動を受けた素材を、そのまま、描いたりはせぬ。素材は真珠貝のなかの核に似ている。芸術家の心の営みのなかでその素材は別の場所に移し変えられ、別の次元に再構成されていく。そして創り出される作品はやがて素材とは外見上、似ても似つかぬ色彩や構成やイメージを持ったものになっていく」（『キリストの誕生』）と述べている。これは作家遠藤がモデルとしての素材を扱う体験からの言葉であろう。例えば、短篇集『母なるもの』に収められている短篇「学生」には、明らかに井上神父がモデルと察せられる田島という神学生が登場するが、小説の最後ではフランスの修道院に入ったまま若死にしてしまう、といった設定になっている。

ここで、大津の生涯を俯瞰するなら、大津のフランスの修道院生活に井上神父の投影があるのは確かだが、この小説のそれぞれの登場人物が作者遠藤の分身であるともいえる。それは大津の場合も例外ではなく、大津の死んだ母が熱心なキリスト教の信者でその母への執着があることや、大津自身が信者の学生として上智大学に通っているという設定など、遠藤自身の投影が多分にあることは明らかであろう。そしてさらに言えば、最後のインドで行き倒れの人を探して歩く神父としての姿にはガリラヤの貧しい人たちのなかにあって、見捨てられた人たちを求めて歩いたイエスのイメージが重ねられていることは間違いない。

さらにまた、大津の魂の在り様を深くさぐっていくと、そうした外的に類似する事実以上に、この大津の内なる魂の在り様において、井上神父ともまた遠藤自身とも深いところで重なるものがあるように思われる。その共通の魂の在り様というのは、新約聖書におけるパウロの次の言葉が語る姿である。

何とかして捕らえようと努めているのです。自分がキリスト・イエスに捕らえられているからです。

（『フィリピの信徒への手紙』３・12）

大津の人生がイエスに捕らえられた者の人生として描かれていることは、これから詳しく見ていくことで明らかになってくると思われるが、井上神父や遠藤のこれまでの人生の歩みもまたイエスに強く捕らえられた者の人生であったにちがいない。イエスにしっかりと捕らえられているからこそ、あれほど懸命にイエスを自分の心に正直に捕らえようと努める生き方も生まれてくるのではなかろうか。

そうした大津の生き様とその魂の在り様こそ、これから大津を中心にこの小説を深く読み味わっていくなかで明らかにしていきたい。

2

この小説のなかに大津の名前が最初に登場するのは、「二章　説明会」の最後で、美津子がインドツアーの説明会の帰りに自分の卒業した大学――明らかに上智大学がモデルと考えられるが――のそばをタクシーで通ったとき、学生の頃を思い出す場面である。

その頃から彼女は通俗な今後の生活しか考えぬ同級生とちがって、人生がほしかった。しかしこの二つの違いにまだ気づいていなかった時に、あのピエロが彼女の前に現われたのだ。彼女が弄んだ大津が……。

（傍点筆者）

前章「磯辺の場合」でも指摘したが、ここでも生活と人生の違いが重要な主題となる。美津子の場合も、通俗的な生活の次元では満たされない渇きを抱え、それを癒してくれる人生を求めていたといえよう。そんな美津子の前に現れたピエロのような大津は、美津子が欲しても手にすることのできないそうした意味での人生を不器用ながらまさに一途に生きる人物として美津子の魂に関わってくるのである。後でわかるが、美津子はルオーの絵にも関心をもっていることから、ここでピエロというとき、それがピエロとイエスが重ねられるルオーの絵を介してイエスとつながるという意識を美津子がもっていた可能性はあろう。美津子は、その大津の人生を捕らえている、その向こうにある世界にこだわり続け、大津の後を追って「深い河」にまでたどり着くことになるのである。

この後、小説は「三章　美津子の場合」へと続き、場面は美津子の記憶のなかの大学時代へと遡る。「その頃はこの大学を一時、ゆさぶっていた学生運動もようやく下火になって、大半の学生が空虚感に襲われていた時代だった」とあることから、一九七〇年代前半頃と推察される。また、二章のインドツアーの説明会のあった年は、その旅行中にインドのインディラ・ガンジー首相の暗殺事件があったことから一九八四年であることがわかるが、それによって、二章から三章への移行の間にほぼ十年あまりの時間を遡っていると考えられる。さらにそのことから、美津子と大津の年齢について言えば、インドツアーに参加する美津子と、神父となってインドで働いている大津の年齢は最初の出会いからほぼ十年あまり経ったおよそ三十代前半であろうと察せられる。ちなみにこの大津の年齢は、井上神父が神父となった年齢（三十三歳）ともほぼ重なるだろうし、さらに言えばイエスが十字架にかかる歳とも近い設定である。

この章で大津は、「一人だけ暑苦しく黒い学生服の上衣を着て歩いている」異様な姿の学生として登場する。

級友の話によれば、上智大学予科にカトリックの信者の学生として通っていたとき、遠藤は異様に浮いた存在であったようである。また、遠藤は母から与えられた西洋直輸入のキリスト教信仰の形を、日本人の身の丈に合わない洋服と比喩的に表現しているが、この「暑苦しく黒い学生服」からも旧時代的なものを身にまとっているイメージが読み取れよう。ところで、大津だけはその後も服装が描写されているのはその服に象徴的な意味を込めているからであろうと考えられる。ちなみに、リヨンではベレー帽に貧しい修道服に身を包んで登場し、美津子には異人種に思われ、インドではヒンズー教徒と同じ白い布で腰を覆うドーティを着た姿で登場する。そうした野暮な恰好をしていて、失敗ばかりして皆をしらけさせ、皆から軽蔑されているピエロのような存在として、さらにまた、毎日放課後、大学の奥にある神父たちの祈る古いチャペルのあるクルトル・ハイムで祈っているキリスト信者の学生として、大津は美津子の前に登場する。

ところで、大津にとって大切な場所として出てくるクルトル・ハイムは、上智大のキャンパスにあって戦前からの面影を現在に残す貴重な建物であるが、そこは遠藤の人生にとっても忘れがたい想い出の場所であるといえる。上智大学の予科時代、クルトル・ハイムに隣接する学生寮聖アロイジオ寮に入っていた遠藤は、クルトル・ハイムで毎朝ささげられるミサに出ていたと察せられるため、そうした点でも大津に重なるところがあろう。ちなみに、遠藤が順子夫人との結婚式を挙げたのも、また井上神父が学生時代に洗礼を受けたのもこの聖堂であった。

さて、美津子は、男の学生たちからけしかけられて、女の学生の好奇心も関心も刺激しないような大津を、コンパに誘う。そこで、美津子は大津に、本気で神を信じているのかと問い、大津は、「信じているか、信じていないか、あまり自信ないんです」「長い間の習慣か、惰性かなあ、ぼくの一家は皆そうだし、死んだ母が熱心な信者だったから、その母にたいする執着が残っているのかも……。よく説明できないんです」と答える。それに対して美津子は「惰性なら、そんなのきっぱり棄てなさいよ」と言い、自分が「棄てさせてあげるわ」と誘う。そして、神を棄てる約束をするか、酒を飲むかと選択を迫るが、大津は飲めない酒を飲みつづけて吐いてしまう。そこで大津は「水をください」と哀願するが、ここには友もいないで孤独な大津が聖書のなかのサマリヤの女のように心の渇きを潤す水を求めていることが暗に示されていよう。それでも、「水じゃなくて、酒を飲みなさい」と命じる美津子を、もう許してくれと哀願している犬のように見あげ、「ぼくが神を棄てようとしても……神はぼくを棄てないのです」と訴える。この時点での大津の信仰は、確信がもてないまま、熱心な信者であった母への執着から惰性的にそれを棄てられずにいるという状況ではあるが、神が主語で語られるところに、頭での理屈の信仰ではなく、体にしみこんだ信仰があると考えられる。ここには、青年時代に何度か信仰を棄てようとしたが自分に信仰を与えてくれた母への愛着から棄てられなかったという若き日の遠藤自身の信仰が重ねられていることは言うまでもなかろう。

この次の日、美津子は、キャンパスのベンチにしょんぼり座っている大津を見つけ、クルトル・ハイムに祈りに行くのをやめたら、ボーイフレンドの一人にしてあげると誘惑する。そして、美津子は放課後、大津が来ないかどうか確かめるためにクルトル・ハイムに入って待つ。そこで美津子は、自分の前にあった聖書の一頁を拾い読みする。

彼は醜く、威厳もない。みじめで、みすぼらしい
人は彼を蔑み、見すてた
忌み嫌われる者のように、彼は手で顔を覆って人々に侮られる
まことに彼は我々の病を負い

我々の悲しみを担った

美津子はこの聖書の言葉を後に何度も思い出すことになるように、このイザヤ書の言葉がこの作品全体を貫く主題を担う言葉であることは、まちがいなかろう。ここで、美津子はこの聖書の言葉を実感のない言葉だと思うが、それが、美津子が大津を追っていくこの小説の進展とともに大津の行為に裏打ちされながら、美津子にとって徐々に実感をともなう言葉となっていく。この聖書の言葉（『イザヤ書』53章の「苦難の僕（しもべ）」の一節）は、初代教会以来受難のイエスのイメージと結びつけられている言葉であるが、それはこの作品ではイエスのあとを愚直についていく大津の姿とも重なることになる。それについては後でその都度触れることになるが、この最初の段階でまず、「彼は醜く、威厳もない。みじめで、みすぼらしい」という言葉が、ピエロのような大津のイメージとも結びつこう。

さて、それからの大津であるが、美津子の誘惑に負け、その日から美津子の言葉に従い、クルトル・ハイムに祈りに行くのも、日曜に教会へ行くのもやめ、美津子のマンションに通うようになる。美津子は大津が神を棄てて自分のところにきたことに満足感を抱くが、その満足感もやがて去り、愛欲に夢中になってのめりこむのは大津だけで、そんな姿をいつも冷やかに見ていた美津子は、季節も夏から冬に移り、大津を棄てる時期がきたと思う。美津子から「そろそろ終りにしない」と言われて、初心で生真面目な大津ははじめての男女の関係で遊びとは受け取っていなかったために、美津子が自分を好いているわけでも結婚の意思があるわけでもないことを知って「ひどい。ぼくはあなたを殺したいぐらいだ」と怒りを含んだ声をあげはするが、結局勇気のない大津は何もできずにうなだれて、帰っていく。

3

それから数年後（大学二年生だった大津が大学を卒業し、フランスに来て三年になるということから少なくとも五年が経っている）、美津子は自らの結婚式の二次会の席で夫の友人から、大津が神父になるためにフランスのリヨンの神学校に入っていることを偶然聞く。そして、フランスに新婚旅行に行った途中、夫をパリに残して『テレーズ・デスケルウ』の舞台となったボルドオに近いランド地方を訪れた美津子は、パリに戻る前にリヨンに立ち寄り、大津を訪ねる。ちなみに、リヨンの神学校といえば、そこが遠藤の留学した町であり、また井上神父も一時期その町のフルビェールの丘に建つカルメル会の修道院で生活しながら神父になるためにその町のカトリック大学で中世哲学を学んでいた場所であることが思い起こされる。実際に、その丘には、上智大学を経営しているイエズス会の有名な神学校と修道院があるのも事実であり、何よりもこのヨーロッパ・キリスト教の文化的伝統の色濃い保守的なリヨンの町は、大津が精神的にとけこめないその重い文化の壁にぶつかるのにふさわしい町であるといえる。

そこで美津子は大津に会い、あの時、神を棄てたはずなのにどうして神学生になったのかとたずねる。それに対して大津は、美津子から棄てられたからこそ、人間から棄てられたあの人の苦しみが少しわかったのだと言い、棄てられてぼろぼろになって行くところもなく、どうして良いかわからなくなって、仕方なくまたあのクルトル・ハイムに入って跪いていた間、「おいで、私はお前と同じように捨てられた。だから私だけは決して、お前を棄てない」という声を聞いて「行きます」と答えたのだという。美津子は、突然、クルトル・ハイムで見た、誰もいない祭壇に置かれていた痩せこけた男と、「彼は醜く、威厳もない。みじめで、みすぼらしい」という聖書の言葉を思い出す。ここで美津子のなかで自分に棄てられてみじめだった大津の姿と、祭壇の痩せこけた男と、この聖書の言葉とが重なって実感されはじめるのである。

それから美津子が、それでは神学生になったのも「わたくしのお蔭なのね」というのに対して、大津は、「そうです」と答え、それ以後、神は手品師のように我々の弱さや罪も何でも活用なさると思うようになったと言う。それを聞いて神を信じない美津子に理解できたのは、大津が自分たちの世界とはまったく隔絶した次元の世界に入ったということであり、美津子から「あなた、変ったわね」と指摘されたのに対して、大津は自分が変ったのでなく、手品師の神に変えさせられたのだと答える。そして、美津子が神とは何かと問うのに対して、大津は、神は存在というより働きであり、「愛の働く塊り」だと答える。さらに、美津子が働きとは何かと問うのに対して、大津は、神はある場所で棄てられた自分をいつの間にか別の場所で生かしてくれた、それは自分の意志など超えて神が働いてくれたのだと答える。美津子はその断乎とした口調に、前に知っていた、どこか弱気で善良だけがただ一つの取柄だった男とは違った強さを感じる。

ここで美津子の感じた大津の変化は重要な意味をもつ。かつて自分の信仰に自信がもてず、美津子と神とどちらを選ぶかという美津子の誘惑に負けて神を棄ててしまう意志の弱い大津であったが、神に生涯を捧げる神父になる道を選び、自分の信仰を断乎とした口調で語る強さをもつまでに変えられたのである。そこに大津は、自分の意志など超えて愛の塊である神が働いてくれたのだと告白するのであるが、それでは具体的に大津の魂の現場で何が起きたのだろうか。そこでまず注目されるのは、大津が、かつて美津子との愛欲に流されて神を棄て美津子のもとに通ったという行為は、神への大きな裏切りであったという点である。というのも、大津にとってそれは、単に怠けて日曜にミサにいかないとか情欲に流されて罪を犯したとかいう以上に、はっきりと美津子が神か自分かどちらを選ぶかと選択を迫るのに対して、神を棄て美津子を選ぶという行為だったからである。それは、新約聖書のなかでペトロをはじめとするイエスの弟子たちが、人間的な弱さゆえにイエスを見棄て、イエスなど知らないと言ったのと重なる大きな裏切りの行為であったといってよかろう。大津は、神を裏切り見棄てて美津子のもとに行ったにもかかわらず、そのうえでその美津子から棄てられたことで心がぼろぼろになる。その絶望の果てに、行くところもなく、どうして良いかもわからずに仕方なくまたクルトル・ハイムのチャペルにもどり一度裏切った神の前に跪いたとき、大津は神に対してどんなに後ろめたい思いを感じたことであろう。どんなに罰せられても仕方ないという思いさえあったかもしれない。ところが、そこで大津が出会ったのは、「おいで、私はお前と同じように捨てられた。だから私だけは決して、お前を棄てない」といって暖かく迎えてくれる母親のような愛の眼差しをそそぎ、迎えてくれる神であった。ここで注目したいことは、大津が神に対して謝罪をするとか悔い改めるとかいった行為をするよりも先に、まず神の方からぼろぼろになっている大津に「おいで」と声をかけ、暖かく迎えているという神の姿勢である。これは、イエスが神の愛の姿をたとえで語った、ぼろぼろになって帰ってきた放蕩息子を見て、息子の謝罪を聞く前に腸がちぎれるほどの想いに駆られて抱きしめて迎える父親の姿勢と重なろう（ルカ15・11〜32）。そうした裏切った自分をなお愛し続けてくれる暖かな神の眼差しに触れて、大津の魂に真の回心が起きたのではなかろうか。大津は、神を裏切る行為を通してかえって神の愛とゆるしがいかに深いものであるかを知ることになったのである。そして、それによって信仰に対する確信のもてなかった大津は大きく変わったのであろう。そうした体験に裏打ちされているからこそ、大津は、神が我々の弱さや罪をも活用される手品師であり、我々の意志など超えて働く愛の塊だと断乎とした口調で言えるようになったにちがいない。

それから、レストランで食事をしながら、大津は美津子から、日本人のあなたがヨーロッパのキリスト教なんか信じるのは歯の浮く感じがすると言われて、自分はヨーロッパのキリスト教を信じているわけではないと答える。そして、「三年間、ここに住んで、ぼくはここの国の考え方に疲れました。彼等が手でこね、彼等の心に合うように作った考え方が（中略）東洋人のぼくには重いんです。溶けこめないんです」と訴える。さらに、「ぼくはここの人たちのように善と悪とを、あまりはっきり区別できません。善のなかにも悪がひそみ、悪のなかにも良いことが潜在していると思います。だからこそ神は手品を使えるんです。ぼくの罪さえ活用して、救いに向けてくださった」と言い、また「修道会からは、ぼくには異端的な傾向があると言われますが、まだ追い出されません。でもぼくは自分に嘘をつくことができないし、やがて日本に戻ったら、（中略）日本人の心に合う基督教を考えたいんです」と語る。こうしたヨーロッパ人の考え方に溶け込めずに疲れ、自分に嘘をつけないゆえに、日本にもどったら日本人の心に合うキリスト教を考えたいと願う大津の姿には、フランスでの長い修道院生活を通して日本人には入ろうとしてもはじき返されてしまうヨーロッパ文化の重みを感じた井上神父の投影があろう。さらに、そこに日本人の心情でイエスの教えを捉えなおさなければキリスト教は日本に決して根を下ろさないとの確信をもつに至ったという信仰の思索の遍歴の投影があることは、まちがいなかろう。

この大津と美津子の会話でひとつ注目されるのは、大津が、美津子から神という言葉は、いらいらするし実感がないから、やめてくれないかと言われ、それならトマトでも玉ねぎでもいいと答え、二人の会話ではそれ以降、神＝キリストの代わりに「玉ねぎ」と呼ぶようになる点である。こうした神の暗喩的な表現は、例えば『私にとって神とは』などの遠藤の宗教的エッセイのなかでも、自分の人生で後ろから押してくれている力というものを仮にXとするとき、そのXを神と名づけようが、キリストの働きと名づけようが、そういう言葉がいやならば「玉ねぎ」とでも呼んでもいいとあるように、すでに遠藤の著書のなかでは馴染みの表現であり、こうした工夫によって遠藤は神という言葉に抵抗感をもつ日本の多くの読者にも、自分を超えて自分の人生にそそがれる目に見えない働きというものを理解できるように語りかけている。ちなみに、井上神父もキリスト者でない一般の人たちに話すときなどには神という言葉を、「大いなるいのち」、「大自然のいのち」などと置き換えながら語ることで、抵抗なく話を受けとめられるようにしていることが思い起こされるが、この場合も、神を信じる大津と神という言葉に抵抗感をもつ美津子との会話が、玉ねぎという言葉を使うことで巧みに描かれている。先にも触れた「群像」の座談会で遠藤は、神を玉ねぎとした意味について、「らっきょうは幾らむいても皮ばかりというところがある。玉ねぎもそうだろう。幾らむいても愛ばかり」と語っているが、確かに愛の働きの塊としてふさわしくそれでいてユーモラスなイメージとして成功していよう。この二人の食事をしながらの会話のなかで、大津が美津子に子供のように笑いかえしながら、「この玉ねぎ（オニオン）のスープは……おいしいです」という場面があるが、ここには神の愛の塊の働きを味わっている大津の子供のように素直な喜びの表情をも重ねて読みとることができよう。ちなみにインドでの料理として「酢づけの玉ねぎ」が後から出てくるが、文化によって同じ玉ねぎもそれぞれの味わわれ方をする点によっても、遠藤の神のイメージと重なるものがあることが示されていよう。

4

次に、大津のことがこの小説に出てくるのは、「六章　河のほとりの町」においてである。美津子がリヨンで大津に会ってからは少なくとも四年以上の歳月がたっており、すでに離婚している美津子は、インドのヴァーラーナスィに着いた夜、ホテルでインドまで持ってきた大津の二通の手紙を取り出す。そこには大津のその後の消息が語られている。

まず、最初の手紙では、今は南仏アルデッシュにある修錬院で畠仕事や肉体労働にいそしんでいるが、それは、リヨンの修道会からまだ神父に非適格だとして、神父になる叙品式（叙階式）を延期されたからだとある。そしてその理由は、異端的なものが含まれているからで、自分のなかの日本人的な感覚がヨーロッパのキリスト教に違和感をもたせたのだと述べ、次のように語る。

神学校のなかでぼくが、一番、批判を受けたのは、ぼくの無意識に潜んでいる、彼等から見て汎神論的な感覚でした。日本人としてぼくは自然の大きな命を軽視することには耐えられません。いくら明晰で論理的でも、このヨーロッパの基督教のなかには生命のなかに序列があります。よく見ればなずな花咲く垣根かな、は、ここの人たちには遂に理解できないでしょう。もちろん時にはなずなの花を咲かせる命と人間の命とを同一視する口ぶりをしますが、決してその二つを同じとは思っていないのです。

「それではお前にとって神とは何なのだ」

と修道院で三人の先輩に問われて、ぼくはうっかり答えたことがあります。

「神とはあなたたちのように人間の外にあって、仰ぎみるものではないと思います。それは人間のなかにあって、しかも人間を包み、樹を包み、草花をも包む、あの大きな命です」

この大津の、日本人として自然の大きな命を軽視することには耐えられないと言って、芭蕉の俳句を例にあげる姿には、明らかに井上神父の投影があろう。井上神父は、『余白の旅』のなかで、「ヨーロッパでの修道院生活においてもっとも苦しかったことは、明らかに自然から断絶された生活を送ることを強いられたからに違いなかった」と述べ、さらに次のように語っている。

ヨーロッパの人たちにとって、自然はその懐に憩うものではなく、人間に仕えしめるべきものであった。修道院生活では、よく「目のつつしみ」ということをいわれたが、この目のつつしみは、たんに人間に対してだけではなく、自然に対してもなされなければならないようであった。生活に疲れたときなど、ぼんやりと窓外にひろがる葡萄畠を眺めていて、よく注意を受けたことがあった。絶えず「自己の魂の奥底に現存する神」との対話に専心するよう努力するべきである、という発想はわからないことはなかったが、しかし「自然の心の奥底に現存する神」との対話が何故拒否されなければならないのかがどうしても私にはよくわからなかった。よくわからないだけではなくて、一日の生活が厳しく細目にわたって規則で律しられている修道院生活の中で、自由に自然と対話する時間を見つけることができないということは、スコラ神学の暗記の勉学とならんでもっとも大きな苦痛であった。

ちなみに、日本に帰った井上神父は自然への親近感をもつ日本人の感覚が、汎神論（パンテイズム）的な考え方として異端視され、拒否されるべきものではなく、キリスト教の信仰とも結びつくことを探究していく。そしてそれは、東方キリスト教の神学との出会いやパウロのいう「キリストの体」という考え方などによって、私たち一人一人も草も鳥もすべて等しく神の働きによって存在させられ生かされているのであって、それぞれが「キリストの体」の部分なのだという汎在神論（パンエンテイズム）としてのキリスト教によって説明されていくことになる。

それから、大津の手紙には、「でも、ぼくは信仰を失ったのではないんです」とあり、次のように自らの信仰が告白される。

少年の時から、母を通してぼくがただひとつ信じることのできたのは、母のぬくもりでした。母の握ってくれた手のぬくもり、抱いてくれた時の体のぬくもり、愛のぬくもり、兄姉にくらべてたしかに愚直だったぼくを見捨てなかったぬくもり。母はぼくにも、あなたのおっしゃる玉ねぎの話をいつもしてくれましたが、その時、玉ねぎとはこのぬくもりのもっと、もっと強い塊り――つまり愛そのものなのだと教えてくれました。大きくなり、母を失いましたが、その時、母のぬくもりの源にあったのは玉ねぎの一片だったと気づきました。そして結局、ぼくが求めたものも、玉ねぎの愛だけで、いわゆる教会が口にする、多くの他の教義ではありません。（もちろんそんな考えも、ぼくが異端的と見られる原因です）この世の中心は愛で、玉ねぎは長い歴史のなかでそれだけを人間に示したのだと思っています。現代の世界のなかで、最も欠如しているのは愛であり、誰もが信じないのが愛であり、せせら笑われているのが愛であるから、このぼくぐらいはせめて玉ねぎのあとを愚直について行きたいのです。

その愛のために具体的に生き苦しみ、愛を見せてくれた玉ねぎの一生への信頼。それは時間がたつにつれ、ぼくのなかで強まっていくような気がします。ヨーロッパの考え方、ヨーロッパの神学には馴染めなくなったぼくですが、一人ぽっちの時、そばにぼくの苦しみを知りぬいている玉ねぎが微笑しておられるような気さえします。ちょうどエマオの旅人のそばを玉ねぎが歩かれた聖書の話のように、「さあ、私がついている」と。

これは、ヨーロッパの考え方や神学に馴染めなくなった大津が自分で真に実感をもってとらえ、信頼するイエス像を語った信仰告白ともとれる言葉である。それは、教義や神学として教会から教えられたというものではなく、大津が孤独のなかでエマオの旅人（ルカ24・13〜35）のように真に出会った、自分の苦しみを知りぬいて共に歩んでくれる同伴者イエスの姿である。聖書を読む視点や強調点の違いによって多様なイエス像が描かれ得ようが、自分が本当にこのイエスに出会って救われたという感動をともなうイエス像をもたなければ、自分の人生を賭けてそのイエスに従おうとまで思えないだろう。ここで大津は確かにそうした自分の人生を賭けて従うイエス像をもつにいたっている。遠藤にしても、井上神父にしても、心から自分が日本人として実感でき、このイエスに出会えて本当によかったという感動をともなうイエス像をもっているからこそ、そのイエスを語ることに人生を賭けることもできるのだろうし、そのイエス像は私たちの心の琴線にも響いてくるのであるにちがいない。

ここで、母の愛のぬくもりへの信頼が、神の愛のぬくもりへの信頼と重なっていく信仰のあり方が、「母なるもの」などの作品に語られているように母親への愛着が深く信仰とつながっている遠藤自身の信仰体験と重なるものであることはまちがいない。遠藤文学において「母なるもの」は、単に母親の暖かなぬくもりとして描かれるよりも、母親への裏切りとその裏切った子を哀しげにみつめる母親の眼差し、そしてその愛のゆるしの眼差しのなかで子の感じる痛みといったモチーフとして中心に描かれており、この大津の場合もそれは例外ではない。

というのも、大津は最初からこのような母への愛着がそのままキリストの愛への信頼と重なるといった信仰をもっていたわけではないということがまずいえるからである。大学時代の大津は、母への執着から信仰を惰性的にもっていたが、自らの信仰に自信がないという状態であった。それが自分の人生を賭けてイエスに従って生きるというほどの信頼をもつまでになったのには、その間に、母と深くつながった信仰を愛欲に流される弱さゆえに、一度棄ててしまったという母への裏切りがあった事実を見逃すことはできない。その後、美津子に棄てられ、ぼろぼろになって再びクルトル・ハイムにもどって跪いたとき、大津には、うしろめたい気持で母のことが思い出されただろうことが推察される。そのとき大津の心のなかにいる母は、少年時代、愚直だった大津を見棄てなかったように、裏切ったことを叱ることなく傷ついた大津を母の愛のぬくもりで暖かく包んでくれたにちがいない。そして、その母のぬくもりはそのままイエスのぬくもりと重なり、「おいで」と言って大津を暖かく迎えるイエスの声となったといえるのではなかろうか。そうであるからこそ、その裏切った自分をゆるし愛し続けてくれる眼差しに触れて、うしろめたさに痛む心にその暖かな愛への信頼が深く刻みこまれていったのである。

ここでさらに注目したい点は、そうした母親のようなイエスの愛のゆるしの眼差しのなかにおける、大津のその後の人生の生き様である。この大津のその後の生き方を見るならば、あるがままに受け入れる無条件の愛とゆるしの母性原理が強調されると何をしてもゆるされるということで居心地のいいぬくもりのなかで甘えてしまい、安易な方向に流されるのではないか、やはり人間の成長には人をあるべき方向に導く厳しい父性原理が強調される必要があるのではないかというような批判もよく聞くことがある。しかし「大津の場合」においては、この母親のようなイエスの愛とゆるしの眼差しのなかで安易な方向に流されるどころか、イエスの弟子たちと同様に、かえって時とともにその愛への信頼を強めながら、愛のために具体的に生き苦しみ、愛をみせてくれたイエスの一生に倣って自分も生きる、より厳しい生き方を選んでいくことがわかる。ここには、母性原理の強い愛とゆるしの神との出会いによる真の魂の回心の劇がどのようなものかが示されているといえるのである。

5

大津の二通目の手紙は次のように始まる。

お便りを本当に有難うございました。成瀬さんの絵葉書を見ているうちに、行間から感じたのは、ひとりぽっちなあなたの心でした。

でもぼくのそばにいつも玉ねぎがおられるように、玉ねぎは成瀬さんのなかに、成瀬さんのそばにいるんです。成瀬さんの苦しみも孤独も理解できるのは玉ねぎだけです。あの方はいつか、あなたをもういひとつの世界に連れていかれるでしょう。

ここで大津が、離婚したという美津子の便りに対して、その孤独な心を行間から感じとり、その孤独や苦しみを理解できるのはイエスだけだと言い得るところから、大津自身が自らの孤独な生活のなかでイエスへの信頼をどれほど強くもつようになっていったかをうかがい知ることができる。それ以前の大津は、美津子の魂の孤独には気づかないで自分のことばかり語っていた。それが、ここでは美津子が一見どんなに華やいだ交友関係という人間と人間の横の関係をもっていたとしても、それは生活の次元のうわべだけのもので真の絆ではなく、さらに人間と人間を超えたものとの垂直な縦の絆がないなかで、美津子がどんなに孤独であるかを大津は察することができたのであろう。ここでいう「もうひとつの世界」とは、生活の次元では満たされることのない魂の孤独を癒してくれる永遠の同伴者に出会う魂の次元の世界といってよいように思われる。美津子はそれを欲しながら得られず、大津の生きる世界でこそそれが得られると心の深部で予感して、大津を追ってインドのガンジス河のほとりのこの町までくることになったということができる。大津は、神が何でも活用することで、美津子をいつかその世界に連れていくだろうと予言的に語っている。それがどういう世界であるかは小説の最後に暗に示されることになる。

ところで、大津は、その手紙のなかで、今はイスラエルのガリラヤの修道院で勉強を続け、働いているという。

ここでそれまでフランスにいた大津がガリラヤで生活をしているというのは唐突な感じもあるが、それだけにあえてここで大津にガリラヤでの生活を体験させるという設定には作者遠藤の強い思い入れがあるにちがいなかろう。

つまり、大津は、キリスト教世界の真髄を求めてキリスト教の長い伝統のうえに築かれているヨーロッパの修道院に入ったのであろうが、そこで、ヨーロッパの考え方や神学に馴染めず、そしてそんな自分の思いを誰にも理解してもらえず、孤独になる。それは、遠藤のフランス留学での体験でもあり、また、井上神父のフランスの修道院生活での体験でもあったといえる。そうした体験の後に、長い歴史のなかで築かれていったヨーロッパ・キリスト教世界ではなく、福音書が伝えるイエスそのものを求めるようになった遠藤や井上神父にとって、最も重要な場所になったのが、イエスの足跡が残された土地、殊にイエスがこよなく愛され、貧しい人々や悲しい人々のなかを歩み、福音を宣べ伝えたガリラヤであった。遠藤自身、ガリラヤについて「人間は自分の思想に照応した土地を愛する。洗者ヨハネが一木一草もない荒涼たるユダの砂漠できびしい『父の宗教』を説いたとするならば、イエスの『母の宗教』はガリラヤのなだらかな丘、やわらかな光、そして穏やかな湖とその湖畔の町々にその精神的風土を見出すだろう」(「聖書物語」)と語っているように、母のように暖かな愛の神を説き、自らもその愛に生きたイエスの風土的背景を知るのに、ガリラヤは一番重要な場所であるといえる。大津はガリラヤの地での生活のなかで、福音書の伝えるガリラヤでの貧しく悲しい人たちをたずねてまわったイエスの姿を想いながら、愛であり命のぬくもりであるイエスを強く実感することになったと考えられる。

さらにもう一つ、ガリラヤの地で大津が生活することの重要な意味は、ほとんど多くがキリスト教徒というフランスでの生活とは違って、ユダヤ教徒とイスラム教徒およびキリスト教徒もいるというガリラヤの宗教的環境のなかで生活をする経験をしたということである。この手紙のなかで、神父になる資格を与えられなかった理由を、「相変らずヨーロッパ式の基督教だけが絶対だと思えないと答案に書いたり口にしたから」だと言い、その当時のことを思い出しながら最も自分が批判を受けたのは口頭試問で、「神は色々な顔を持っておられる。ヨーロッパの教会やチャペルだけでなく、ユダヤ教徒にも仏教の信徒のなかにもヒンズー教の信者にも神はおられると思います」と発言した時だったと語る。それに対して先生たちから「その考えこそ、君の汎神論的な過ちだ」と烈しく叱られ、「でも基督教のなかにも汎神論的なものも含まれていないでしょうか」「シャルトルの大聖堂に巡礼した時、あの大聖堂はあの地方の人たちの地母神の信仰を聖母マリアの信仰に昇華させたのだと本で読みました。つまり……その地母神の信仰を根にして基督教を育てたと思いました。十六世紀十七世紀にはかなりの基督教に帰依した日本人がいましたが、その人たちの信仰心はヨーロッパの方たちのものとは違います」「仏教的なものや、今、批判された汎神論的なものがそこに混在しているのです」と答える。さらに、「では正統と異端の区別を君はどこでするのかね」という先生たちの質問に対して、「今は中世とちがいます。他宗教と対話すべき時代です」と答え、さらに「もちろん法王庁もそれを認めておられる」と先生たちが言うのに対して、「でも基督教は自分たちと他宗教とを対等と本当は考えておりません」「他の宗派の立派な人たちは、いわば基督教の無免許運転をしているようなものだとあるヨーロッパの学者がおっしゃっていましたが、これでは本当の対等の対話とは言えません。ぼくはむしろ、神は幾つもの顔をもたれ、それぞれの宗教にもかくれておられる、と考えるほうが本当の対話と思うのです」と答える。

ここにはヨーロッパ式のキリスト教を絶対とする考えに対する二つの大きな問題が投げかけられている。一つは、地母神の信仰を根にしてカトリック信仰を育んだシャルトルの例にも見られるように、キリスト教が文化風土に根づいて発展していくなかには汎神論的なものも含まれているという点である。この大津の投げかけた問題は、文化から離れて純粋培養されたようなキリスト教などというものは存在しないのであって、文化や時代の影響を離れては生きられない人間がキリスト教を生きる限り、そのキリスト教世界にはその人たちの血のなかにある文化的無意識ともいうべき宗教性や時代の影響が必ずあって当然であるし、それらに根を深く下ろしながら発展していくものであるにちがいないという点である。

この点について遠藤は一九六六年の『沈黙』発表前後からすでに、西欧のキリスト教はキリスト教そのものの一部の形態であるため、汎神論的なものも吸い上げているような形態のキリスト教を日本人として求めていく必要があることを語っている（「座談会　神の沈黙と人間の証言」「福音と世界」66・9）。そして、実際にそうしたテーマを描いた『沈黙』をはじめ多くの作品を発表している。当時こうしたテーマを大胆に込めた作品を発表したことは画期的であった。『沈黙』が発表当時、一部の教会などで禁書扱いになったことが示しているように、当時それがどれほど時代を先駆けた挑戦的なものであったかが理解される。ちょうど現代社会における開かれた教会をめざす画期的な方向転換が打ち出された第二バチカン公会議が閉幕した翌年である。遠藤のそうしたキリスト教理解も今日では教会の内外を問わず、多くの人の共感を呼び、広く受け入れられていることを想うと、『沈黙』はまさに日本のキリスト教の進むべき方向を示唆したとも言うべき作品であったといえよう。それが『深い河』ではもう一歩進んで、ここではキリスト教を絶対視しない多元主義的な宗教理解によるキリスト教理解の問題が新たに加わっている。ここで「神は色々な顔を持っておられる」という言葉には、『神は多くの名前をもつ』の著者であるイギリスの神学者ジョン・ヒックに代表される多元主義の神学を思い起こさせるものがある。ただし、それは遠藤がその影響を受けての言葉であるというよりも、長い間、日本という様々な宗教のある環境でキリスト教の信仰を生きながら、実感してきた偽らざる思いの表出であるにちがいなかろう。これからの日本のキリスト教の方向性として、ヨーロッパ式のキリスト教絶対主義から脱却して日本人の文化的無意識ともいうべき宗教的心性に根ざした信仰を求め、他宗教に対しては排他的にも優越的にもならず、対等の立場で共存していくことの必要性が語られているといえよう。
その後の大津は次のように内心を語る。

> どうでもなれ、という気持と共に、もしぼくの考えが根本的に間違っているならば、先生たちが（いや、ぼくの信頼しているあの方が）鍛えなおしてくださるという期待があったのです。ただ心にもない嘘をつく**ことだけはぼくの人生のためにも決してやるまい**と考えました。

この傍点を付した言葉の重要性はいくら強調してもしすぎることはなかろう。というのも、この大津の姿勢は、遠藤が『沈黙』をはじめ、この『深い河』に至るまで、批判されることは覚悟の上で貫き通してきた信仰の姿勢そのものであるといえるからである。そうであるからこそ、西欧式のキリスト教に接して心の底でどこか違和感を覚えたとき、その自分の心をごまかすことなく、たとえそれが既存のキリスト教の教義や神学とぶつかろうとも、本当に心の底から実感できるキリストの道をいちずに求めていったといえるのである。ここで大切なことは、大津がこのような信仰の姿勢をもつことができるのも、神が自分を捕らえてくれているという信頼がまず前提としてあるからであるということを忘れてはなるまい。そうした信頼が強くあるからこそ、もし間違っていれば、鍛えなおしてくれるという信頼のうちに、自分の心に正直に信仰を生きることができるのであるにちがいなかろう。もし、そのような強い信頼がなければ、自分が心の底で感じているものがキリスト教の枠を出ているのではないかという不安から、そうした意識の深層で感じるものを抑圧してしまい、心の深みに根ざさない意識の表層のみでその枠内を出ないように自分の意識を枠に合わせて窮々とした信仰生活を送ることになる。実際に日本のキリスト者の多くは、欧米のキリスト教世界が築いた既成のキリスト教の枠からでることを異端視するあまり、日本人が心の深層でいきいきと感じる世界の多くを切り捨ててきたといえるのではなかろうか。まさにそうしたなかにあって大津は自分を捕らえた神への強い信頼があるゆえに自分の心に正直に心の深みに根ざした信仰を生きているのであって、それが遠藤や井上神父の信仰と深くつながっているといえるのである。

6

ガリラヤからの手紙の後の大津の消息について美津子は、大津が神父になってインドの修道院にいることを同窓会の集まりで知らされる。それは、インドの写真によく出てくるガンジス河のなかで体を洗っている場所であると言われ、美津子は、後に百科事典を調べ、それの最も有名な場所はヴァーラーナスィであることを知る。ここでガリラヤにいた大津が神父になってインドのヴァーラーナスィに行った理由については作中では何も語られておらず、何か突飛な感じがするのは否めない。それだけにそうした設定をあえてしたところには作者の思い入れが強くある点は確かであろう。それが何であるかは、この後の大津のヴァーラーナスィでの生きざまを見ていくことで明らかになるだろう。ちなみに、ヴァーラーナスィは、ベナレスのインド独立後の正式名で、ベナレスというのは英語名の日本語読みで、一般にはバナーラスと呼ばれている。

その後、「八章　失いしものを求めて」では、インドのヴァーラーナスィに来た美津子は、キリスト教の神父でありながら、ヒンズー教徒と同じドーティという白い布で腰を覆った服装をして行き倒れの死体を火葬場に運ぶ仕事をしている日本人のいることを聞かされる。ここで、大津は以前修道院で着ていたような重苦しい修道服や神父の着る西洋の服を脱ぎ捨て、インドの気候風土に適したインドの人びとの服を着ていることがあえて描かれていることは注目に値しよう。マザー・テレサが西洋的な修道女の服ではなく、インドの女性が着るサリー（そのなかでも最も貧しい人が着る木綿のサリー）を着ているのと同じであり、その服装には西洋直輸入のキリスト教ではない、その風土に根ざしたキリスト教の信仰の形を生きている姿が象徴されているのではなかろうか。そして、美津子はその町の教会をたずねるが、大津はいないと老神父から不快感をもって言われ、大津がここでも教会から突き放されていることを知る。

次の「九章　河」で美津子は、大津が娼婦のいる場所に出入りしていることを沼田に調べてもらい、そこをたずねるが大津には会えず、戻ろうとしているところで大津に呼び止められ、やっと出会うことができる。そして大津は、自分はもう教会にはいないで、ヒンズー教徒の道場であるアシュラムに拾われ、そこに住んでいることを美津子に告げる。

続く「十章　大津の場合」では、美津子は大津とともにホテルにもどり、中庭で大津の話を聞く。行き倒れのヒンズー教徒を火葬場まで運ぶ仕事をしている大津に対して、美津子がヒンズー教のバラモンでもないのにと言うと、大津は「そんな違いは重大でしょうか。もし、あの方が今、この町におられたら」「彼こそ行き倒れを背中に背負って火葬場に行かれたと思うんです。ちょうど生きている時、彼が十字架を背にのせて運んだように」と答える。ここで、大津にとってイエスがどのような方であったかという確信が堅固なものとして描かれていることに気づかされる。イエスはガリラヤの村々をめぐりながら、マラリヤの熱病患者をはじめ病める人、苦しむ人、孤独な人たちを探し求め、愛の眼差しを注いでいった。ガリラヤの修道院にいた大津は、そのようなイエスの姿を何度も思い浮かべ、心に刻み込んだことであろう。そうしたイエスの姿が自分のなかに生きている大津であるからこそ、「もし、イエスがここにおられたら」と確信をもっていえるのにちがいなかろう。

そしてさらに大津は、「でも結局は、玉ねぎがヨーロッパの基督教だけでなくヒンズー教のなかにも、仏教のなかにも、生きておられると思うからです。思っただけでなく、そのような生き方を選んだからです」と答える。この傍点を付した言葉は大津の生き方を考える上で決して見過ごせない言葉である。なぜなら大津は、フランスの修道院にいたときから、ヨーロッパの教会だけでなく仏教の信徒のなかにもヒンズー教の信者のなかにも神はいると思ってきたからである。しかし彼が、ただ思うだけでなく、そのような生き方を選んで実際にそれを命がけでひとすじに生き抜いていることこそ極めて注目すべき点であるにちがいない。ヨーロッパの教会の考え方や神学に対する違和感を心のなかで感じる人は少なくないだろう。そして、そのなかには内心では自分なりにこうあるべきではないかという思いをもつ人もいるだろう。しかし、そう思っただけでなく、その自分の心で感じた思いに嘘をつかず、それを大切にして、その思いを実際に人生をかけて生きぬくキリスト者はこの日本の地にあってどれだけいるだろうか。そうしたなかで看過してはならないことは、大津がヨーロッパのキリスト教会から追い出されようとも、キリストの愛に駆り立てられ、それを実践して生きるキリストの道を一途に生き抜いているということである。

再び、大津と美津子の会話にもどるが、大津は、美津子から仏教やヒンズー教のいう転生を信じるのかと聞かれて、次のように答える。

> 「玉ねぎが殺された時」と大津は地面をじっと見つめながら呟いた。まるで自分に向って言いきかせるように、「玉ねぎの愛とその意味とが、生きのびた弟子たちにやっとわかったんです。弟子たちは一人残らず玉ねぎを見棄てて逃げて生きのびたのですから。裏切られても玉ねぎは弟子たちを愛し続けました。だから彼等一人一人のうしろめたい心に玉ねぎの存在が刻みこまれ、忘れられぬ存在になっていったのです。弟子たちは玉ねぎの生涯の話をするために遠い国に出かけました」（中略）

「以来、玉ねぎは彼等の心のなかに生きつづけました。玉ねぎは死にました。でも弟子たちのなかに転生したのです」

「よく、わからない」美津子は強い声で逆らった。「別世界の話を聞いているような気がする」

「別世界の話じゃありません。ほら、玉ねぎは今、あなたの前にいるこのぼくのなかにも生きているんですから」

たしかに大津の言葉は大津の苦しいであろう生き方に裏うちされていた。

遠藤はここで、転生という言葉に仏教やヒンズー教で一般的に使われる「死者が再びこの世界に生まれ変る」という意味とは違う、独自の意味を込めているといえよう。大津のいう「転生」の意味は、人は死んで終りというのではなく、死後も残された人の心にその存在が刻みこまれる限り、その心に生きて働くというような意味合いであるといえるのではなかろうか。ここで、大津がイエスを裏切った弟子たちとそれでも弟子たちを愛し続けたイエスについて、さらにその弟子たちに起こったイエスの転生という魂のドラマについて語るのは、弟子たちと同様にイエスを裏切った大津自身にも起きた魂のドラマであることを強く意識していたからであろうことはまちがいあるまい。それゆえに「まるで自分に向って言いきかせるように」語っているのである。大津は、かつて美津子への愛欲に流されてイエスを裏切ったが、そんな自分をイエスは愛し続けてくれていることを知って、自分のうしろめたい心にイエスの存在が刻みこまれ、イエスのために生涯を賭ける人生を選んだのである。以来、大津の心のなかにイエスは生き続けているのであり、そうであるからこそ「玉ねぎは今、あなたの前にいるこのぼくのなかにも生きているんです」と実感をもって断言することができたのであるにちがいない。そしてさらに、大津は次のように語る。

ガンジス河を見るたび、ぼくは玉ねぎを考えます。ガンジス河は指の腐った手を差し出す物乞いの女も殺されたガンジー首相も同じように拒まず一人一人の灰をのみこんで流れていきます。玉ねぎという愛の河はどんな醜い人間もどんなよごれた人間もすべて拒まず受け入れて流れます。

ここで大津は、物乞いの灰もガンジー首相の灰も同様にのみこんで流れる母なるガンジス河を、どんな人間をも受け入れて流れる愛の河であるイエスと重ねて見ていることがわかる。その大津の信仰において、行き倒れの人たちをガンジス河まで運ぶことは、その人たちを「どうぞ受け取り抱いてください」とイエスの愛の河に運びわたすこととまさに同じ意味をもつ行為であったといえるだろう。

それから、大津は美津子に「顔に吹き出ものができているわ」と言われ、「娼婦の家なんかに出入りしていますから」と答える。そして「まさか……彼女たちを抱いたの」と問う美津子に対して、大津は「抱きましたよ、もっとも男たちのために働きに働いて死んでしまった可哀想な彼女たちの、ボロ屑のような遺体を、ですけれど」と冗談を交えて答える。この後の大津の「病気になった娼婦は汚水の流れた地面に放り出される」という言葉からも、大津の顔に吹き出ものができているという表現は、病気になって棄てられた娼婦たちの遺体を大津が運んでいる間にその病に感染した可能性を暗に示しているのではないかと察せられる。イザヤ書の「まことに彼は我々の病を負い　我々の悲しみを担った」という「苦難の僕（しもべ）」のように、まことに大津は娼婦たちの病を負い、娼婦たちの悲しみを担ったのである。

そして、大津は別れ際に美津子に「成瀬さんとも、生涯もう会えないかもしれませんね」と言う。ここで大津は、自分が娼婦たちの病に感染していることに気づいており、自分の死期が近いことを予感していたのではなかろうか。

7

十一章は、「まことに彼は我々の病を負い」というイエスの姿と結びつくイザヤ書の「苦難の僕」の言葉がそのまま章題になっている。これは明らかに先に触れた娼婦たちの病を負った大津の姿と重ねたイメージによるものであるにちがいなかろう。小説の描写の視点から言えば、この章ではじめて、大津の物語が美津子との関係なしに独立して描かれる。ヒンズー教の修行者たちの道場であるアーシュラムにいる大津の寝場所には、祈禱書、ウパニシャド、マリア・テレサ（マザー・テレサ）などの本がベッドのうえに放り出されている。そこにもどった大津は、跪いてしばらく祈り、それからマハートマ・ガンジーの語録集を拾い上げ、ベッドに体を横たえて、何度も繰りかえして読んだ箇所に眼をやりながら眠りのくるのを待つのである。

「私はヒンズー教徒として本能的にすべての宗教が多かれ少なかれ真実であると思う。すべての宗教は同じ神から発している。しかしどの宗教も不完全である。なぜならそれらは不完全な人間によって我々に伝えられてきたからだ」

「さまざまな宗教があるが、それらはみな同一の地点に集り通ずる様々な道である。同じ目的地に到達する限り、我々がそれぞれ異った道をたどろうとかまわないではないか」

これらは大津の好きな言葉で、彼がまだこの語録を知る前から、このガンジーの言葉と同じ気持を抱いていたという。そしてそのために、神学校でも修練院でも上司の顰蹙をかい、フランスの同輩の反感と軽蔑とを起こさせたといって、当時のことを夢に見る。そのなかで先輩から「ヨーロッパが嫌なら、とっとと教会を出ていけばいい」と言われた大津は、「出ていけません」「私はイエスにつかまったのです」と泣きそうな声を出す。

このガンジーの言葉は先に言及した「神は多くの顔をもつ」と考える大津の思いと重なるものであり、それゆえに何度も繰り返し読んで共感し励まされる思いを感じていたのにちがいなかろう。この大津の読んでいたガンジー語録について言えば、膨大なガンジーの著述や談話から宗教に関するエッセンスを抜粋し編集した語録集が実際にあり、『私にとっての宗教』(マハトマ・ガンディー著、新評論、一九九一年)と題して邦訳が出版されている。そのなかにはこの小説で引用される抜粋の箇所が同表現で並んで出ており、大津の手にしたものがこの語録集であることはほぼ間違いない。この本によれば、ガンジーにとっての宗教とは、「すべての宗教の根底にあり、造物主と直面させてくれるような宗教」のことであり、それは諸宗教にとって代わるものではなく、それらを調和させ、それに真実性を与えるものであり、ガンジー自身は様々な他の宗教との出会いを大切にし尊重し、そこから学びながら自らの宗教であるヒンズー教をよりよく生きることを求めていたということができる。ここでも注意すべきことは、こうしたガンジーの言葉は、宗教はどれも同じだと安易に言っているのではなく、ガンジー自身がヒンズー教徒としてすさまじいまでに徹底した厳しい信仰の道を生きるなかから体験的に滲み出た言葉であるということである。こうした点は、大津にも同様にいえるだろう。それはこの「私はイエスにつかまった」という言葉にも明らかに表れているように、大津は愛の塊であるイエスにとらえられ、そのイエスに愚直なまでにいちずに従い、その愛を実践していった。そうした体験を経るなかで、大津の苦しく哀しい人々に向ける差別のない愛の眼差しはおのずから宗教の違いなど超えて注がれていったといえるのではなかろうか。

大津の一日は、朝四時の起床にはじまり、一人ミサを立てて祈り、その後、白みはじめた外に出て、行き倒れの人々、見捨てられた人々をさがして湿気と汚穢の道を歩きまわる。壁に凭れて倒れている老婆を見つけた大津は老婆にやさしく「水」と言い、「わたし、あなたの友だちだ」と言って水を与える。そして泪を流して「ガンガー（ガンジス河）」という老婆を背負い、ガンジス河のほとりにまで運ぶのである。ここで大津が老婆に水を与える姿は、イエスがサマリヤの女に魂の渇きを潤すいのちの水を与える姿に重ねられていよう。

この背にどれだけの人間が、どれだけの人間の哀しみが、おぶさってガンジス河に運ばれたろう。（中略）その人間たちがどんな過去を持っているか、行きずりの縁しかない大津は知らない。知っているのは、彼等がいずれもこの国ではアウト・カーストで、見捨てられた層の人間たちだ、ということだけだ。（中略）（あなたは）と大津は祈った。（背に十字架を負い死の丘をのぼった。その真似を今、やっています）火葬場のあるマニカルニカ・ガートでは既にひとすじの煙がたちのぼっている。（あなたは、背に人々の哀しみを背負い、死の丘までのぼった。その真似を今やっています）

イエスは、神がどこまでも迷える羊を探し求める愛の神であるようにガリラヤの地で孤独な者、病める者、苦しむ者、皆から差別されて見捨てられた者をたずねまわった。そのイエスにならって大津も見捨てられた人間たちをたずねまわる。そしてイエスがそうした人たちの哀しみを背負って死の丘までのぼっていったように、大津はこの国で見捨てられた人たちの哀しみを背負って母なるガンジス河までいく。それは、イザヤ書の「苦難の僕」の「まことに彼は我々の病を負い／我々の悲しみを担った」という言葉通りの生きざまであるにちがいない。

こうした大津の厳しい生き様のなかで、特に注目したいのは、教会から追い出されながらも、カトリック司祭として毎朝四時に起きて一人孤独にミサを捧げ、祈る大津の姿である。大津は、孤独なミサのなかで、皆から見捨てられ侮蔑され孤独のなかで死んでいったイエスが自分を見捨てた者たちをゆるし愛し続けた、その愛の眼差しが今も自分にそそがれ、そのイエスの愛が自分のうちに生きて働いていることを感じていたのだろう。そして、それだけを唯一の力にして、その愛に駆り立てられることで、誰からもかえりみられることもない孤独な一日の活動を、すなわち汚穢の路を歩きまわり、行き倒れ見捨てられた人を見つけては、ガンジス河の火葬場まで背負っていくという愛の仕事を毎朝はじめていたといえるのではなかろうか。

ここでこうした大津の姿に重ねて思い起こされるのは、インドのカルカッタで行き倒れの人々を探しては臨終まで世話をする「死を待つ人の家」を作ったマザー・テレサの生き方である。作者遠藤がマザー・テレサのことを念頭においていたであろうことは、小説の最後にマザー・テレサが創った会の修道女たちが行き倒れの老婆を担架にのせていく場面が登場することからも明らかであろう。マザー・テレサは、毎朝のミサから一日の働きの活力を得ていることを、次のように語っている。

> ミサこそわたしを支える霊的な糧です。これなしに、一日たりと、いや一時間たりとも、この生活を続けることはできないでしょう。ミサでは、パンの外形のもとにイエスをいただきますが、スラム街では、衰弱した体に、捨てられた子どもたちのなかに、キリストを見、キリストに触れるのです。
>
> (『マザー・テレサのことば』)

大津は、行き倒れのヒンズー教徒のなかにもキリストが生きていると信じ、キリストにその人をどうぞ受けとり抱いてくださいと祈りながら、そのヒンズー教徒の心を大切にして、その人の信仰の願いに従って河のほとりで火葬して、その灰を母なるガンジス河に流す。それは、マザー・テレサたちが、スラム街や路上で衰弱しきった行き倒れのヒンズー教徒やイスラム教徒の人たちのなかにキリストを見、彼らを「死を待つ人の家」に連れていって臨終まで世話をして、最期には彼らの心を大切にしてそれぞれの信仰に従って祈りをささげ、葬るという姿勢と通じ合っているといえよう。

大津のキリスト教の信仰を生きる姿勢は、一見、特異なものにうつるかもしれないが、こうしたマザー・テレサたちの活動などに照らしてみるならば、まさに現代に生きるキリスト者の一つのあるべき生き方であることが理解されよう。大津にしてもマザー・テレサたちにしても、どの宗教も同じだと安易に思っているのではない。毎朝ミサをささげていることからもわかるように、自分たちはキリストの道をひとすじに厳しく生きるという信仰生活をしながら、他の宗教を生きる人たちの信仰をも尊重し、その人たちの心を大切にした愛の行動をしているのである。自分たちがキリストと共に生きているという強い確信があるからこそ、それまでのキリスト教の枠組みを大胆に超えて愛の活動をする勇気をもつことができるのにちがいなかろう。

8

そして、最終章の「十三章　彼は醜く威厳もなく」では、写真撮影が厳禁されている火葬場の遺体を写した若いカメラマンの三條に激昂している遺族たちの前に、大津は一人飛びだして立ちはだかり、なだめようとする場面が描かれる。そして、ヒンズー教徒たちから暴行を受けた大津はガートの階段を転げ落ち、首の骨を折る。血まみれになった丸い顔はピエロそっくりになる。それは、茨の冠を頭に載せられて撲（なぐ）られ血を流し侮辱されたイエスの姿に重なる、「醜く威厳もな」い姿であるといえよう。その血まみれの大津の姿は、十字架上のイエスと同じく私たちのために流された小羊の血のイメージを喚起させるものでもある。そして、大津は死者用の竹の担架に乗せられ、病院に運ばれるのであるが、その最後の場面は次のように描かれる。

「さようなら」担架の上から大津は、心のなかで自分に向って呟いた。「これで……いい。ぼくの人生は……これでいい」

ここで、大津が死を覚悟した最後の言葉として「ぼくの人生は……これでいい」と言い得るのは、生活次元では挫折と失敗の無力な一生にみえても、自分の心には決して嘘をつかず、心の底から信頼するもののために生きた自分の人生に対して納得のいく思いがあるからであろう。それは、神の御旨に従ってきたイエスが十字架の上で息を引き取るとき「成し遂げられた」（ヨハネ19・30）といって自らの霊を神の御手に返された姿と一脈通じるものがあろう。またそれは、まだ神父になる以前に南仏アルデッシュの修練院から美津子に宛てた手紙のなかで「現代の世界のなかで、最も欠如しているのは愛であり、誰もが信じないのが愛であり、せせら笑われているのが愛であるから、このぼくぐらいはせめて玉ねぎのあとを愚直について行きたい」と願った生き方の成就であったといえよう。

そして、美津子は運ばれていく担架を見送りながら叫ぶ。

本当に馬鹿よ。あんな玉ねぎのために一生を棒にふって。あなたが玉ねぎの真似をしたからって、この憎しみとエゴイズムしかない世のなかが変わる筈はないじゃないの。あなたはあっちこっちで追い出され、揚句の果て、首を折って、死人の担架で運ばれて。あなたは結局は無力だったじゃないの。

確かに自分の心に嘘をつくまいとし、愛の働きであるイエスのあとをただ愚直について行った大津の一生は、生活の次元の価値観で言えばあちらこちらで追い出され安定した生活もできないものであった。その意味では生活の敗者であり、この目に見える世界を何も変えることのできなかった無力なものであったように思われる。しかし、愛の働きであるイエスに愚直に従った大津の人生が目に見えない世界でも本当に無力であったかどうかは、最終的にこの小説が投げかける重いテーマであるにちがいない。大津の無力を声高に叫ぶ美津子は、この後、自分自身に問わねばならないだろう。目に見えない美津子自身の魂の世界においても大津の一生は真に無力であったかどうか、と。

この後、小説の最後で美津子たちは帰国のために空港に向かうバスをカルカッタで待っているとき、マザー・テレサの会の修道女たちが泡をふいて倒れている老婆に近づき、ガーゼで顔をふく姿を目にする。三條は、添乗員の江波から「彼女たちはカルカッタであぁして行き倒れの男女を探しては、臨終まで世話をするんです」との説明を聞き、「意味ないな」「むなしく滑稽にみえますよ」と嘲笑する。美津子はその「滑稽」という言葉から大津のみじめな半生を思い出し、無意味なことをしていると思えるこの修道女と大津の生きざまを重ねる。そしてそのあと実際に修道女に「何のために、そんなことを、なさっているのですか」とたずね、「それしか……この世界で信じられるものがありませんもの」という返答を受け取る。この最後の場面では、以前に大津からイエスの転生の話を聞いたときには別世界の話のようでわからないと言っていた美津子が、昔々に亡くなったイエスが、二千年ちかい歳月の後も、今の修道女たちのなかに転生し、また大津のなかにも転生していることを、実感をもって感じるまでになっている。一見、無力としか思えない愛の行為に人生を賭けている修道女たちや大津のなかに、彼らをそのような行為に駆り立てる愛の塊の生きた働きが確かにあることを美津子は感じないではいられなかったのであろう。

美津子は大津の状態が気になり、添乗員の江波に病院に問い合わせてもらう。そして、小説の最後は次の言葉で終わる。

「危篤だそうです。一時間ほど前から状態が急変しました」

この大津の死が差し迫っていることが告げられる一文を読んで頁をめくると続きはなく、この言葉で小説は唐突に幕を閉じる。

この小説は、磯辺にしろ、沼田にしろ、木口にしろ、人生の岐路でそれぞれの人生に深く関わる者たちの死を経験した人たちが、過去の重荷を背負いながら、「深い河」のほとりに集う物語であるといえるなかで、美津子に関する限り、生きた大津を追って「深い河」まで来た後で、人生に深く関わる者の死を経験し、それが人生の岐路となる可能性が暗示されて小説は閉じられることになる。この後、訪れる大津の死が、美津子の魂にどのように深く影響を与えるか、それは読者の想像にゆだねられることとなる。イエスが愛のために生き、この世的には屈辱と挫折の一生を送り、一見無力な姿で死にながらも、その後弟子たちの心のなかに生きつづけ、弟子たちを変えていったように、たとえここで大津の生は閉じても、愛の働きであるイエスに愚直に従った大津の人生は美津子の心に刻まれ、そのなかに生きることになるのではなかろうか。そのときはじめて美津子は、一見、無力に思える大津の人生の真の意味を知ることになるだろうし、それによって、その大津のなかに生きていた愛の働きの塊であるキリストと真に出会うことにもなるだろう。そうなれば、美津子は大津の人生が決して無力ではなかったということを、自分自身の人生において知ることになるわけである。愚直なまでに愛に生きた大津の人生が果して無力であるかどうか——その問いはまた美津子と同様に真の愛が欠如した現代を生きる私たち一人一人に投げかけられているといえるのではなかろうか。

第三章　美津子の場合——真の愛をさがす旅

1

この章では、大津と深く関わる人物であり、大津と並んでこの小説の中心的人物である成瀬美津子を取り上げ、この小説を読み味わってみることにする。

成瀬美津子が作者遠藤の大変思い入れの強い作中人物であることは、作者のこよなく愛する小説であるモーリヤックの『テレーズ・デスケルー』の主人公テレーズや、さらにジュリアン・グリーンの『モイラ』の女主人公モイラのイメージが美津子に重ねられていることをはじめ、彼女が前作の純文学書き下ろし小説『スキャンダル』で重要な人物であった成瀬夫人を想起させる人物であることからもうかがえる。こうした成瀬美津子という人物について考えると、遠藤が『私の愛した小説』のなかで自らの文学観を語っている次の言葉が想起される。

私が文学を学んだのは、私と同時代や私以前の文学作品を通してであり、言いかえるならば、芸術の大きな作品協同体のなかに身を浸すことによってだった。（中略）

作品のなかの重層性——もし作品を横に輪切りにできるならば、そこにちょうど輪切りにした大きな木のなかの年輪のような、幾重にも作者が影響をうけた芸術様式が輪になって見つけられるのではないか——そんな気がする。

（中略）どんな作品にも——それが人々によって長く愛読されるような作品であればあるほど、そこには過去の古典とつながる層があり、更にその奥に元型があると考えるべきである。なぜなら作者の側から言っても彼の独創性が生れるのはこの幾重もの作品協同体を通過してからである。

この成瀬美津子ほど、幾重もの作品協同体の年輪が『深い河』のなかで明示されている登場人物も珍しいのではなかろうか。美津子に重ねられているイメージとしてはっきりと作品中で示されているのは、先述した「テレーズ」と「モイラ」、そして聖書のなかのアダムを誘惑するイブであるが、ここには、遠藤文学のなかで現代の「聖女」が感動的に描かれた作品である『わたしが・棄てた・女』と重なる物語構造をも読み取ることができよう。美津子は名前の発音からすると『わたしが・棄てた・女』のミツを連想させるが、このミツと美津子は、まったく対照的な女性である。ミツは棄てられる側であり、美津子は棄てる側である。人の良いミツは同じく棄てられる側の人の良い大津と重なる人物である。『わたしが・棄てた・女』の棄てる側の吉岡が一方で生活の次元のささやかな幸福を求めながらも心の奥で自分の棄てたミツにこだわったように、美津子は意識的には自分たちとは別の次元を生きる大津の生き方を無意味なものと否定しながらも自分の棄てた大津にこだわり続ける。さらに、この棄てる、棄てられるという物語構造の元型が『新約聖書』のなかのイエスの弟子たちとイエスの物語であることはまちがいなかろう。それは、イエスを見棄てた弟子たちが、その後、自分たちの棄てたイエスにこだわり続け、やがて自らも変貌していく物語である。この小説をそうした美津子と大津の物語として見るならば、この小説のテーマは「わたしが・棄てた・男」とも言え、さらにそれは「わたしが・棄てた・イエス」とつながり、棄てられた男（大津―イエス）が、逆に棄てた美津子を捕らえていく物語であるとも読めよう。

そうした幾重もの作品協同体を通過しながら、ここには遠藤文学ならではの独創的な人物が造形されていることはいうまでもなかろう。遠藤は、『私の愛した小説』の中で、モーリヤックの『テレーズ・デスケルー』時代と『蝮のからみあい』時代との無意識への考え方を比較し、無意識は前者では「罪の母体」でありながら、後者では「そこに神の愛のひそかな働きが働く領域となった」と指摘し、後者で作者は「我々の心には意識的な自我だけではなく本当の自己のかくれた無意識領域がある」とつぶやいていると述べる。そして、現代のキリスト教作家にとって無意識は、「罪と救い、闇と光との両面」をもち、「眼にみえぬ神の愛がどんなによごれた人間の心にも作用する場所」であり、「神をせつに求める声が出てくる魂の場所でもある」と解説している。

さらに遠藤はフロイトとユングを比べ、フロイトは無意識について欲望を抑圧した暗く不健全な場所ととらえたが、ユングは無意識に積極的な力を与えたと述べた上で、「私は、時々、モーリヤックがフロイトではなくユングを読んでいたならば『テレーズ・デスケルー』を違った形で書いたかもしれないなどと、半ば本気で思うことさえある」と語っている。それを踏まえるならば、『深い河』では、遠藤がユングへの共感を背景にしてそのモーリヤックによって書かれなかったテレーズを美津子として描いているとも言えるのではなかろうか。というのも、美津子はテレーズと同様に愛の枯渇した女として自らの無意識の闇を探るのであるが、テレーズのようにフロイト的に無意識がただ罪の母胎として描かれているわけではない。彼女の場合にはユング的に『蝮のからみあい』的にともいえようが、無意識が本当の自己のかくれた領域としてもっと積極的な意味をもって描かれているると読めるからである。

若いときに『テレーズ・デスケルー』と出会って以来、その主人公テレーズは、遠藤の文学的生涯においてあたかも実在の人物であるかのように生き続けている。それは実際に自分のなかのテレーズとの対談を発表するほどで、長年の文学的課題であったテレーズの魂の救済問題に取り組んでいたからだといえる。それゆえに、遠藤はこの小説で自分のなかに生きているテレーズ――実際にはそのイメージを重ねた美津子――を、合理主義的な意識の世界の投影であるフランス・パリから訣別させ、聖なるものと醜悪なものとが共存する無意識の世界の投影であるインド・ガンジス河、すなわち母なる深い河へと導くことで、その魂の闇に救いの光がさしこむことを願ったのではなかろうか。そこには、「第四章　沼田の場合」で触れる沼田が、長年背中にのしかかっていた重い荷をおろす思いで自分の身代わりのように死んだ九官鳥へのお礼として、九官鳥をインドの森に放つような遠藤の文学的生涯にとっての永年の気がかりな重荷の解放――それは遠藤のなかに生きるテレーズの魂の救済への祈願でもある――が込められているように思われるのである。そうした美津子の魂の問題を深く読み解くことは、この小説の最も重要な主題の一つを掘り下げることになるにちがいない。

2

成瀬美津子はまず「一章　磯辺の場合」に末期癌で入院中の磯辺の妻を世話するボランティアの「額のひろい眸(ひとみ)の大きな女性」として登場する。この容貌の描写は、『スキャンダル』に登場する成瀬夫人を思い起こさせるだろう。成瀬夫人も病院でボランティアをしている「額がひろく、日本の女には珍しく意志の強そうな大きな眼をしている」女性として描かれている。成瀬夫人と美津子はそうした外的イメージではつながっているが、内面に抱える問題では明らかに違いがある。成瀬夫人は一方で自分がボランティアをしている白血病の子どもに代わって死にたいと心から神に祈るような女性であるが、他方で夫が戦争中に女、子どもを焼き殺し、射ち殺した情景を想い浮かべることで快感を覚えるという分裂した内面をもつ女性であり、そこには救いとは結びつかない悪の問題が潜んでいる。それと同様に美津子も分裂した内面を抱えており、そのことにいらだち苦しんでいる。しかし同時に、そこには美津子を魂の救済へと導く働きをも担う可能性も潜んでいるといえるからである。また、この美津子の外的イメージは、『テレーズ・デスケルー』のテレーズにも暗に重ねられていることが読み取れる。遠藤はエッセイ「テレーズの影をおって」のなかで、この「広い額」の「広い」に使われたフランス語は「テレーズの孤独な、苦しげな表情」を喚起させる単語であると指摘していることを受けるなら、この孤独なテレーズを美津子と重ね、その美津子の孤独な魂の救済へと向かわせることで、遠藤自身の心のなかに生きているテレーズを救いたいという願いが遠藤にあったことは、この表現からも察することができるのである。

まずこの一章で最初にわずかだけ登場する美津子は有能なボランティアではあるが、「彼女の背中が固い冷たいもののように見えた」と磯辺の妻が書き記すようにどこか心が固い殻をもつような冷たいところのある人物として描かれている。

次にそれから数年の経った二章のインドの仏跡ツアーの説明会の場面で、美津子は偶然に磯辺と出会う。そこで、磯辺から仏跡訪問などに関心があるのですかと尋ねられ、そうではないと答えながら、美津子の内心は「印度で何を見たいか、本当は自分でもわからなかった。ひょっとしたら善と悪や残酷さや愛の混在した女神たちの像を自分と重ね合わせたいのかもしれなかった。いや、それだけではなく、もうひとつ、彼女には探したいものがあった」と明かされる。そして磯辺からフランスなどに興味をお持ちなのかと思っていたと言われ、美津子は一度行ったがあの国はあまり好きではないと答える。ここには、美津子の内面の大きな変化がさりげなく暗示されている。それは、フランスからインドへという関心の変化に象徴される美津子の内面の志向の変化である。美津子が以前は磯辺の思ったようにフランスに興味をもっていたことは、これから美津子の回想の場面を読んでいけば明らかであるが、そんな美津子がここでは善と悪や残酷さと愛の混在したインドに自分を重ね合わせたいと思うようになっている点は注目に値しよう。それは、遠藤自身の若い頃から最晩年に至るまでの関心の変化を投影したものであるにちがいない。例えばエッセイ「『無意識』を刺激する印度」（「読売新聞」一九九〇年三月二十二日夕刊）と題されたエッセイのなかで遠藤は、若い頃、フランスに惹かれたが、現在はフランス、特にパリのような整理され秩序ある都市はあまりに意識的世界そのものゆえに自分の探究しているものと距離感さえもつようになり、醜悪なものと聖なるものとの混雑の背後に不思議な統一があるインド、特にベナレスの街で自分の無意識の投影を見ることができると語っている。そして、そうしたインドへ探しものを求めて行くという設定は、この作品の主要な登場人物に共通するテーマであるといえる。

美津子は、磯辺と別れてタクシーに乗り込むと、その窓から見た磯辺が「いかにも妻を失った孤独な男という肩と背中」をしているのを感じる。『深い河』は、登場人物一人一人がそれぞれ心の奥に重荷を抱えながら、「深い河」のほとりへ集う物語であるが、そのなかで各々の人生と切り離すことのできない重荷は、当然のことながら異なっている。第一章で見た、妻を失った磯辺の孤独は、その後ろ姿にも滲み出るほどに顕在化しているものであり、その意味ではその境遇からして誰からも理解されやすいにちがいない。また、ガール・フレンドに棄てられてぼろぼろになった大津の傷ついた心も共感を得ることはできよう。さらに、後に取り上げるが、沼田や木口のように過去の重荷を抱える者の苦しみもその事情を知れば理解できよう。そうしたなかにあって、美津子の心の奥に抱える重荷は他者から一番わかりにくく理解されないのではなかろうか。人は、目に見える重荷をもつ者には寛容であり得るが、目に見えない重荷を担う者には厳しく冷たくなりがちである。すなわち、私たちは、最も理解しにくい目に見えない重荷を心の奥深くにもつ美津子のような者が実際に自分の近くにいたとしたら、その表面的な行動や言葉のみを見て、その背後に隠された苦しみや孤独な心をうつしとることなく、大変厳しく冷たい目を向けがちになるのではなかろうか。しかしながら、私たち自身の内面に目を向けるなら、その心の奥にも美津子のように誰からも理解されない心の重荷を少なからず抱えているのではなかろうか。ここではそうした美津子の理解されにくい内面にできるかぎり共感をもって迫っていきたい。

3

磯辺と別れ、タクシーに乗った美津子は、卒業した大学のそばを通ったとき、関西の故郷から出て、いい気で毎日を暮らしていた学生時代の思い出に引きこまれていく。

学友から「モイラ」という名前で呼ばれていた時代。このスナックで「イッキ、イッキ」とボーイ・フレンドたちと酒を飲んでいた、学友たちとのそんな日々を「青春」だと錯覚していた馬鹿な学生。美津子はそんな仲間に囲まれながら彼等を心のどこかで軽蔑していた。その頃から彼女は通俗な今後の生活しか考えぬ同級生とちがって、人生がほしかった。しかしこの二つの違いにまだ気づいていなかった時に、あのピエロが彼女の前に現われたのだ。彼女が弄んだ大津が……。

ここで美津子が学生時代を思い起こして、通俗な今後の生活しか考えない同級生たちを心のどこかで軽蔑し、人生を欲していたという点は注目に値しよう。この通俗な同級生たちへの軽蔑は、美津子自身のなかにある通俗性への嫌悪の反映であったといえる。美津子自身が内心で軽蔑している同級生たちと同じ通俗的な生活に流されていたのである。そして、その生活の次元では充たされない何かを心のどこかで感じて、それを充足させてくれる人生の次元を欲していたのであろう。さらにここで、この二つの違いにまだ気づいていなかった時に大津が現れたという言葉も看過できない。美津子はその当時には生活の次元と人生の次元の二つの違いにはまだ気づいていなかったと回想の時点で思っているということは、大津との関わりを契機に美津子のその後の人生は徐々にではあってもその違いに気づいていく方向へと向かっていったことを示唆していよう。それはまた、生活の次元の意識の領域から、それでは把握しきれない人生の次元と深く関わる本当の自己のかくれた無意識の領域、魂の領域に気づいていく方向でもあったということができるのである。

小説は美津子が学生時代の思い出に引きこまれると同時に「三章　美津子の場合」へと移る。まず、その頃は四、五年まえの世代を駆りたてていた学生運動のような目標を喪い、大半の学生が空虚感に襲われていた時代だったとある。学生運動のピークだった東大安田講堂の落城が一九六九年であったことからすると、美津子の学生時代はそれより四、五年経った七〇年代前半の頃で、学生たちが自分たちの力で社会を変革しようと外に向かって若いエネルギーをぶつけるような目標を喪い、無力さのなかで、自分たちの若いエネルギーをどこに向ければよいかもわからず、空虚感に襲われていた時代であったといえる。

そうした時代にあって、地方から東京に出てきた美津子は、娘の我儘を許してくれる父親にせがんで、学生にしては贅沢なマンションの部屋を借り、友人たちを集めて高価な酒を呑みまわり、スポーツ・カーを運転したりしていた。「そのくせ心はいつも虚ろ」で、「成瀬さんは酒も強い、車もいかしている」などと男子学生に言われると、「胸の底で、自分にたいする何ともいえぬ怒りとも寂しさともつかぬ感情がこみあげ」てくるといった日々であった。高度経済成長期の中、物質的には豊かで何の不自由もなくなった生活のなかで、かえって心の奥に充たされない何かを抱え、それが何か自分でもわからず、いらだちとともに空虚感を感じている若者の姿をここに見ることができよう。そして、虚ろな生活を何か刺激的なことで誤魔化そうとしても、それは空しさの上にさらに空しさを重ねていくだけであった。ここで美津子が「胸の底で、自分にたいする何ともいえぬ怒りとも寂しさともつかぬ感情がこみあげ」てくるというのは、通俗的な生き方で空虚感を誤魔化そうとして生きている意識の領域の自分に対して、そんな自分は本当の自己を生きているのではないという、胸の底すなわち心の奥深く無意識の領域からの訴えがあったからと考えられよう。

そうした学生生活を送るなかで美津子は、ジュリアン・グリーンの小説『モイラ』に出てくる、自分の家に下宿した清教徒の学生ジョセフを面白半分に誘惑した女主人公「モイラ」のように、人の良いクリスチャンの大津を誘惑するように遊び仲間の男の子たちにけしかけられる。ちなみに、「モイラ」に出てくるジョセフはクリスチャンの堅物という点では大津と重なるが、大津が気弱で人の良いのに対してジョセフは自尊心の極めて強い人物として描かれている。それに対して、モイラは、まわりの友人にけしかけられ、ジョセフを誘惑しながらも、本当の自分はまわりのみんなが考えているような自分ではないという思いを抱き、誰からも理解されない重荷を心の奥に負っている点で、美津子と通じる人物である。

さて、美津子は最初、野暮で何の魅力もない大津に全く関心はなかったが、フルートがかなりうまいという話を聞いて少し好奇心を持ちはじめる。さらに大津が毎日、放課後、学校の奥にある古いチャペルでお祈りをしていると教えられ、そういう男にありがちな偽善的な匂いに嫌悪を感じながらも、普通の学生たちとはちがった生き方をしている男だという思いを抱く。そして、美津子は遊び仲間とチャペルで待ちぶせて、祈りにきた大津をコンパに誘う。美津子はコンパの場所で大津を待ちながら、大津が「ジョセフと同じように、どうしても罠に陥る運命(モイラ)にある」ような気がする。しかしこれは、ここでそう思う美津子自身が実際は、この大津と関わりはじめたことで、眼に見えない何か自分を超えたもの――それは大津の信じる神と言ってよいのだが――と関わり始める運命に陥ったということであったともいえる。

この美津子の回想の章のなかには、現時点からその頃の自分を振り返っての思いが語られる箇所があるが、そこには「大津は縦から見ても横から見ても、女の子の好奇心も関心も刺激しない男だった。だがそんな大津になぜ関りを持ったのか、美津子は今でさえも不思議でならない。強いていえば最初は彼をではなく、彼の信じている神をからかいたいという、いささか子供っぽい気持からすべては出発したのだ」「あの頃の自分を考えると（中略）嫌悪と同時に、ある不可解な糸をも感じる。眼にみえぬ何かが自分を大津に結びつけたような気がする。そんな可能性はありえぬ筈だったのに」と語られている。眼に見えないものなど信じないはずの美津子が大津との結びつきの背後に不思議な眼に見えぬ何かの働きを感じている点は、重要な意味をもとう。というのも、神など信じないと頭で意識的には思っている美津子も、この眼に見えぬ何かの働きを心の深層で感じていることが否定できず、その何かに後押しされ、「深い河」にまでたどりつくことになるといえるからである。その背後に働いて美津子を「深い河」にまで導く眼に見えぬ何かの力の働く端緒が、この大津の信じる神をからかいたいという子供っぽい美津子の気持であったということができるのである。ここには遠藤が『私の愛した小説』のなかで現代キリスト教作家の小説手法として挙げた、俗っぽいものに神の働きが潜在していることを活用する「置換え」の手法が使われていることは確かであろう。

さて、美津子たちはスナックに約束どおりにやって来た大津に「一気、一気」と酒を飲ませ、美津子自身も「一気、一気」と叫ぶ喚声をあびて、焼けるような液体をながしこみながら、こんな馬鹿なことをして自分は一体、何を探しているのだろう、皆におだてられ、大津をからかい、これが私の生活だろうか、と、不意に底冷えのような空虚感が突きあげてくるのを感じる。ここで、普通の若者ならば楽しく気晴らしになるコンパの真最中に、美津子の心に不意に底冷えのような空虚感が突きあげてくるという点に、生活の次元では充たされない魂の渇きという大きな重荷を抱えていることが示唆されていよう。

その空虚感は重荷であると同時に、体の痛みがその変調を知らせるメッセージであるように、本当の自己を生きていないことを気づかせるための無意識の奥底の魂の領域からのメッセージであるといえるのではなかろうか。しかし、この時点で美津子はその空虚感を訴える源である心の奥底の闇を見つめようとはしないで、それをさらなる生活の次元の刺激で誤魔化そうとしている。そうしている限り、その魂の深みからの声を受けとめることはできず、魂の渇きに対する根本的な治癒も得られないまま、かえって空虚感を募らせることになる。ここでいう「自分は一体、何を探しているのだろう」という人生の次元でしか答えられない問いを、今後も美津子は一貫して問いつづけることになるが、ここで美津子にとって重要なのは、この何かを探している「自分」と真に向き合うことであろう。そうすることで、通俗的な生活の次元の意識的な自分とは違う、無意識の領域に深く根ざした本当の自己に出会っていくのであると考えられる。しかし、意識的な自我の強い美津子はこの時にはまだそのことに気づいていない。その意識的な自我が無意識に根ざした自己との距離を埋めようとしないなかで、自意識ではつかみどころのない怒りとも寂しさともつかぬ感情が無意識から突き上げてくることになるのである。

コンパのなかで美津子は、死んだ母への愛着と惰性で神を信じているという大津に対して、惰性なら私がきっぱりと棄てさせてあげるといって、アダムを誘って人間を楽園から永遠に追放させたイブのことを思い出す。そして、大津に神を棄てると約束するまで飲ませ続ける。飲むと苦しくなる体質の大津はそれでも飲み続け、トイレで吐いてしまう。そんな大津を見棄てて美津子は帰るが、大津が今までに出会ったことのない存在であることだけは理解する。

その翌日、大学構内のベンチにしょんぼり坐っている大津を見て、美津子は今日からクルトル・ハイムにお祈りに行かないように、そうしたらボーイ・フレンドの一人にしてあげると誘惑する。そしてそれを口にした時、モイラが堅物のジョセフを誘惑したのは、今の自分と同じ空虚感から逃れるためだったのかと思う。ここでも、美津子の行動の根拠は、無意識の奥から突きあげてくるどうしようもない空虚感を生活の次元の刺激で逃避しようとするところにあることがわかる。そして、美津子は一人の男からその信じているものを奪う悦びを感じ、信じてもいない神に「神さま、あの人をあなたから奪ってみましょうか」と話しかける。ここには、意識的には神を信じていないにもかかわらず、神との関係を持ちはじめた美津子の姿があるといえよう。放課後、美津子は期待感と好奇心を抱いてクルトル・ハイムのチャペルに行く。そこで自分の前の祈禱台に開かれていた聖書を拾い読む。

彼は醜く、威厳もない。みじめで、みすぼらしい
人は彼を蔑み、見すてた
忌み嫌われる者のように、彼は手で顔を覆って人々に侮られる
まことに彼は我々の病を負い
我々の悲しみを担った

美津子は、欠伸をしながら、大津はどうしてこんな実感のない言葉を信じられるのかと思う。この時点で美津

子がこの聖書の言葉を実感のない言葉だと思うのは普通の日本人の感覚としてごく当然のことであろう。醜く、威厳もなく、みじめで、みすぼらしく、人から蔑まれ、見棄てられ、忌み嫌われ、侮られる、そんな神など、普通の感覚では考えられないに違いない。イエスの弟子たちでさえ、最初からこの言葉に実感をもてたわけではなかった。この人間の理解をはるかに超えた神の姿を弟子たちが実感できるようになっていくのは、遠藤の『キリストの誕生』に詳細に考察されているように、イエスの生涯と受難と十字架の死に接した後、その意味を解き明かそうともがき苦しむなかで、イエスがそのイザヤ書の言葉を身をもって成就したことに気づくことによってであった。美津子の場合も、本書前章の「大津の場合」で見たように、美津子がこの後小説の進展とともに大津を追っていくなかで、この言葉が最後にはイエスの十字架の道行きにも通じる大津の姿に重ねられながら、美津子にとって最終的に実感を伴う言葉になっていくのである。それは、『侍』の主人公の侍が、十字架に釘づけにされた痩せこけた男がなにゆえに拝まれるのか、まったく実感をもてなかったが、最後には実感をもてるまでになっていく魂のドラマと類似する、美津子の魂のドラマであるともいえよう。

それから美津子は、祭壇にある十字架の痩せた男の裸体に向かって「来ないわよ、あの人は。彼からあなたは棄てられるのよ」と話しかける。ここでも、美津子が信じていないはずの十字架のイエスと関わりをもちはじめる運命に陥ることが読み取れる。

外に出た美津子は、大津が先ほどのベンチでしょんぼり腰かけているのを見つけ、「わたくしとの約束を守ったわね」「ボーイ・フレンドの一人にしてあげるから。行きましょう」と、自分の部屋に誘う。美津子は部屋に入った大津の、彼女を探るような様子を見て、男ってどうして皆、同じなのだろうと思いつつ、自分が大津に他の学生たちと違ったものを、「ほかの男性たちにないもの。木の夢、水の夢、火の夢、砂漠の夢」を期待していたのに気づく。ここでいう「木の夢、水の夢、火の夢、砂漠の夢」とは、男たちの求める愛欲の世界とは別な次元の世界を指し示していることは確かであろう。「夢」は無意識の世界から生まれるものであり、「木」「水」「火」「砂漠」はその無意識から生まれるイメージの元型を表していよう。『聖書象徴事典』(人文書院)によれば、「木」は生命の啓示、天と地との結合、神の顕現といったものの象徴であり、「水」は生命の母、死と再生、浄化などの象徴であり、「火」は浄化、神の顕現、燃えて輝く愛などの象徴である。また「砂漠」は死と悪魔の世界の象徴であるが、試練と浄化の場でもあり、飢え渇くものが泉を求める姿をも象徴している。これらは美津子が意識では気がついていない無意識のなかの本当の自己が魂の深みから求めている世界を象徴しているといえるのではなかろうか。

この後、大津は長い間、抑えつけていた欲情が一挙に破裂し、美津子は自分自身を目茶苦茶にしたい衝動にかられる。そして、美津子は冷やかに自分の胸にある大津の動きを見つめ、コンパの最中で空虚感が突き上げてきたのと同様にいらだちながら心の奥で他の娘たちのように陶酔できない自分を意識する。美津子は「今度の日曜日あなた、教会に行くの」とたずね、大津は「行きません」と答える。花冷えのような空虚感を感じる美津子のつむった眼の奥でクルトル・ハイムの祭壇におかれていた痩せた男の醜い裸体が甦る。

そして、大津から受ける快楽は、大津があの痩せた男を棄てることに由来していることを知っている美津子は、その痩せた男に「(あなたは無力よ。わたくしの勝ちよ。彼はあなたを棄てたでしょ)」と語りかける。

ここでも、自尊心の強い美津子が十字架上のイエスに張り合うような意識さえもって話しかけていることは注目に値しよう。それは、『女の一生(第一部)』で主人公のキクがマリア像を前に、マリアと一人の男をめぐって張り合う意識さえもって語りかけるのと似ていよう。キクはマリアを信じていたわけではないが、その存在感は強まり、最期はマリアに迎えられる。美津子ももちろんイエスを神として信じているわけではないにしても、つむった眼の奥に蘇り、あなたと呼びかけるほどに美津子のなかでイエスが存在感をもちはじめているのは確かであろう。さらにここで注目されるのは、美津子が他の娘たちのように陶酔できないでいつも心の奥でさめている自分を意識していることである。愛欲という人間の営みのなかでもその刹那、最も空虚感が充たされてもよいはずの行為の最中にも陶酔できず、花冷えのような空虚感を感じている美津子の心の孤独は深いといえよう。それは、美津子がもはや人間と人間の水平な横の関係では決して充足されない、垂直に魂と深く関わる次元のものによってしか癒されない魂の問題を抱えているということを暗に示していよう。

それから夕暮になり、一人の少女が窓の下で唄を歌っているのが聞こえるなか、美津子は白けて、「やめてよ。飽きたから」と大津の体を突き放す。ここで想起されるのは、小説『さらば、夏の光よ』のなかで若い詩人の作った詩の一節として出てくる「日暮れになって、子供が唄を歌うとき／わたしは、なぜか、人生というものを／思う」という言葉である。この詩は、遠藤より六歳年上で遠藤と関係の深かったカトリック詩人で夭折した野村英夫の詩の一節である。ここから、夕暮に少女の唄が聞こえるという描写は、この詩のように人生の次元を意識するきっかけを表していると考えることができよう。

ゆすろう、ゆすろう　夢の木を
あおい野原のまんなかに
一本はえてる夢の木を

この歌声を聞いた美津子は、遠い昔に失った少女時代を思い出す。そして、大津に「帰って」と促す。この唄に出てくる「夢の木」は、少女が未来を夢見るという意味のほかに、美津子がほかの男性たちにないものとして求めていたイメージの一つである先の「木の夢」とも重なる意味をもつとも考えられよう。それは、生命、再生、天と地の結合などの象徴である、無意識のなかにある元型イメージの一つが、美津子の心の奥の無意識を刺激し、美津子が遠い昔に失った少女時代を思い出させたのだろう。ここで「窓の下」から聞こえてくるという表現も美津子自身の意識の深層からの声であることを暗示しているように思われる。その美津子の失った少女時代とは、「夢の木」をゆすることのできた時代、すなわち無意識のなかの元型イメージに深く根ざして根源的いのちとつながってありのままの自分を生きていた時代であったといえるのではなかろうか。また、それゆえに何事にも熱中できる生の充実した時であったともいえよう。美津子はそうした少女時代から自我意識の強い大人に成長していくなかで、この無意識の世界に深く根ざした根源的いのちとのつながりを失い、ありのままの本当の自己を生きる素直さをなくしていったといえるのではなかろうか。小説のなかで美津子は大変自尊心の強い女性として描かれている。自分の弱さを決して外に出すことなく内に抑圧して生きる意志の強い女性である。傷つきやすい内面を持ちながら、それを堅い殻で覆い、他人には気づかれないようにかえって強がって見せている。遊び仲間たちに対しても自分のなまの感情をさとられることを嫌い、他者から見られている自分、例えば「モイラ」とあだ名の付けられた自分を演じている。そうした見せかけの自分を生きることしかできない、存在の根拠とのつながりを失った生の不安のなかにいることで、どんな男友だちを相手にしても心の奥で冷めて陶酔できず、底冷えのような空虚感が突きあげてくるのではなかろうか。

そんな美津子の内面を思うと、心理学者の霜山徳爾の『人間の限界』のなかの次の言葉が思い起こされる。

こどもは真に情熱的に遊ぶ者でありつづけ、いきいきとした生命の充実感を味わい得る。重い疲労の日、粉飾される倦怠の夜、を繰り返す成人とことなり、こどもがそのことに成功するのは、こどもが「信頼する」被保護性の雰囲気の内に遊んでいるからである。一般に「信」の成立は人間性の良い発展と結びついている。恵まれたこどもは、その信じる成人から決して見棄てられることはないと思う故に、安んじて遊ぶし、おのれにたのむところを得るのである。

私たちは、こども時代には決して見棄てられることのないという全幅の信頼をよせる親の保護のうちに情熱的に遊び、ありのままの自分をいきいきと生きる生命の充実感を味わうわけであるが、自我が成長し大人になって自立していく過程でそうした保護のうちから出ていかなければならなくなる。そうした意味では、誰しもこども時代の生命の充実感を失うわけである。しかし、普通、大人になれば、恋愛や仕事、家庭などに関心を向け、そうした生活の次元に生きがいを見つけて生きていくといえようが、美津子の場合、そうした生活の次元では何をしても埋められない空虚感を心の奥に抱えるという十字架を負っている。誰しもが本質的にはもっているはずの存在の根拠の不安からくる空しさは、多忙な生活のなかでふとした心の間隙をよぎることはあっても、生活の次元にどっぷりと浸かっていることで心の奥深くに覆い隠され忘れられているといえよう。それを美津子はむき出しのまま抱え込んでいるといえるのではなかろうか。そうした意味では、美津子ほど宗教的な次元の救いを必要としている人物はいないのではないかと思われるが、カトリック系の大学に通いながらも彼女の意識的な自我はキリスト教に近づくどころかかえって反感をもっているという状態である。しかしながら、アウグスティヌスの『告白録』のなかにある「神よ、われ汝のふところに憩うまで心の平安を得ることなかりき」という言葉は、そのまま美津子の魂にも当てはまるのではなかろうか。すなわち、親の手のうちにあったこどもの頃の生命の充実感を遠い昔に失った者にとって、より根源的ないのちの源ともいうべき親である神の御手のうちに憩うまでは本当の平安、真の生命の充実感はないのではなかろうか。そうであれば、美津子の旅は、自分では気づかないまま、無意識にうながされ、自らのいのちの源ともいうべき親との絆の回復を求める魂の旅であるといえよう。

その後も美津子と大津との関係は続き、季節は十二月になる。夢中になり、のめりこんでいるのは大津だけで、美津子は、冬休みを前にして「何処かに行きたい、何か求めて何処かに行きたい。確実で根のあるものを。人生を摑みたい」と思う。そして、最初の日の夕暮のように窓の下で少女が歌う唄を耳にしていると、美津子は大津を棄てる時が来たのを感じる。そして、美津子は「こういうこと、そろそろ終りにしない」と大津に言い、いつか聞いた童謡を窓の下で少女が歌っているなかで、「帰ってよ」「もうイヤ」と言って大津を棄てる。窓の下で少女の歌う「夢の木」の唄について何気なく挿入されていることには重要な意味が込められていよう。ここでも、他の男たちにはないものを、「夢の木」をゆするように何か自分の心の奥底をゆさぶるようなものを求めていた美津子にとって、神を棄てて愛欲にのめりこんでいる他の男と変わらない大津は、もはや何の魅力もなかったのであろう。そして、美津子は充たされない思いを抱えていらだち、何か自分でもわからないが、確実で根のあるものを求めて、何処かへ行きたいと思う。それは美津子にとって無意識の奥底の本当の自己からの、自らのいのちの源をさがす旅をうながす訴えであると考えられるが、美津子の意識的な自我はそれに対して、バンコックかグァムにでも男友だちと行こうかと思う。当然こうした生活の次元の刺激を求めての旅をしても、美津子の空虚感は、増すことはあっても埋められることはなかったにちがいない。

4

この後、美津子の回想の場面は美津子の結婚披露宴の終わった二次会の場面へと飛ぶ。美津子の結婚相手は見合いで決めた、車とゴルフの話題しかないような人のよい月並な男だったが、美津子はそこに自分を屍のように埋めてしまいたいと本気で真面目に望む。そして、心の奥に息をひそませている何か破壊的なものがはっきり形をとらないうちに黒板消しですべての文字を消すように消滅させたいと思う。ここで心の奥にあるものを黒板消しで消すように消せるものでないことは明らかである。意識の次元で消したつもりでいてもただ蓋をかぶせただけであって抑圧されたものはいっそう圧力を増していつかは蓋を突き破って出てくることになろう。そうした意味からも、この自分を屍のように埋めることを求めての結婚が美津子の魂の根本的な救いにつながらないのは明白であるといえる。

そしてその場における夫の友人の話によって偶然、大津が神父になるためにフランスのリヨンの神学校に入っていることを知る。美津子は、あのチャペルの祭壇の十字架に向かって「あの人をあなたから奪ってみましょうか」と言ったことを思い出し、「両手を拡げ、痩せた無力なあの男は、大津をいつの間にかとり戻していた。しかし、わたしが勝ったことには変りない。神はわたしが棄てた男を貪欲にも拾いなおしたにすぎぬ」と思う。神が大津を拾ったと知ったこの時から、再び美津子は他の男たちとは違う人生を生きる大津に関心を持ちはじめたといえるが、さらにいえば、自尊心の強い美津子は自分が棄てた男を拾った神に再び関心を向け、敵愾心さえ抱いているといえよう。その後、新婚旅行でパリのホテルについたときにも美津子は大津のことを思い出し、「あの大津が神父になる。そして今、この国のリヨンにいる。彼女が棄てたものを、痩せ細った男が拾いあげた。幼い子供が、溝に落ちて泣いている泥まみれの仔犬を拾うように」と思う。

新婚旅行にパリにきた美津子は、モーリヤックの『テレーズ・デスケルー』のテレーズがその夫ベルナールに感じたのと同じように、平凡できわめて普通の常識人の夫に早くも疲労を感じ、自分をテレーズと、夫をベルナールと重ねる。そして、夫にはパリで殿方の遊びを楽しんでもらい、自分は卒業論文に使った小説『テレーズ・

デスケルー』の背景になったボルドオの近くのランド地方を一人で見に行きたいと提案する。一人で行かせることを渋る夫を押し切ってそう決まったとき、解放感を胸いっぱいに感じると同時に、まだ自分の心を棄てないで夫のなかに埋没しない自分を責めつつ、最後の我儘と思い、パリを離れる。ボルドオに向かう列車の中で、美津子は自分が他の女性たちとちがって、誰かを本気で愛することができない、砂地のように乾ききって、枯渇した女であるように、「(一体、あなたは何を求めているの)」と自問する。ボルドオからテレーズの住んでいたサン・サンフォリアンに向かうなかで、美津子はテレーズを闇の森のなかに運ぶ小説中の汽車がモーリヤックの創作だと知り、テレーズは現実の闇の森を通りすぎたのではなく、心の奥の闇をたどったのだと気づく。ちなみに、遠藤はリヨンに留学中にこの小説の舞台を実地に訪ねた体験を「テレーズの影を追って」というエッセイで発表しており、そこにこの発見が自らの実体験として語られている。また、『テレーズ・デスケルー』を愛してやまない作家である高橋たか子も修士論文で「モーリアック論」を書き、テレーズの影を追ってこの土地を訪ねている。魂の渇きを抱える美津子が、神父となる大津との関わりからその渇きを潤してくれる真の愛を求めていく姿には、魂の渇きを訴え続けて洗礼に至る高橋たか子の姿と重なる部分があり、遠藤のなかに美津子のモデルとして高橋が幾分か意識されていた可能性はあろう。なお、高橋は遠藤の紹介で井上洋治神父と出会い、受洗している。

そして、美津子は、自分が夫を残してこんな田舎にたどりついたのも、実は自分の心の闇を探るためだったと気づく。しかし、ここで美津子は本当の意味での自分の心の闇を探る旅をしてはいない。美津子が真にその旅をするのはインドのヴァーラーナスィへの旅においてであり、美津子自身の無意識を投影できる場所は、ランドの森ではなくインドの森なのであるが、それについてはこの後に触れることになる。それから、サン・サンフォリアンの町に着き、夜、暗いホテルのベッドで「(本当に何がほしいの。なぜ、一人でこんなところに来たの)」と自問する。ランドの闇のなかで自分までテレーズになりそうな心理が怖しくなり、結婚したのは自分のなかの空虚感を消し去るためではなかったのかと思いながら、夫のいるパリのホテルに電話をするが、夫はホテルに戻っていない。ここでも、空虚感からの逃避が美津子の行動をうながしていることがわかる。しかし、通俗的な生活の次元での結婚によってそれを真に消し去ることはできないのは明らかである。ここで「何回もコールしたが返事はない」とあるのは、美津子の魂の深みからのコールが夫に通じることのない結婚生活をも暗示しているといえよう。

この後、何も発見できなかったランドの旅を終えた美津子はリヨンに向かう。ホテルにつき、リヨンに自分の出た大学の修道会があるか調べてもらい、電話をかけると、大津につながり、会う約束をする。ここで夫につながらなかった美津子の孤独の闇からの発信が大津につながるところに、美津子と大津をつなぐ目に見えない運命の糸のあることが暗示されていよう。美津子は、翌日、大津と会い、学生時代のあの時、神を棄てたはずなのに、どうして神学生になったのかとたずねる。それに対して大津は、美津子から捨てられて、またあのクルトル・ハイムで跪いていた時、「おいで、私はお前と同じように捨てられた。だから私だけはお前を棄てない」という声を聞いて「行きます」と答えたのだという。美津子は、突然、クルトル・ハイムで見た、祭壇におかれていた痩せこけた男と、「彼は醜く、威厳もない。みじめで、みすぼらしい」という聖書の言葉を思い出す。ここで美津子のなかで以前実感のなかったこの聖書の言葉が、自分に棄てられてみじめだった大津と、さらには自分も棄てられたという祭壇の痩せた男と重なって実感されはじめたといえよう。

それを受けて美津子が、それでは神学生になったのも私のお蔭なのねと言うのに対して、大津は、そうですと答える。さらに、あれ以後、神は手品師のように我々の弱さや罪も何でも活用なさると思うようになったと言い、美津子に棄てられなかったらこんな生き方はしなかったと答える。ここで美津子は、自分の棄てた大津が自分に棄てられたことで人生が変わったことを知り、もし自分があの時大津に関わらなければ、大津の人生は違ったものになっていたことを理解する。すなわち自分で気づかないうちに自分の自己嫌悪に陥るような行為を通して神が働き、大津を導いていたという自分が他者に与えた痕跡を知ったわけである。もちろん美津子の意識的な自我は、そんな綺麗ごとを言わないでと言ってそれを受け入れてはいないが、その気づきが美津子の自尊心を傷つけ、心の奥に深く刻まれたであろうことはまちがいなかろう。負け惜しみで大津が過去を弁解しているとは思えない美津子には、みすぼらしい大津が、神など信じない今の自分たちとはまったく隔絶した次元の世界に入った、ということだけは理解できる。そして、美津子が大津に変ったわねと言ったのに対して、大津は自分が変ったのではなく、手品師の神に変えさせられたのだと答える。その神という言葉はいらいらするし実感がないと言う美津子に対して、大津はその言葉が嫌なら玉ねぎでもいいと言う。すると美津子が玉ねぎとは何かと問うのに対して、大津は玉ねぎは愛の働く塊であり、ある場所で棄てられた自分をいつの間にか別の場所で生かしてくれたのは自分の意志など超えて玉ねぎが働いてくれたからだと答える。美津子はその断乎とした口調に、以前の弱気で善良なだけの大津とは違った強さを感じる。

それから、レストランで食事をとりながら、大津の終わりのない一人よがりの縁遠すぎる世界の話にうんざりした美津子は、自分にわかるのは『テレーズ・デスケルー』の妻が善良な夫に抱いた言いようのない疲れやかすかな憎しみであり、それを胸の奥にしまいこみ、今後はベルナールに似た夫のそばで生きていこうと思う。大津と別れ、パリのホテルに戻った美津子は、夫に抱かれながらも、陶酔できないでさめている自分は本質的に人を愛せない女なのかと思い、しかし愛とは何だろう、大津は玉ねぎとは無限のやさしさと愛の塊と言ったが、と思う。その時、こちらの気持に気づかず玉ねぎの話ばかりしていたみすぼらしい修道服の大津の姿がふしぎと心に甦る。そして、「(一体、何がほしいのだろう、わたしは……)彼女は新婚旅行の間、それればかり考えた」という言葉で、この美津子の回想の章は閉じられる。

ここまで見てきて言えることとは、美津子の意識的な自我は大津の玉ねぎの話を実感のない自分とは縁遠い世界のことだと捉えつつ、その玉ねぎの話をする大津の姿は美津子の無意識の深みの魂の次元には確かに刻まれているということである。それゆえに、意識では大津の人生を否定的に見つつも、無意識の深みの魂の次元では大津の人生への関心を強くもっているといえよう。それだからこそ、夫に抱かれながらも玉ねぎの話や大津の姿がふしぎと心に甦ってくるのにちがいない。自分は本質的に人を愛せない女ではないかと思う美津子の孤独な魂にとっての問題は、意識の世界である生活の次元で何か解決できるといったものではなく、無意識の奥底にある魂の渇望に応える救いを求めることであるといえよう。それだからこそ、無意識から送られてくるであろうその救いを求める声を美津子が意識の次元で消そうとする限り、魂の渇きが根本的に潤されないのは当然であろう。そして、美津子は「(一体、何がほしいのだろう、わたしは……)」と心のどこかで何かを求めていることを感じながらも、求めているのは魂の次元における本当の自己であるがゆえに、意識の次元の自我はそれが何かわからないでいらだちを感じるばかりなのではなかろうか。

そうした美津子の抱える魂の問題は大津の語る玉ねぎの話と本質的には深く関わるものであると考えられるが、美津子はそれを実感の伴わない自分とは縁遠い話だとこの時点では思っている。美津子がその後にこの無意識の本当の自己からのうながしに導かれ、意識的な自我と無意識の本当の自己との隔たりを縮めていく段階で、意識的な自我では実感を伴わないと思っている玉ねぎとの距離も縮まっていくといえるのではなかろうか。大津はこの時はまだ、玉ねぎは愛の働きの塊だと言って自分のことばかり語りながら、本当はそれを一番必要としている、目の前にいる美津子の孤独な魂の問題には気がついていない。美津子が心の深みで抱えているこの重荷が、美津子の夫や大学時代の友人からも、大津からも理解され難いものであることは、それだけ美津子の孤独がいかに見かけではわからない深いものであるかを物語っていよう。夫に抱かれながらも満たされず、空虚感を抱えている美津子は、生活の次元で見れば、平凡な主婦としてのささやかな幸福を手にすることのできない不幸な重荷を十字架として背負っているといえようが、そこには同時に、人生の次元、魂の次元で見れば、生活の次元だけで充足している者には決して体験できない、闇の深さに比例した強烈な救いの光のさしこむ可能性が秘められているということができるのではなかろうか。

5

「六章　河のほとりの町」において美津子が参加した印度ツアーの一行は、デリーに着いた後、ジャイプル、アーグラを経てアラーハーバードから夕暮れのなかをバスでヴァーラーナスィに向かう。途中、バスは薄暮から闇にかわる深いカジュマルの森を走りながら、美津子は今日まで見たことがない窓外の濃い闇を凝視する。そして、「別の世界に今から入っていくんです」という添乗員の江波の言葉に、ランドの森の夜を列車で旅したテレーズが同じ言葉を呟いて、心の奥の闇に旅をしたことを思い起こした美津子は、自分も同じようにこの深い森の夜の闇を旅しながら、心の奥の闇への旅に入っていく。ここで美津子の心に思い浮かんでくるのが、大津のことであるのは、美津子の心の奥の闇である無意識の深みに大津の存在が消し去りがたく刻印されていることを物語っていよう。ヴァーラーナスィの灯が遠望できるようになったとき、美津子の内心はこう語られる。

美津子はその光の一点に彼女とはまったく別の生き方をしている大津がいるのだと思った。大津のことなどなぜ、昔も今も気になるのだろう。それが彼女にはよく、わからない。蜘蛛の巣にひっかかった虫の残骸のように大津の存在が美津子の心のどこかにぶらさがっている。（会う必要はない）と彼女は何度も自分に言いきかせた。（ヴァーラーナスィに行っても、わたしはあんな人を探したりしない）

ここには、美津子の意識的な自我と無意識の奥にある本当の自己との乖離が鮮明に語られていよう。美津子は無意識の奥にある魂の次元では、自分とはまったく別の生き方、すなわち人生の次元を生きている大津の存在が気になり、大津に会うことを欲しているといえようが、意識的な次元では、大津が気になる自分を否定し、素直にその無意識のうながしに従おうとはしない。それは、一方で自尊心の強い美津子の意識的な自我には、かつて侮り棄てた大津を自分から探すことなど、自尊心が許さないという思いがあるからではなかろうか。

ヴァーラーナスィのホテルに着いた美津子は、以前にボランティアで看護した末期癌の患者の夫で、偶然この旅行をともにすることになった磯辺と夜の庭園で言葉を交わす。そこで美津子は、磯辺から妻を最後まで看病してくれたあなただから白状するといって、妻の生まれ変りを探すことがこの旅の目的であることを知らされる。ここで注目されるのは、磯辺が心の秘密を打ち明けるのを、美津子が素直に受けとめているという点である。そして、美津子も磯辺から何を探しに来たのかとたずねられ、学校時代の友だちを探すのが目的のひとつかもしれないと素直に答えている。それから、磯辺が去ったあと、美津子は「印度の夜は考えていた以上に涼しく、いや涼しいというよりも孤独だ」と感じる。自尊心の強い美津子は、これまでは例えば磯辺の妻に対してそうであったように、他人が心を開いてくることを厭わしく感じ、自分から心を開くこともなかったが、このガンジス河のほとりの町ヴァーラーナスィに来て、今までに経験したことのない深い夜の闇と孤独によって、明らかな変化がうながされはじめたといえよう。この印度において夜の闇の世界に入り、自己の闇のなかの魂の孤独をはっきりと自覚したからこそ、その孤独な魂が他者の同じく孤独な魂の声に素直に心を開くことができたのではなかろうか。

部屋に戻った美津子は、自分がこの国で探しているものはあの落伍者の大津だろうか、自分の心の奥にある何かだろうかと思いながら、部屋の明かりを消し、ベッドに横たわり幾重にも塗りこめられた闇を見つめる。そしてこの国の闇は、文字通り無明の闇、魂の闇であると感じるなかで一度眠るが、再び目覚めて眠れなくなった美津子は、手さげ鞄のなかから大津と自分との何通かの手紙の入った紙袋を取り出す。

なんのために、そんな手紙をわざわざ持ってきたのか、それが美津子には自分でもよくわからずふしぎなくらいだ。

男性として魅力もなければ、心ひく容貌などどこにもなく、彼女にいつも侮蔑の感情を起こさせるあの男。しかしそのくせ美津子やその知人の生活とはまったく隔絶した別世界で玉ねぎにすべてを奪われた男。美津子の心の奥は大津を否定しながら無関心ではいられない。なぜか知らぬがゴム消しで消しても消えないのだ。（中略）たしかに義務的にそれにたいして一、二度返事を書いたがなんのためにそんなものを大事に保存してきたのだろう。その理由も美津子にはわからない。わからないが、自分をこえた何かが彼女にそうさせたのだ。その何かがひそかに段取りをつけて、彼女を大津の住むこのヴァーラーナスィまで連れてきたとも言える。

ここでも、意識の次元では大津を否定しながらも心の奥の無意識の次元では無関心ではいられないという、自尊心の強い美津子の意識的な自我と無意識の奥にある本当の自己との乖離がよりはっきりと示されていよう。侮蔑しか感じない大津の手紙を保存していたのも、そしてそれをわざわざ印度まで持ってきたのも、無意識からのうながしによる行為であるからこそ、美津子は意識の次元では、よくわからずふしぎであると感じられるのであろう。さらにここで、自分を超えた何かが彼女にそうさせ、彼女をこのヴァーラーナスィまで連れてきたというのも、看過できぬ言葉である。この自分を超えた何かが働く場こそ、無意識の奥底にある魂の次元であり、美津子は何かが自分の心の奥の無意識の領域に働きかけてくるのを意識的には自覚しないまでも、心の深みで感じはじめているといえるからである。

この後には、大津に宛てた美津子の手紙の走り書きの写しがあげられている。そこでは、自分が離婚したことが知らされ、その理由に「わたしは人を真に愛することができぬ。一度も、誰をも愛したことがない。そういう人間がどうしてこの世に自己の存在を主張しうるだろうか」という福田恆存のホレイショ日記の言葉が引用されている。美津子はこの言葉が「私自身の本質をあらわしたような言葉」だと思ったと告白しているが、それだけにこの言葉は美津子の魂の闇を知る手がかりを与えてくれる極めて重要な言葉であるにちがいない。この「わたしは人を真に愛することはできぬ」という言葉は、裏返せば、美津子の魂がいかに強く「人を真に愛すること」にこだわり、それを求めているかということを語っていよう。心からの本物の愛を求めているがゆえに、それに比べ自分のやっていることが真似事に過ぎないという思いが強く起こってくるのであろう。

美津子は、離婚後、ブティックの店を営みながら、週に一、二度、病院でボランティアをする。ここで注目したいのは、最初から自分の行為が本物の愛からの行為などではなく、人を真に愛せぬ自分の倒錯した気持からの真似事にすぎないという思いを美津子が強くもっている点である。例えば、『海と毒薬』で登場する病院でボランティアをする白人のヒルダは、患者の下着を洗濯したり、ビスケットを配ったりと慈善を行って本人は得意げであるが、病人の気づまりな気持など思いやることもなく、そこには偽善の匂いが漂っている。それに比べ、美津子は自分の行為が真の愛からはいかにかけ離れているかを自覚の上で行っているだけに、自分に正直であり、そこには偽善の匂いは感じられない。美津子の思いのなかにこうした「真似事」という言葉が幾度かでてくる。美津子が「真似事」というからには、その背後には「本物」に対する強い意識と、自分がそれに比べて至らないという自覚があるわけである。そうであれば美津子の「真似事」は、本人が本物のつもりで思い上がっている偽善よりも、より本物に近づく可能性をもっているともいえよう。

ここでは「本物」を美津子の無意識の奥にある本当の自己が求めているがゆえに、大津の生きる世界に無関心ではいられないのであろう。ホレイショ日記の先の引用のあとには、「思わず、わたしの唇から"My heart is sad, sad until death"といふ呟きが漏れて出た。わたしは神を求めてゐるのだろうか」との言葉が続くように、先の美津子の引用した言葉からは、誰ともつながらない絶対の孤独の闇から救ってくれる真の愛である神を求めていることも察せられる。実際に大津の手紙のなかで、大津は「本物」の愛として玉ねぎ（＝神・イエス）を語り、現代の世界のなかで最も欠如しているのは愛であり、誰もが信じないのが愛であり、せせら笑われているのが愛であるから、自分ぐらいはそのあとを愚直について行きたいという。美津子はこの手紙を読んでも、羨しいとは少しも思わず、むしろその言葉に傷つく。これも、自尊心の強い美津子の自我意識をよく語っていよう。というのも、本来なら美津子が心の奥で欲している「本物」の愛を大津はとらえ、生きているからである。つまり、当然羨しいと感じるべきところを素直にそうとは思わず、むしろ自我意識では否定し侮蔑さえ感じている大津が自分にはとらえられない「本物」の愛を生きる思いを語っているがゆえに、美津子の自尊心は深く傷つくのであろう。

続いて、大津の二通目の手紙であるが、その出だしは次のように書かれている。

成瀬さんの絵葉書を見ているうちに、行間から感じたのは、ひとりぽっちなあなたの心でした。でもぼくのそばにいつも玉ねぎがおられるように、玉ねぎは成瀬さんのなかに、成瀬さんのそばにいるんです。成瀬さんの苦しみも孤独も理解できるのは玉ねぎだけです。

大津はこの時点で、美津子の孤独な心をうつしとり、思いやれるまでに成長している。大津は人間と人間という横の関係では誰からも理解されず孤独であっても、愛の塊であるイエスが共にいてくれるという信頼による縦の絆があるゆえに自らの孤独と向き合って自立できており、それだからこそ、他者の孤独を思いやれるのであろう。それに対してこの手紙を受け取ったときの美津子は、「彼の孤独より自分の孤独で精一杯だった」と描かれる。この美津子の「自分の孤独で精一杯」とは、自分の孤独と向き合うことで精一杯というのではなく、自分の孤独を紛らわすことで精一杯だったということである。事実、美津子は、離婚したあとも空虚感を充たすため、大学時代の旧友や、時にはホテルの酒場で隣りあわせた実業家の何人かとも関係する。しかし、そうした行為は一時的に孤独や空虚感を紛らわすだけで本質的な解決にならなかったのは明らかであろう。美津子が、自らの孤独と向き合い、それを凝視するのは、先に見てきたように印度の夜の森を抜けヴァーラーナスィへ入って来てからである。ありのままの自分の孤独を、魂の闇を受け入れるとき、はじめて他者の心の孤独を受け入れることもできるのではなかろうか。

6

翌日、美津子たちツアー一行は添乗員の江波に案内され、バスで市内観光をする。そのなかで通常の旅行プランには入っておらず、この旅行の添乗員である江波だけが特別に案内する、ヒンズー教の女神たちの像のあるナクサール・バガヴァティ寺を訪れる場面が次のように描かれているのは注目に値する。

ねっとりとした空気。うす暗い地下の内部。気味の悪い彫像が浮かびあがってくる。像の気味の悪さには、人間がおのれの意識下にうごめくもの、意識下にかくれているものをまともに眼にする嫌悪感があった。すりへった石段をおりる。美津子は瞬間に自分が今から心の奥に入っていくような気がした。内視鏡で心の奥を覗くような不安と快感とがまじっている。

ここで美津子がうす暗い地下に下りることが自らの心の奥の無意識の次元に踏み込むことであるなら、そこで美津子の心に映るものは無意識の領域に隠されていたものの投影であるといえよう。美津子は異様な像を前に、どれも同じ女神かと尋ねる。江波は一つ一つ違うと答え、印度の女神は誕生と同時に死をも含む生命の全体の動きを象徴しているゆえに、柔和な姿だけでなく怖しい姿をとることが多いと説明する。そして、美津子が同じ女神でも聖母マリアと随分違うと言うのに対して、江波は、マリアは母の象徴だが、印度の女神は烈しく死や血に酔う自然の動きのシンボルでもあると答える。江波は最後に自分の好きな女神像だと言って一メートルにもみたない樹木の精のような像を指さし、この女神はチャームンダーと言って、その乳房は老婆のように萎び、その萎びた乳房から乳を出して子供たちに与え、右足はハンセン病のためにただれ、腹部も飢えでへこみ、しかも蠍（さそり）に噛みつかれている。江波は、これが印度であり、この女神は長い間の印度人の苦しみのすべてを表しており、そんな病苦や痛みに耐えて、喘ぎながらも、萎びた乳房から人間に乳を与えていると説明する。さらにヨーロッパの聖母マリアのように清純でも優雅でもなく美しい衣装もまとっていない、この醜く老い果て、苦しみに喘ぎ、それに耐えている姿が、印度人と共に苦しんでいる印度の母なるチャームンダーなのだと解説する。

この江波の話を聞きながら、美津子も沼田も木口も磯辺もその像に心ひかれ、それぞれが心のなかでそれぞれの思いにふける。地下へおりて自らの無意識の深い領域に入り、すべての苦しみを背負った母なるチャームンダーに出会ったこの四人が、この後、母なる「深い河」にも真に出会うことになる。それは、このチャームンダーによって象徴される母なるものの姿が、そのまま母なる「深い河」とつながっていくからであるにちがいなかろう。ここで美津子がこの女神と出会ってどのような思いを抱いたかは直接には語られないが、自らの意識下に入り心の奥をのぞく思いでいた美津子にとって、この女神との出会いは、自らの魂が暗闇のなかで真に欲しているものの投影をそこに形象化して見せられたような思いではなかったろうか。

ところで、この女神の像がヒンズー教の寺の地下の暑い洞窟にあるという設定は作者の創作であり、実際には遠藤はその女神の像を美術館で見ており、その時にこの女神像を聖母だと思ったと自ら語っている（『國文学』93・9）。私は、その遠藤の見たというチャームンダーを実際に見たいと思ってインドを旅し、カルカッタ、ベナレス、デリーなどの博物館をめぐって、いくつかチャームンダーの像を見た。そのなかで、ニュー・デリーの国立博物館の円形の中庭を囲む回廊に置かれていたチャームンダーの像は右足のハンセン病のしるしや痩せこけた腹部に彫られた蠍など、この小説に描かれた女神に最も近いものであった。この像は高さ六、七十センチほどの濃緑色の石像で上中下の三部分からなり、中央の女神の頭の上部には枝を広げた一本の太い樹木があり、下部には墓場があったので、それは小説の中で「一米にもみたぬ樹木の精のようなもの」と出てくるのと重なる。その像は、小説の設定とは全く異なり、実際は広々とした明るい場所に設置されているのであるが、しばらくじっと見入っていると、不気味ななかに何かこちらの無意識を刺激するような不思議な魅力が感じられてくる像だった。この女神を地下の暑い洞窟のなかに設定し、なまなましいリアリティを与えて描いた作者のイマジネーションに感心せずにはいられないが、それだけにこの場面の設定には作者の並ならぬ思いがこめられていることはまちがいなかろう。遠藤は、この女神の像を見たとき、明るい日常の意識が求める聖母ではなく、薄暗い意識下の魂の次元で私たちが切実に求めている母なるもののシンボルをそこに感じとったがゆえに、こうした地下の洞窟という設定がイメージされたのではなかろうか。

それから、バスにもどった美津子たちに添乗員の江波は、「いよいよ母なるガンジス河です」と告げるが、さきほど地下室に足をふみ入れた者にはその「母なる」という言葉は、あの印度の母、すなわち喘ぎ生きている皮と骨だらけの老婆の女神のイメージを思い出させる。ガートの手前に着いたバスを降り、乱雑な建物の間を通りぬけた時、河は忽然と姿を現わす。午後の陽を反射させ、広い河はゆるやかな曲線を描いて黙々と流れ、河のほとりには火葬場があり、ここでは死が自然の一つであることが顕然として感じられる。

その深夜、添乗員の江波から電話を受けた美津子は、高熱の木口の看護を頼まれ、引き受ける。翌朝、美津子が木口の看護をしながら眠っていると、夜明けのガンジス河の沐浴の見学から帰った人たちから、日本人の神父がヒンズー教徒のような恰好でヒンズー教徒の死体を焼場に運ぶ手伝いをしていたことを教えられ、大津がそこにいることを知る。そして、美津子は、大津がまだ性こりもなく玉ねぎのために、自分にはみつけられぬもののために生きていることを思う。午後から、ツアー一行は釈迦の悟ったブッダガヤーに向かい、二日後に戻ってくることになっていたが、この町が気に入った美津子は、木口を看るためにホテルに残ると申し出、同じくこの町に残ることを希望した沼田と磯辺、三條夫婦と共に残ることになる。

木口が熱もさがり元気になっているのを確認した美津子は、大津を探しにガンジス河に沼田と行くことにする。タクシーで向かう途中、沼田との会話のなかで、美津子は自分は仏蘭西などあまりに整然として秩序だって混沌としたものがないので疲れるが、この国の乱雑さや何もかもが共存している光景や、善も悪も混在しているヒンズー教の女神たちの像のほうが性に合うといい、さらに自分だって自分で自分がよくわからぬ混沌とした女だとうっかり気を許し、冗談をいう。もちろん、これは単なる冗談ではなく、美津子の本音がもれた言葉であるといえようが、この内心をもらす美津子の姿を、以前の自尊心が強く心を殻でおおっていた美津子とくらべると、そこには明らかに変化が見られよう。さらに、沼田から今度の旅行で何が気に入ったかを聞かれた美津子は、ガンジス河と暗い地下室で見た女神チャームンダーの像であると答える。ガートの近くの道では指を失ったハンセン病の病人たちが物乞いをしている。安っぽい同情にはいらいらする美津子は、愛の真似事はもう欲しくなく、本当の愛だけが欲しいと思う。ここでも、美津子が「本当の愛」にこだわっていることがわかるが、その美津子の魂が求める「本当の愛」とは、女神チャームンダーに象徴されるようなすべての苦しみを共に背負う母なるものの姿ではなかったろうか。ちなみに、これは小説の最後と関係するのだが、マザー・テレサとその修道女たちは、ハンセン病の人たちと共に生きることでその苦しみを共にする「本当の愛」の実践を行っている。

火葬場に近づき、布にくるまれた老婆の死体が焼かれているのを見た美津子は、その老婆の人生をもまた女神チャームンダーに重ね、老婆が女神のようにこの世で苦しみ、耐え、それでも萎びた乳房で子供たちに乳を飲ませて死んだのだと思う。そして、大津を探すがみつからない。美津子は、急に妻の生まれ変りを探しにいった磯辺のことを思い出す。ここで、美津子の心に人生の重荷を負った他者の悲しみへの共感がみられることは注目に値しよう。そして、美津子は、人生にはわからないことがたくさん残っていると言い、沼田からどういう意味かと尋ねられ、自分の友だちは普通の人から見ると馬鹿な生き方をしてきたが、ここに来て、私にはなんだか馬鹿でないように見えてきたと素直な心からの思いを吐露する。ちなみに、この美津子の言葉からは、遠藤が初めて自分のキリスト観を投影したユーモア小説『おバカさん』のガストンとそれを迎えた銀行員隆盛の妹巴絵との関係が思い起こされよう。無力でみすぼらしいが孤独な人間の友になろうと懸命に生きるガストンは大津と重なり、そのガストンをバカと思いながら気になる巴絵が最後にバカでないふしぎな力をもつ男と感じて後を追っていくようになる点は美津子と重なっていよう。

その後、美津子はこの町のカトリック教会をたずねるが、大津はそこでも突き放されていることを知る。ホテルに戻った美津子は、食堂で自棄になってウィスキーを飲んでいる磯辺から妻の生まれ変り探しは無駄足だったとの話を聞く。そして、磯辺の妻の顔を思い浮かべ、どこにでもいる平凡で目だたない夫婦の間にも誰にも見抜けぬ彼等だけのドラマがあることを思う。こうしてこの町で美津子は、それぞれの人がそれぞれの人生の悲しみを背負っていることに次第に心開き、自分の心にうつしとっていくのである。

翌朝、インディラ・ガンジー首相の暗殺があり、外出を控えねばならなくなった美津子は、自分の部屋で何のために印度に来たのかを思いめぐらす。そのなかで、この印度で心につきささったものは、ガンジス河と、ハンセン病によって皮膚がただれ、毒蛇にからまれ、痩せ、垂れた乳房から子供たちに乳を飲ませている、女神チャームンダーの姿であったことを思う。その時、窓からさしこむ白い光が美津子に、突然、放課後のクルトル・ハイムのチャペルを思い出させる。ここでさしこむ「白い光」は美津子の魂の闇にさしこむ恩寵の光を象徴しているといえるのではなかろうか。それに続いて美津子は、そのチャペルで眼の前に開かれていた聖書の「彼は醜く、威厳もない。みじめで、みすぼらしい／……／まことに彼は我々の病を負い／我々の悲しみを担った」というイザヤ書の言葉を思い起こし、「(わたしは、なぜその人を探すのだろう)」と問い、こう思う。

その人の上に女神チャームンダーの像が重なり、その人の上にリヨンで見た大津のみすぼらしいうしろ姿がかぶさる。思えば美津子は知らず知らずに大津のあとから何かを追いかけていたようだ。むかし、彼女が侮り棄てた「醜く威厳もない」ピエロという諢名の男。彼女の自尊心の玩具となったくせに、その自尊心を深く傷つけた男を。

ここで、「その人」とは、この印度で生きる大津を指すと同時に、大津と重なりながらその向こうにあるもの、すなわちイザヤ書の言葉と重なるイエスをも意味していよう。そうであれば、「その人」が現世の苦しみを担って喘ぐ母なるチャームンダーと重なったというのは、みすぼらしい大津の姿が、さらには醜く、威厳もないイエスの姿がそうした苦しみを担う母なるもののイメージと重なり、美津子の心に突きささって実感されてきたということではなかろうか。さらにそれは、自分はなぜ「その人」を探すのかと自ら問う美津子の魂の闇に対して答えを指し示す光がさしこんだことをも意味しているといえよう。

それから、美津子は、町は平穏そうだと沼田に誘われ、町に出る。途中で沼田が小鳥屋によって野生の九官鳥を手に入れたいというのに対して、美津子はその理由をたずねない。そこで、美津子の内心が次のように語られる。

彼女にも誰にも言いたくない秘密がある。ボランティアをしているとき、彼女は自分の匿し事をうち明けようとする患者（それは主として中年以上の女性患者たちだった）が、それを口にしかかると、聞こえぬふりをして背をむけたものだ。そしてその背中でそんな告白を受けても何もできないという拒絶を見せた。

自尊心の強い美津子は、今まで自らの心の奥を他人に開かないかわりに、他人が心の奥を開こうとするのも拒絶する態度をとってきた。そうした美津子は、例えば「五章　木口の場合」に出てくる、同じく病院でボランティアをしているガストンが、人肉を食べた過去に苦しんでいる患者の塚田の手をとり、その苦しみを聞いてそれを共に背負おうとしたような、悲しみの連帯ともいうべき魂の次元の交流をすることはなかった。そして、そんな告白を受けても何もできないという目に見える次元の現実のみを問題にしてそうした連帯を否定してきたといえよう。その当時の美津子にあった、他人の孤独よりも自分の孤独で精一杯であるという思いは、魂の孤独という以上に他者との横の絆も、さらにいえばそれを超えたもっと大きなものとの縦の絆もない魂の孤絶の状態を表していたといえる。それこそが美津子の魂の問題であり、そうした美津子の心が印度の闇や女神チャームンダー、さらにはガンジス河に出会っていくなかで変容していく過程こそが、この小説の展開のなかで見逃すことのできない魂のドラマであるにちがいない。

それから、美津子は沼田が調べてくれた、大津がいるかもしれない淫売屋に行くが、大津は見つからず、夕靄が町を包むなか、美津子の内心は次のように吐露される。

彼女は急に自分の人生の何もかもが無意味で無駄だったように感じた。この印度旅行だけでなく、今日までの彼女自身のすべてが、学生生活も短かった結婚生活も、偽善的なボランティアの真似事も。こうしてはじめて訪れた町のなかで、大津をたずね歩いた事も。だが、それらの愚行の奥に彼女は自分もXを欲しがっていることだけは漠然と感じた。自分を充してくれるにちがいないXを。だが彼女にはそのXが何なのか、理解できない。

ここで美津子は自分の人生の何もかもが無意味で無駄だったと感じているが、それが結局は大津に出会えず、その向こうにある自分を最終的に充たしてくれるはずのXを理解できないままで終わってしまうという思いに起因していることはまちがいない。そうであるなら、逆に、美津子が大津と出会え、大津の向こうにあるXを理解するにいたるならば、そのXによって彼女の今日までのすべてが意味があり、何も無駄でなかったことに気づくことになるのではなかろうか。美津子の求めるXとは、それさえ真にとらえることができれば、まさにそうした人生のすべてに意味を与えてくれる鍵となるものであると考えられるのである。

大津に会えずホテルに戻ろうとした美津子は、偶然そこにやってきた大津に呼び止められ、大津との再会がかなう。そして、美津子は大津とともにホテルに戻り、中庭で大津の話を聞く。美津子は、大津が行き倒れのヒンズー教徒を火葬場まで運ぶ仕事をしているという話を聞きながら、一昨日、目撃した火葬場の炎の動きがまぶたに浮かぶ。そして、布に包まれてミイラのようだった老婆の死体の布を剝がせば、そこからはあの崩れた女神チャームンダーが現われるだろうと思い、どの死体にもそれぞれの人生の苦しみ、それぞれの泪の痕が残っていると思いやる。ここにも、美津子の心が次第に他者の人生の泪にも自然と開かれていく姿が読み取れる。

大津が、行き倒れの力つきた人たちが河のほとりで炎に包まれる時、自分が手わたすこの人をどうぞ受けとり抱いて下さいと玉ねぎにお祈りすると言うと、美津子はそれでは仏教やヒンズー教のいう転生を信じることになるではないか、少なくともあなたは神父なんでしょうと問う。心にまだ僅かに残った自尊心で大津の生き方にたいする敗北感が美津子にこの質問をさせているのである。ここでいう美津子の「大津の生き方にたいする敗北感」とは、何を意味するのだろうか。意識の次元では愚かに思える大津の生き方を無意味なものとして否定してきた美津子は、印度に来て女神チャームンダーやガンジス河と出会っていくなかで、大津の生き方こそ、たとえみじめでみすぼらしくとも人生に本当の意味を与えてくれる一番大切なもの、すなわち真の愛をとらえ、それだけのために生活の次元を超えた人生の次元を生きぬいている生き方であると感じるようになっていったのではなかろうか。それは、美津子が本当は心の一番深いところで欲しているものでありながら、そのために生活の次元を超えて人生の次元に突入するにはあまりに現代人として強い自我意識をもつゆえに、真似のできないものであった。だからこそ、美津子の自我は敗北感を感じたのではなかろうか。

大津は、転生を信じるのかという美津子の質問にたいして、玉ねぎは弟子たちに裏切られても彼等を愛し続け、だからこそ玉ねぎを見捨てて生きのびた弟子たちのうしろめたい心に玉ねぎの存在が刻み込まれ、玉ねぎは死んでも彼等の心のなかに生きつづけ、彼等のなかに転生したのだと答える。美津子が別世界の話のようでよくわからないというと、大津は「別世界の話じゃありません。ほら、玉ねぎは今、あなたの前にいるこのぼくのなかにも生きているんですから」と答える。大津の言葉は苦しいであろう彼自身の生き方に裏打ちされていることを思い、美津子はもう逆らわず、自分と大津とを隔てる距離を感じ、大津の生き方もその話も自分とは別世界のものだと思う。

7

翌朝、早暁の沐浴を見物するため、美津子は木口とガンジス河に向かう。美津子は木口が四十年前、英国軍と印度軍と戦っていたという言葉から、次のように思う。

対立や憎しみは国と国との間だけではなく、ちがった宗教との間にも続くのだ。宗教のちがいが昨日、女性首相の死を生んだ。人は愛よりも憎しみによって結ばれる。人間の連帯は愛ではなく共通の敵を作ることで可能になる。どの国もどの宗教もながい間、そうやって持続してきた。そのなかで大津のようなピエロが玉ねぎの猿真似をやり、結局は放り出される。

ここでも、社会の現実をあげて大津の生き方を否定することで、再び美津子の意識的な自我は自らの自尊心を保とうとしているといえよう。しかしながら、憎しみにみちた社会の現実を目の当たりにすればするほど、そうした意識の背後で、意識とはうらはらに、美津子の無意識の奥にある本当の自己は、現実に抗して愛に生きる大津の生き方に光を求めているのではなかろうか。というのも、もし人間がすべて利己心によって動き、憎しみによって結びつくだけであるなら、私たちは人間に対して絶望し、空しさを感じるしかないだろうからである。しかし、例えば遠藤がマザー・テレサとともに二十世紀の聖人として敬愛し、『女の一生（第二部）』などで描いたコルベ神父のように、人間に対して絶望するしかないアウシュビッツの地獄のような状況のなかでさえも、隣人の命を救うために自らの命をささげる愛に生きた人間がいるという事実が、人間に対する絶望を超えることのできる希望を与えてくれよう。そうした意味で、憎しみによって人間が結ばれるような出来事に満ちた世界だからこそ、美津子の本当の自己は大津のような真の愛にのみ生きようとする人間に関心を向けずにはいられないとも考えられるのである。

そして木口があの河か、どこかの寺で死んだ戦友の法要をやりたかったが、今はヒンズーの国なんですねと言うのに対して、美津子は次のように答える。

「でもあの河だけは」美津子は白みはじめた風景に眼をやって、自分の気持をうち明けた。「ヒンズー教徒のためだけではなく、すべての人のための深い河という気がしました」

ここで美津子が「すべての人のための深い河」と言う限りは、そこに自分も含まれ、自分のための「深い河」でもあるということを実感していることはまちがいなかろう。さらにここで、美津子がそうした自分の気持を素直に打ち明けるほど心が開かれている点も注目されよう。

ガンジス河に着いた美津子と木口は、あちこちに犬や羊の糞の落ちている狭隘（きょうあい）な路を火葬場のあるガートに向かって歩く。美津子は、踏むと滑りそうになるのを怺（こら）えて「木口さん、大丈夫」と気づかうが、それに対して木口は「平気です。昔、ジャングルのなかを逃げた路にくらべれば、何でもない。……汚物のほか、至るところに、腐った兵隊の死骸が転がっておりましたから」と答える。美津子はそれに対して大きくうなずきながら、この中小企業者風の男の心のなかにも、河に来ねばならぬ過去があり、河に来る者の一人一人がそれぞれに蠍に刺され、コブラに嚙まれた女神チャームンダーの過去を持っていることを思う。ここには、以前の美津子のように他者の告白を自分ではどうにもできないことだと拒絶する姿勢はもはやなく、相手をいたわりながら、その過去の重荷を女神チャームンダーと重ねて思いやり、受け入れようとする開かれた心の姿勢があるといえる。

それから木口は、ビルマのジャングルで戦争中、マラリヤで倒れた自分を助けるために人間の肉を食べ、その後、生涯苦しんだ戦友の話を美津子に語る。美津子は、人間のどんなことでも包みこむこの河がそうした告白をさせるのだろうと感じながら、木口の話を受けとる。ここで、木口が美津子に他人には言えない秘密を打ち明けることができたのは、この河によって木口の心が開かれたという以上に、美津子にそれを受け入れる開かれた心の姿勢があったからにちがいなかろう。それは、美津子自身が女神チャームンダーや母なるガンジス河によって心が開かれたことを意味していよう。木口の話を聞きおわった美津子の内心はこう語られる。

東京のどこにでもいる中小企業の社長のようなこの男、その男のなかに美津子の想像の及ばぬ人生がある。水のなかで合掌して祈っている人たちそれぞれにも、それぞれの心の劇がある。そしてここに運ばれてくる遺体にも。それらすべてを包んでいる河、大津が玉ねぎの愛の河と言った河。

今までの美津子であれば、外から判断される通俗性しか見なかっただろう。しかし、そうした他者にも自分の想像の及ばぬ重い人生があり、心の劇があることを、ここでもまた美津子は知っていく。そして、水のなかで祈る人たちや運ばれてくる遺体にもそれぞれの心の劇があることまで彼女が思いやり、それらすべてを包んで流れる愛の河を感じるまでになっている点は注目されよう。

それから木口は死んだ戦友たちのために経を唱えはじめる。美津子は通り路で新聞を買い、印度だけではなく、世界で憎しみがくすぶり、血が流れているのを読んで、そんな世界においては大津の信じる玉ねぎの愛など無力でみじめで、玉ねぎが今、生きていたとしてもこの憎しみの世界には何の役にもたたない、と思う。ここでも、美津子の意識的な自我は、玉ねぎの愛が現実の憎しみの世界には無力であるとして否定している。しかし、そうした意識の次元で否定しながらも、心には学生時代にチャペルで目にした、その玉ねぎと重なるイザヤ書の「彼は醜く、威厳もない。みじめで、みすぼらしい（中略）まことに彼は我々の病を負い、我々の悲しみを担った」という言葉が思い浮かぶ。そして、美津子は「滑稽な大津。滑稽な玉ねぎ」と思いながらも、その大津の姿を火葬場のあたりに探す。そこには、白衣を着た人間が数人と、焼け残った死体の肉を狙う赤い犬の群、そして禿鷹がいる。まぶたの裏に、コブラや蠍に噛まれて耐えているあの女神チャームンダーの姿を思い描く。気がつくと、一頭の痩せこけた牛がそばの石段で、美津子と同じ光景をうるんだ眼で見ている。ここでも、美津子の意識的な自我がいくら大津や玉ねぎを否定しても、無意識の次元で美津子の本当の自己は彼を探し求めていることがわかる。そして、一頭の痩せこけた牛が美津子のそばに来て同じ光景をうるんだ眼で見ているという描写には、看過できない象徴的な意味がこめられていよう。「痩せこけた」という表現からは、美津子がチャペルで見た十字架上の痩せた男、イエスが連想されるし、「うるんだ眼」という表現からは、遠藤文学にしばしば登場する動物の眼に重ねられた、悲しむ者と共に悲しむ同伴者イエスの愛の眼差しが思い起こされよう。作者はここで美津子のそばに同伴者イエスをそっと寄り添わせているといえるのである。

それから、美津子はサリーを裏通りで買って着かたも教えてもらい、サリー姿で木口の前に現れる。そして、サリーで身を包んだ美津子は、ゆっくりと石段をおり、濁ったミルク紅茶のような水に片足を近づける。水はなまぬるく、河のなかに片足を入れ、もう一つの足を沈める。死と同じように、直前はためらったが、体をすべて沈めた時、不快感が消える。ここで、新しい衣を着て体を水に沈めるというのは、洗礼をも想起させ、古い自分に死んで新しい自分に生まれる死と再生の象徴とも読みとれよう。そしてさらに言えば、水は無意識のシンボルでもあることから、水に体をすべて沈めるとは、無意識の奥底の魂の領域にまで下降することを意味しているともいえよう。それから美津子は眼を火葬場に向けて大津を探すが見当たらず、その視線は河の流れる方角に向く。そして、美津子は「本気の祈りじゃないわ。祈りの真似事よ」と自分で自分が恥ずかしくなって弁解する。ここで祈ろうとする自分の行為を恥ずかしいと感じているのは言うまでもなく意識的な自我であるが、無意識の次元の本当の自己はおのずから祈りへとうながされているといえよう。自尊心が強く、現代人によく見られるように意識的な自我の肥大化した美津子は、無意識の奥にある本当の自己からのうながしによる行為である祈りを素直に認めたがらず、本気ではなく真似事なのだとすることで意識的な自我が納得しようとしているのであろう。

しかしながら、ここで注目すべきことは、もはやそうした意識的な自我が無意識の働きを抑圧してしまうことはできず、次第にその意識的な自我を超えて無意識の本当の自己からの働きにうながされ、河に体を沈めている美津子の祈りがおのずから本物の祈りへと変わっていっている点である。ここで想起されるのは、青年遠藤が敬愛した詩人原民喜の詩「感涙」の冒頭の「まねごとの祈り終にまことと化するまで、／つみかさなる苦悩にむかひ合掌する」という言葉であり、また、遠藤が友人の戯曲家矢代静一の演劇「夜明けに消えた」のパンフレットに寄せた文章のなかの「ノッポの不器用なまねごとの祈りは次第に本当の祈りに変ずるのだ」といった一文である。どちらも真似事の祈りが本物の祈りに変ずることが魂の真実として描かれている。遠藤が美津子においてもそうしたその魂の真実を描きたかったことは、次の引用からもうかがえよう。

> 視線の向う、ゆるやかに河はまがり、そこは光がきらめき、永遠そのもののようだった。
>
> 「でもわたくしは、人間の河のあることを知ったわ。その河の流れる向うに何があるか、まだ知らないけど。でもやっと過去の多くの過ちを通して、自分が何を欲しかったのか、少しだけわかったような気もする」
>
> 彼女は五本の指を強く握りしめて、火葬場のほうに大津の姿を探した。
>
> 「信じられるのは、それぞれ人が、それぞれの辛さを背負って、深い河で祈っているこの光景です」と、美津子の心の口調はいつの間にか祈りの調子に変っている。「その人たちを包んで、河が流れていることです。人間の河。人間の深い河の悲しみ。そのなかにわたくしもまじっています」
>
> 彼女はこの真似事の祈りを、誰にむけているのかわからなかった。それは大津が追いかけている玉ねぎにたいしてかもしれなかった。いや、玉ねぎなどと限定しない何か大きな永遠のものかもしれなかった。

この美津子の祈りのなかで強調されているのは、まず、美津子が頭ではなく体全身で祈り、無意識の奥にある本当の自己からのうながしに素直に身をまかせることで、「人間の河」、「人間の深い河の悲しみ」のあることを心から信じられる思いにいたっている点である。さらには、それぞれの人がそれぞれの心の劇をもち、それぞれの人生の辛さを背負っていることをこのガンジス河のほとりで次第に知ってきた美津子が、ここでそれを確信し、そのなかに自分もまじっていると自覚することで、「人間の深い河の悲しみ」の連帯というべき思いをもつにいたっているという点である。それによって今まで他者とは孤絶の状態にあった美津子の魂は、他者とのつながりを回復すると共に、その他者も自分もまじっている「人間の深い河の悲しみ」を包みこんで流れる、より大きな母なるものとのつながりをも回復しているといえるのではなかろうか。すなわち、人間と人間の横のつながりの回復と同時に人間と人間を超えたものとの縦のつながりの回復もなされているのである。それこそ、ここで美津子が「過去の多くの過ちを通して、自分が何を欲しかったのか、少しだけわかった」というものであり、それがわかったとき、美津子は自分の過去の多くの過ちも無駄ではなく、それを知るために今日までの人生のすべてが必要であったことを実感することができたにちがいなかろう。

それから、自分が祈りを向けているのは玉ねぎに対してかもしれなかったと美津子が思うということは、彼女が玉ねぎについていつも思い起こす、聖書の「まことに彼は我々の病を負い／我々の悲しみを担った」という言葉のなかの「我々」に自分もまじっていると実感できるようになったことを示しているのではなかろうか。もちろんその祈りを向けるのが、玉ねぎと限定されない何か大きな永遠のものだったとしても、それは我々の悲しみを担う愛の河である玉ねぎと重なって感じられるものであることは確かであろう。

この直後、写真撮影は厳禁されている火葬場の遺体を写した若いカメラマンの三條に遺族たちが激昂し、彼らの前に立ちはだかってなだめようとした大津は、ヒンズー教徒たちから暴行を受け、ガートの階段を転げ落ち、首の骨を折る。美津子はすぐに駆けつけ、大津の口や顎をよごした血をふく。「ぼくの人生は……これでいい」と言って担架で運ばれていく大津を見送りながら、美津子は「本当に馬鹿よ。あんな玉ねぎのために一生を棒にふって。あなたが玉ねぎの真似をしたからって、この憎しみとエゴイズムしかない世のなかが変る筈はないじゃないの。あなたはあっちこっちで追い出され、揚句の果て、首を折って、死人の担架で運ばれて。あなたは結局は無力だったじゃないの」と叫び、しゃがみこんで、拳で石段をむなしく叩く。ここで河から上がってきた美津子は再び意識的な自我の次元にもどり、大津の生き方を結局は無力だったと否定しようとする。

美津子が目に見える外の現実に対して目を向ければ、確かに大津の一生は無力だったように見えようが、しかしながら、美津子が目に見えない自分自身の心のうちに目を向ければ、大津の一生は無力だったとは決していえないと判断されたにちがいない。なぜなら、美津子がこの印度のガンジス河までおとずれ、その「深い河」に身を沈め、祈るまでになったのは、玉ねぎのあとを愚直に生きてきた大津の生き方をぬきにしてはありえなかったはずだからである。美津子は、この後、目に見えない自分自身の魂に刻まれた大津の生涯の意味こそ、問うていくことになるだろう。それは、イエスの弟子たちが、イエスの死を眼前にして、イエスは目に見える社会の現実に対して無力だったという絶望のなかからイエスの生涯の意味を問うていくことで、イエスが自分たちの魂のうちに生きて働いているということを体験していったのと重なるにちがいない。

8

この後、美津子たちは帰国のために空港に向かうバスをカルカッタで待っている、小説の最後の場面に移る。待合室のテレビは暗殺されたインディラ・ガンジー首相の葬儀を映し出す。そして世界では、イランとイラクの戦は続き、レバノンでも内戦が起こり、英国ではテロが多数の死傷者を出すなど、互いに憎み争う現実が続いている。

美津子たちの近くには、口から泡をふいて死にかけている老婆がいる。そうしたなかで、美津子は磯辺のそばに近よって「お疲れじゃないですか」とたずね、「少なくとも奥さまは磯辺さんのなかに、確かに転生していらっしゃいます」と磯辺をいたわる。ここで美津子は、外の現実を見れば、愛など無力で意味がないと思える状況のなかで、隣の人間の悲しみをいたわり、自ら愛を生きはじめているといえるのではなかろうか。この美津子のさりげないいたわりの行為は、「人間の深い河の悲しみ」の連帯のなかからおのずから隣人の悲しみに向けてなされたものであって、そこに偽善は感じられない。ここで美津子が、磯辺の妻は磯辺のなかに確かに転生していると告げるとき、ヒンズー教や仏教で一般的に使われる「生まれ変り」という意味とは明らかに異なっている。それは、妻は死んだあとも消滅したのではなく、愛の力ゆえに磯辺のなかに生き続けているという意味を「転生」という言葉に託して語っているものであるといえよう。そうであれば、ここで美津子は愛が無力ではなく、死さえも超えて人の心に生きて働き続ける力をもっていることを信じるにいたっているといえるのではなかろうか。こうした独自の意味をもつ言葉としての「転生」という語の用い方が、先に見た、転生を信じるのかという美津子の問いに対して大津が答えた話のなかで使った「転生」の意味を受けているのは明らかである。大津との会話の時には別世界の話だと感じていた美津子が、ここでは実感をもって自ら大津と同じ意味でその言葉を語るまでになっているからである。

それから、マザー・テレサの会の修道女たちが泡を吹いて倒れている老婆に近づき、ガーゼで顔をふく姿を三條たちは目にする。江波から「彼女たちはカルカッタでああして行き倒れの男女を探しては、臨終まで世話するんです」という説明を聞いた三條は、「意味ないな。そんなことぐらいで、印度に貧しい連中や物乞いはなくならないもの。むなしく滑稽にみえますよ」と嘲う。ここで三條が修道女たちの行為を否定する言葉は、以前に美津子の意識的自我が大津を否定していた言葉と同じである。しかし、ここでは美津子は無意味にも思える修道女たちの行為をもはや嘲うことなく、修道女に次のように問う。

「何のために、そんなことを、なさっているのですか」
すると修道女の眼に驚きがうかび、ゆっくり答えた。
「それしか……この世界で信じられるものがありませんもの。わたしたちは」
それしか、と言ったのか、その人しかと言ったのか、美津子にはよく聞きとれなかった。その人と言ったならば、それは大津の「玉ねぎ」のことなのだ。玉ねぎは、昔々に亡くなったが、彼は他の人間のなかに転生した。二千年ちかい歳月の後も、今の修道女たちのなかに転生し、大津のなかに転生した。担架で病院に運ばれていった彼のように修道女たちも人間の河のなかに消えていった。

ここでは、遠藤が「マザー・テレサの愛」（『春は馬車に乗って』）と題したエッセイのなかで取り上げている、「今やっているのは、あのおかたの仕事だと知っています。わたしの仕事だったら、わたしと一緒に死ぬでしょうが、あのおかたのお仕事なら生きつづけます」（傍点原文）というマザー・テレサの言葉が想起される。この言葉は、マザー・テレサたちが「あのおかた」の愛を生きる仕事をしながら、「あのおかた」が自分たちのなかに生きて働いているという強い確信をもっていることを語っていよう。そうであれば、ここで修道女が「それしか」と言っているのは、直接的には行き倒れを世話するといった愛の行為を指す以上に、イエスが自分たちのなかに生きて働いていることを指し示しているといえるのではなかろうか。そして、「それしか、この世界で信じられるものがない」という言葉は、裏返していえば、たとえ信じられないものが満ちている世界であってもそれだけは信じられるという強い確信を表している。すなわちそれは、それだけは信じられるというものに人生をかけて生きる生き方であり、それは美津子の魂が求めている「確実で根のある人生」であるにちがいなかろう。

大津から玉ねぎは弟子たちのなかにそして自分のなかにも生きているという話を聞いたときには、別世界の話のようでよくわからないと美津子は答えていた。しかし、小説の最後のこの場面では、修道女の答えを聞いた美津子自身が、昔々に亡くなった玉ねぎは二千年近い歳月の後も、今の修道女たちのなかにも大津のなかにも転生し、生きて働いていると実感し、担架で病院に運ばれていった大津のように修道女たちも「人間の河」のなかに消えていくと感じている。ここで修道女たちが「人間の河」に消えていったという表現は看過できない言葉である。というのも、それぞれの人間がそれぞれの人生の悲しみを背負って生きている、「人間の河」のなかでこそ愛である玉ねぎは転生し、生きて働くといえるからである。三條のように、生活の次元の損得がすべてであると考える人間には、「人間の深い河の悲しみ」を理解することも、ましてやそこに自分もまじっていると感じることもできないのは当然である。そういう「人間の河」を理解しない者にとっては、玉ねぎの愛を愚直に生きる者の姿は、滑稽で無意味なものとしか映らないであろう。それに対してこの最後の場面の美津子のように「人間の深い河の悲しみ」を知り、その悲しみの連帯のなかに自分もまじっているのを実感した者には、その悲しみの

「人間の河」でこそ生きて働く玉ねぎの愛を信じることができるのではなかろうか。

その後、美津子は大津の容体が気になり、江波に病院に問い合わせてもらう。そして小説の最後は「危篤だそうです。一時間ほど前から状態が急変しました」という、大津の死が差し迫っていることを告げる言葉で幕を閉じる。この知らせを聞いて美津子がこの後、どのような行動を取るか、皆と一緒に帰国するか、それとも帰国を取りやめて大津のもとに駆けつけるか、そしてその後の人生はどうなっていくかは、読者の想像にゆだねられた開かれた終わり方になっている。

美津子は無宗教の日本における現代の若い世代の代表ともいえる存在であるがゆえに、美津子の抱える問題は、現代の若者が根本的に抱える問題とも重なる部分がある。そのためこの終わり方には、美津子の今後については読者ひとりひとりに考えてもらいたいという作者の願いが込められていよう。その美津子の今後について、大津は美津子への手紙のなかで「あの方はいつか、あなたをもうひとつの世界に連れていかれるでしょう。それは何時なのか、どういう方法でか、どういう形でかは、ぼくたちにはわかりませんけれども」と予言していたが、それは神が大津の死を使って美津子を、人生の次元を生きる世界に連れていくという形で成就するということではなかろうか。すなわち、玉ねぎに愚直に従って真の愛のために殉じた大津の人生が美津子の魂に刻まれ、それが忘れがたい存在となって生きつづけることはまずまちがいないだろう。

ここには、「深い河」に身を沈め、「人間の深い河の悲しみ」のなかに自分もまじっていることを感じ、その悲しみによって他者とのつながりをとりもどすと同時に、小さな自分を超えてその人間の悲しみを包みこんで流れる愛の河を知った美津子がいる。その美津子が、それぞれの人間がそれぞれの人生の悲しみを背負い、その悲しみを包みこむ愛の働く「人間の河」に自らも消えていくとき、そこに新たな人生の出発があることは確かであろう。もちろん、これからも、自我意識の強い美津子は人生と生活の次元を揺れ動くだろう。しかし、人生の次元の意味や価値を大津という愚直に愛を生きぬいた人間の生涯によって深く心に刻まれた美津子は、自分のなかに生きる大津を、さらには大津と重なる玉ねぎをその後も心の奥に感じるにちがいない。マザー・テレサの修道女たちのようにそれだけは信じられるという確実で根のある人生を彼女はそこに見出し、「人間の河」のなかでよりも人生の次元に深く関わり、真の愛に目覚めて生きていくことが想像されるのである。

第四章　沼田の場合——動物との魂の交流を求める旅

1

カトリック作家として人間の魂の救いの問題を深く追求した遠藤の文学のなかに、人間と神、そして人間と人間の連帯という問題が重要なテーマとして描かれている点は、ここまで見てきた、「磯辺の場合」「大津の場合」「美津子の場合」からも明らかであろう。しかしながら、遠藤文学のなかには、人間と自然、特に人間と動物たちとの関係が重要なモチーフとなって描かれている作品が多くあることも事実であり、それは看過できない遠藤文学の特色であるといえる。そうした特色は、この遠藤文学の集大成といわれる『深い河』にも顕著であり、それは沼田という人物を通してはっきりと示されている。遠藤文学のなかで、人間と犬や鳥たちとの交流を描いた作品は特に短篇に少なくないが、それらを見渡してみると、例えば、三十一歳で小説を書きはじめた遠藤が、人生の節目にあたる時に書いた短篇小説「四十歳の男」「五十歳の男」という作品には主人公の人間と動物との魂の次元での交流が大切なモチーフとなって描かれていることに気づかされる。それらの主人公はもちろん作者とそのまま重なるものではないにしても、遠藤の動物たちとの交流の実体験が投影された作品であることは間違いなかろう。遠藤にとって動物たちとの関係で幾つかの忘れられない原体験があることはエッセイ等で語られており、人生を振り返るような作品を書くときには、その魂の原風景ともいうべきイメージが何度も繰り返し呼び起こされるのではなかろうか。そうしたことを考えると、この小説『深い河』が、遠藤の七十歳という人生の節目の年に発表された作品であるということも注目されよう。この小説は遠藤が自らの人生のなかで本当の真実を織りなしたものを呼び起こし、人生の再構成を試みた作品として、「深い河」に集うそれぞれの人物たちに自らの人生で体験した真実が投影されているといえよう。そのなかでも、この章で取り上げる沼田は、そうした作者の人生での体験の投影が、ある意味でもっとも顕著に表されている人物であるといってよかろう。もし仮に「沼田の場合」だけを取り出して一つの短篇のように考えるなら、これまでの動物たちとの心の交流を描いた作品の系譜に連なり、その系譜における集大成としてその円環を閉じる作品と見ることもできるのではなかろうか。そうした意味で、遠藤が七十歳を迎えるにあたって人生を振り返るなかで、人生の次元で本当に出会った忘れられない大切なもののうちで特に動物たちとの関わりにおける想いをこの沼田に託しているといえる。本章ではそうした点に着目して、『深い河』を読み進めてみたいと思う。

2

まず、沼田が最初に登場するのは、「二章　説明会」で、印度で野鳥保護区に行けるところに一人で少し残りたいのだが、と質問をする動物の好きな男としてであるが、本格的に登場するのは、「四章　沼田の場合」からである。そこで、沼田はすでにデリー行きの飛行機のなかにおり、スチュワーデスから童話を書いている沼田先生ですかと問われることで、沼田が犬や鳥を主人公にした話を書いている童話作家であることが明らかになる。

ここでまず注目したいことは、遠藤自身の投影が顕著な沼田をあえて小説家ではなく、童話作家として設定している点である。先にも指摘したように、遠藤文学のなかには犬や鳥たちとの魂の次元における交流の話は頻繁に描かれており、それは多様な遠藤文学のモチーフのなかの重要な一側面であるにちがいなかろう。それを考えるならば、作家遠藤のなかのそうした動物との交流という側面のみを取り出し、一人の人物に託すことでその側面の特色をより強調した形で表そうとしたとき、それに一番ふさわしいのが、犬や鳥を主人公にした話を書く童話作家という設定であったということであるのだろう。しかし、この設定は、沼田に童話作家というジャンルゆえの限界をもたせることにもなるのであるが、その問題は後で触れたい。

さて、小説にそって話を進めると、話は機内から沼田の幼年時代の回想へと移り、そこでは、日本が植民地化していた満州の大連で送った沼田の幼年時代が語られる。ここに、遠藤が父の転勤で三歳から十歳まで大連で暮らした遠藤自身の思い出が重ねられていることはいうまでもない。そこでまず、沼田を大変可愛がってくれた、中国人のお手伝いである李少年の話がでてくる。遠藤は、自らの人生と作品を語った『人生の同伴者』のなかで大連での幼年時代に触れた箇所で、中国の貧しい手伝いの少年が別に欲得なく幼い自分を非常に可愛がってくれたことが今でも忘れられないと語っているが、その忘れえぬ人である少年がこの小説の李少年となって呼び起こされていることは確かであろう。そして、沼田は、学校の帰り道に眼やにのいっぱい溜まっている泥だらけの捨て犬をひろい、李の仲立ちによって母からその犬を飼う許しをえる。沼田はこの毛が真っ黒の満州犬にクロと名前をつける。このクロについては、自伝的エッセイ「私の履歴書」(『落第坊主の履歴書』)のなかで『私の履歴書』を書いているうちに自分の人生にとって、無視してはならないものに気づいた。それは動物たちのことである。飼っていた犬や猫や鳥のことである」と述べた後、その思い出が語られる。さらにクロは、「雑種の犬」「童話」「五十歳の男」など幾つもの短篇のなかにも登場する馴染みの犬である。また、ここで「眼やにのいっぱい溜まって」いるという一言には、遠藤のエッセイや短篇に幾度も登場する、雑貨屋でもらってきた眼やにだらけの子犬で、その後十数年も作家として活躍する遠藤と一緒に住んで、遠藤の人生にとって大切な存在になったと語られているシロの思い出もさりげなく重ねられていよう。

クロを飼ってから半年ほどたって起きた家の石炭小屋の石炭が半分消える事件が李の仕業だと疑われ、李は解雇される。沼田は、李と別れた日の諦めたような微笑を今も忘れられないと思う。遠藤は先の『人生の同伴者』のなかで、まったく無垢な気持で自分を可愛がってくれたその少年とイエスの姿が、のちになって重なるとも語っているが、ここで李少年が何も悪いことをしていないのに嫌疑をかけられ、去っていく姿には、「美津子の場合」に出てきたイザヤ書の受難の僕と結びついたイエスの姿が暗に重ねられていることが察せられよう。

そして、沼田が小学校三年の秋、両親の仲が悪くなり、別れ話が持ちあがる。明るかった母が暗く沈んでいる家に学校から戻るのが辛かった沼田は、登校、下校のときもついてくるクロといつも寄り道をしながら帰り、鬱積した辛さをクロにだけ話す。クロは孤独な沼田にとって、心の奥底の思いを聞いてくれるただ一つの生きものであり、哀しみの理解者であり、苦しみの同伴者となる。春がきて、沼田が、母に連れられ日本に帰る別れのとき、クロは沼田の馬車を追いかけ、やがて疲れて足をとめ、去っていく沼田を諦めのこもった眼で見ながら小さくなっていく。そのクロの眼を忘れられなかった沼田が人生の別離の意味を初めて知ったのはこの李少年とこの犬のクロによってだったと思う。

ところで、遠藤は対談集『深い河をさぐる』において、俳優の本木雅弘との対談のなかで、自力ではどうにもならないことが、いくつもいくつも出てきて、それが集積してゆくことで、小さな自分を包んで、しかもプラスもマイナスも肯定してくれる大きな河を求めるようになっていくと語っている。それを踏まえると、この李とクロによって初めて知った「別離の意味」とは、人生にはそうした自力ではどうにもならないことがあるという人生の次元の悲哀を知ることであり、沼田にとってそれが後に大きな河を求めるようになっていく原点であったということであろう。

この沼田のエピソードを通して注目すべきことは、両親の不和という誰にも言えない人生の重荷を背負った孤独な遠藤少年にとって、犬のクロが唯一の哀しみの理解者であり、同伴者であったという体験である。というのも、この哀しみの同伴者というテーマは遠藤文学の中核をなすメインテーマの一つであるといえようが、それがキリスト教と接する以前のこの少年時代にすでにクロとの出会いによって体験されていたといえるからである。この哀しみの同伴者であるクロの眼は、その後人生の経験を重ねていくうちにさらに深まり、キリストの眼差しにまでつながっていくのであるが、ここにその原体験があることは確かであろう。この原風景は、幼い少年の心にしっかりと刻まれ、それがその後、作家の想像力によって繰り返し喚起され、作品に描かれていったということができるのである。

それから、そうしたクロをめぐる回想を終えた沼田の内心が次のように語られる。

(もし、クロがあの頃、いなかったら)と後年、沼田は思う。(俺は童話なんか書いていなかっただろう)クロは動物が人間と話を交せることを彼にはじめて教えてくれた最初の犬だった。いや、話を交せるだけではなく、哀しみを理解してくれる同伴者であることもわからせてくれた。それができるのは、今の時代にはメルヘンという方法しかないことを知った沼田は、大学時代から童話を書くことを生涯の職業として選んだ。そしてその本のなかで彼は子供たちの哀しみを——子供たちにもそれぞれの人生の哀しみが、既に始まっているのだ——理解している犬や山羊や仔馬のことを好んで書いた。そう、鳥たちの事も……。

ここで描かれるクロがいなかったら童話なんか書いていないという沼田の思いは、沼田の人生にとってクロとの出会いがどんなに大きな意味をもつものであるかを告げていよう。沼田の人生にクロは決定的な痕跡を残したわけであるが、それは遠藤の思いとも重なるものにちがいない。クロがいなかったら、遠藤は小説など書かなかったとまではいえないかもしれないが、その出会いがなければ今あるような人生の哀しみの同伴者を一つのメインテーマにした遠藤文学がもっと別の形になったかもしれないとはいえるだろう。それほどまでに遠藤にとって幼い頃のクロとの出会いは、その後の人生に大きな痕跡を残した重要な意味をもつものであったといってよいのではなかろうか。

3

それから小説は、童話作家になった沼田が犀鳥という奇妙な鳥を飼った思い出の回想へと移る。沼田は、鼻の高いピエロのような犀鳥を小禽の販売店の親爺に押しつけられてピエロと名付けて飼いはじめる。ある日、籠から犀鳥を出してやると、窓のそばまで歩き、外をじっと凝視して、何ともいえない哀しい一声を出す。その声が万感の思いをこめて「寂しいです」と、たったひとこと叫んだように沼田には思え、その時からこの滑稽なピエロに連帯感に似たものを感じる。その日から、家族の寝静まった夜には話を交わすという、沼田とピエロとの新しい結びつきが始まる。棚の上から仕事をしている沼田を見下ろすピエロから何をやっているんだと問われる沼田は、子供が犬や鳥と話をする、子供の頃の夢を童話に書いていると答える。そして、子供の時から君のような鳥や飼い犬によって、どれほど慰められたかしれないと告げる。ここでは沼田の内心が次のように語られている。

沼田は生命あるものすべてとの結びつきへの願望をどう説明していいのかわからなかった。少年時代、クロの存在が与えてくれた種がやがてふくらみ、彼に童話のなかでしか描けぬ理想世界を作りだしたのだ。その童話のなかで、少年は花が囁く声がわかり、樹と樹との会話も理解し、蜜蜂や蟻がそれぞれの仲間とかわす信号を読みとることもできる。一匹の犬や一羽の犀鳥が大人になった彼のどうにもならぬ寂しさを分ちあってくれた……。

ここで、寂しいと叫ぶ犀鳥の哀しい心をうつしとり、孤独なもの同士の連帯感を感じて、自分の偽らない思いを犀鳥に打ち明ける沼田と犀鳥との心の交流が始まっていることは注目されよう。沼田自身、結婚して子供もいる身でありながら、誰にもいえない深い孤独を感じている人物であることが、ここから察せられるのである。また、ここで語られる「生命あるものすべてとの結びつきへの願望」とは、『深い河』までの遠藤文学のなかであからさまに語られることは少なかったと思われるが、遠藤自身の心の奥に秘められていた願いであったのではなかろうか。ヨーロッパのキリスト教のなかにある、人間と自然を別け隔て生命のなかに序列をつける思想に対する違和感は、この小説のなかの大津の口を通して語られている。元来遠藤文学のなかには人間と動物とが対等に描かれているため、こうした点も遠藤文学のユニークな特色であるといってよい。

例えば人間と犬の生命への思いが対等に描かれる作品として、短篇「五十歳の男」がある。そこでは、両親が不和になった晩秋の寒い大連で子供の悲しみを共に分けあい、その後の苦労も双生児のように知り尽くしている兄の危篤と、飼い犬のシロの危篤とが対等の重みで語られ、それを理解しない妻に対して「兄も大事だが、俺にとってシロも大事なんだと言いかえしかけて彼は黙った。あの大連の公園で少年の彼をじっと見てくれた雑種の犬のことを妻は知らない」と述べ、シロの死ぬ場面で次のように思う。

コスモスの花を見ながら、自分は人生でたくさんの人や生きものに出会ったと彼は思った。だが本当に縁のあった人、本当に縁のあった生きものはごく僅かだった。亡くなった母、病院にいる兄。そして公園で彼をみていた雑種の犬。十三年一緒に住んだシロだって彼の人生に縁があったにちがいないのだ。

遠藤の人生にとって最も大切な存在であったに違いない母や兄と並べて、人生で関わった犬のことが描かれていることからも、どんなにこの犬たちが遠藤の人生にとってかけがえのない大切な存在であったかが告げられていよう。

それから、沼田は犀鳥を彼の部屋で放し飼いにするようになるが、そのことに彼の妻は腹をたてる。家をとりしきる妻としてはこの奇妙な顔をした鳥は、イエスが当時のユダヤの祭司たちにとってそうだったように迷惑で邪魔な存在にちがいないのだろうと沼田は思い、犀鳥をイエスに例える理由を次のように語る。

沼田はルオーの絵が好きで、その版画に幾つも描かれているピエロの顔に犀鳥のそれに似たものがあったからだ。ルオーにとって道化はイエスを象徴していることを彼は知っていた。妻には、夜ふけて仕事を続けている沼田とそれを凝視している犀鳥との魂の交流を理解できる筈はなかった。沼田はどんな夫婦であっても、相互に溶解できぬ孤独のあることを結婚生活をつづけながら知った。しかし彼自身の孤独とこの鳥の孤独とは夜の静寂のなかで通じあう。

ここで、沼田と孤独な魂の交流をするピエロとあだ名された犀鳥をルオーのピエロの絵との関連からイエスに例えるというのには重要な意味が込められていよう。なぜなら、それは、遠藤における犬や鳥との孤独な魂の交流の体験がルオーの描くような哀しみの同伴者イエスのイメージと重なっていくからであり、さらにそれが犬や鳥の眼がイエスの眼差しの象徴となっていくという道筋を暗に示しているといえるからである。遠藤の作品のなかの犬や鳥の眼がイエスの眼差しを象徴していることは、遠藤文学におけるユニークな特色としてすでによく知られていよう。そこには最初に犬や鳥との魂の交流という原体験がある。そして犬や鳥の眼差しが後に遠藤の信仰の深まりと共にイエスの眼差しのイメージと重なっていく。そうであるからこそ、遠藤文学のなかで描かれる犬や鳥の眼差しには遠藤の体験に裏打ちされたリアリティがあり、それは遠藤ならではの独自な象徴表現になっているのである。

例えば「影法師」という小説には、「動物や鳥たちはなぜ、あのように悲しみにみちた眼をするのか。僕にはそれらすべてが、僕の裡で一つの系列をつくり血縁の関係を結び、僕に何かを語りかけようとしている気がしてならぬ」とある。この悲しみの同伴者ともいうべき、人間の悲しみを共にする悲しい眼をした動物たちのつくる一つの系列の延長線上にそうした動物たちと同じ眼をしたイエスが実感されるようになっていったのである。

ところで、ここで犀鳥が登場する意味を考えるとき、犀鳥というと遠藤文学のなかで動物たちとの孤独な魂の交流を描いた短篇の一つである「犀鳥」という作品が思い起こされる。そこには、主人公の小説家が、ポルトガルの背教宣教者Fが犀鳥という鳥を飼って住んでいるという出島にいるオランダ人の書簡の一節を読んで、それが記憶に強く残り、デパートの小禽屋に頼んで犀鳥を手に入れたという話が書かれている。そして、南の国から連れてこられたその道化師のような鳥の姿に、故郷ポルトガルから遠く離れて孤独なその背教司祭の姿を重ね、その司祭にはその鳥だけが話し相手だったろうと想像している。ここに出てくるポルトガルの背教司祭Fとは、

『沈黙』や『黄金の国』に登場するフェレイラであることは間違いなかろう。遠藤の人生のなかでフェレイラという背教司祭を切支丹の歴史のなかに見出し、深く出会っていったことはその文学的生涯において決定的な痕跡を残したといってよかろう。その出会いなしには『沈黙』の誕生は考えられないほど、フェレイラは遠藤の人生にとって重要な意味をもつ存在である。そのフェレイラが犀鳥を飼っていたという設定は作者の虚構であろうが、そこにはフェレイラの孤独な魂を思いやり、その救いのためにイエスに通じる悲しみの同伴者として犀鳥を寄り添わせたいという遠藤の願いが込められていたにちがいなかろう。遠藤にとって犀鳥にはそうした特別な思いがあったがゆえに、『深い河』のなかにフェレイラと重なる犀鳥を暗に登場させたのではなかろうか。そうであれば、童話作家沼田が犀鳥の孤独と魂の次元において通じあう姿には、作家遠藤が背教司祭フェレイラの孤独を想いやりながら、そのフェレイラの孤独と魂の次元で通じあう姿が暗に重ねられていると見ることもできよう。

それから二ヵ月後、沼田は青年時代に罹患した結核が再発し入院することになる。ここに、遠藤が青年時代の結核の再発で三十七歳から二年半の入院生活と三度の大きな手術をした体験が重ねられていることはいうまでもなかろう。そして、仕方なく犀鳥はペット屋に引き取らせることになり、沼田のなかに犀鳥との別れを前に、少年時代のクロとの別離が甦る。

沼田は、二年間入院し、二度の外科手術も失敗に至る。その頃、沼田は一人でよく病院の屋上にのぼり、夕焼けを見ながら、そうしている自分の姿があの犀鳥とそっくりなことに気がつく。鳥籠から出されると書斎の窓から葡萄色の丹沢や大山の夕焼けを見つめていた犀鳥の気持を、痛いほどはっきりわかる気がする。そして、今頃、あの鳥はどうしているかと思いながら、できればふたたび病室で一緒に夜を過ごしたいと思う。彼はもう医者や看護婦や妻の前で元気を装うことに疲れ、昔と同じように心の通いあえる相手として人間ではなく犀鳥が、ルオーの描いたようなみじめで滑稽なピエロが欲しいと願う。

ここで沼田が、孤独な入院生活のなかで心の通いあえる相手として人間でなく動物を欲していることは注目に値しよう。相手が人間であれば元気を装い、それなりに表面的な言葉を交わし、生活の次元の顔をしなければならない。それに比べて沼田にとって動物との交流は何も飾らないありのままの人生の次元の顔でいられるものであり、そこには日常の次元の言葉を超えた魂の次元での交流があるといってよかろう。このことは、第一章で取り上げた磯辺の妻と、病室の窓から見える銀杏の老樹との魂の次元での交流をも思い起こさせようが、両者とも、そこには遠藤の病床体験が重ねられている。

先にも取り上げた「犀鳥」という小説でも、「彼は人生のなかで本当に一人だった時はそう数多くはなかったが、その一人の時に求めたのは人間ではなくて一匹の犬であり、一羽の九官鳥だった」と語られる。沼田の思いとも重なるそれが、遠藤の体験に裏打ちされた思いでもあることは確かであろう。

沼田は、そうした思いを妻には言えなかったが、その後、「何処にいるんだろうな、あの犀鳥」という沼田の言葉から妻はそれを察して、ある日、九官鳥を鳥籠に入れてもってくる。沼田は妻の優しさに感動しながら、少年の頃から心の秘密はいつも人間にではなく犬や鳥にうちあけてきたことを、妻にうしろめたく感じつつも、相手が鳥ならば沈黙して受け入れてくれるから、徒らに妻を辛くさせ重荷を背負わせるよりはいいと思う。

沼田は、自分を見る九官鳥の眼は犀鳥と同じだと思いながら、少年の頃、クロにだけ自分の孤独を訴えたように、妻にも語れない自分の悩みや後悔をその九官鳥だけに打ち明ける。そして、そんな沼田の内心が次のように告げられる。

沼田は病室の灯を消し、人生のなかで本当に対話してきたのは、結局、犬や鳥だけだったような気がした。神が何であるかわからなかったが、もし人間が本心で語るのが神だとするならば、それは沼田にとって、その都度、クロだったり、犀鳥だったり、この九官鳥だった。

ここで、沼田にとって人生の次元で本当に対話してきたクロ、犀鳥、九官鳥といった哀しい眼の動物たちの系列に結びつけられて神が問題にされている点は看過できまい。沼田は何か特定の宗教の神を信じているわけではないが、「犀鳥が、ルオーの描いたようなみじめで滑稽なピエロがほしい」という言葉があるように、沼田の孤独な魂は、その折々の人生の同伴者であった動物たちの哀しい眼につながる、悲しみの同伴者イエスの象徴といえるルオーのピエロのような永遠の同伴者ともいうべき神を無意識のうちに渇望しているといえるのではなかろうか。

そして賭けにも似た三度目の危険な手術を終えた沼田は、毎晩彼の愚痴や辛さを聴いてくれた九官鳥が死んだことを妻から知らされ、あの九官鳥が身がわりになってくれたのかとの確信にも似た気持が、手術した胸のなかから熱湯のようにこみあげ、彼自身の人生のなかで、犬や鳥やその他の生きものが、どんなに自分を支えてくれたかを感じる。そして、主治医から実は心臓が手術台でしばらく停止していたことを聞かされ、この時も沼田のまぶたには九官鳥と犀鳥とが浮かぶ。

ここで、沼田の孤独な心を毎晩受け止め、最後には沼田の身代わりのように死んだ九官鳥は、先の犀鳥がイエスのイメージと重なったように、人々の悲しみや苦しみを背負い、最後には身代わりとなって十字架で死んだイエスのイメージとも重なるものであったろう。そして、自分たちのために死んだイエスが生き残った弟子たちの心に刻まれたように、自分の身代わりのように死んだ九官鳥の存在が沼田の心に深く刻み込まれたことはまちがいなかろう。そして、そのことが沼田を野生の九官鳥の生息する印度へと導くことになるわけであるが、沼田の回想はここまで辿ることで終わり、この後は実際に印度に着いてからの話が描かれる。

4

デリーに着いた沼田たちは、ジャイプル、アーグラを経てアラーハーバードよりバスでヴァーラーナスィに向かう。そのなかで添乗員の江波が、これが印度の田舎の典型的な夕暮れで、そばで寝そべっている牛からしぼったミルクを入れて、皆がお茶を飲んでいると話すのを聞いた沼田は、心の底から感じ入ったように、動物と人間とが一緒に生活をしている風景は、昔は日本にもあったとひとりごとを言う。ここにも生命あるものすべてとの結びつきを願う沼田の思いがよく表れていよう。

ホテルに着いた翌朝、沼田は江波との会話のなかで、印度では自然を見るだけで満足だと言う。そして、ヒンズー教徒は樹に再生の生命力があると信じていることを聞いて共感する。さらに、沼田は印度に来て、どっしりとしたバニヤンの樹を見ているうちに、今度は樹木と子供の物語を書きたいと思ったと話す。また、深い森をバスで抜けているとき、森の一本一本の樹の声を感じ、何か、自分に話しかけているようだったと語る。そして江波から、野生動物保護区に行くつもりですねと聞かれ、犀鳥や九官鳥のような暑い国から来た鳥たちの故郷をこの眼で見にいくんですと答える。そして理由を尋ねられ、個人的秘密ですと応じる。それから江波から、印度の自然は考えている以上に淫猥ですよと言われ、江波の去った後、沼田はその言葉を反芻し、それは何か沼田にもうすうすと本能的に予感するものであったが、童話作家である自分の世界には自然は決して残酷でも不気味でもなく、人間と生命の交りをしてくれるものでなければならないと思う。

ここで、今まで犬や鳥など動物たちと話してきた沼田が、今度は森の一本一本の樹の声を感じ、何か自分に話しかけているように感じている点は注目されよう。遠藤が犬や鳥たちといかに心の交流をもったかはその小説やエッセイのなかで多く語られているが、それらほど多くはないものの植物との心の交流があった体験についても小説やエッセイで語られている。それらについては第一章の「磯辺の場合」のなかですでに取り上げたのでここでは触れないが、遠藤のなかに植物との交流を願う思いも強くあることは確かであり、それがこの沼田に託されていることはまちがいなかろう。

それから、その日の午後、沼田たちは江波に案内され、ナクサール・バガヴァティ寺に行き、その地下に降りて烈しく死や血に酔う自然のシンボルであるという気味悪く醜悪な印度の女神たちの像を見る。そして沼田は、今日まで童話のなかで考えてきた自然はこんな荒々しい怖しいものではなく、人間をやさしく包含してくれる自然だったことを思う。

ここで沼田は、人間をやさしく包含し、生命の交りをしてくれる自然ではなく、前に江波から言われていた、残酷で荒々しく怖しい印度の自然の形象化ともいうべき女神たちと出会うのであるが、それは、沼田がうすうすと本能的に予感しながらも、童話作家としてそれを直視するのを避けてきた世界であるといえよう。ここに童話作家としての沼田の抱える問題があると考えられるが、その点については最後に触れたい。

その後、沼田たちはガンジス河に案内される。そこには、灰色の犬の死体も流れている。ここで沼田は、それを見ながら、少年のときに別れたクロをはじめ、これまで自分を支えてくれた動物たちのことを思い起こしたのではなかろうか。その後、「この聖なる河は、人間だけではなく、生きものすべてを包みこんで運んでいく」と語られる言葉は、そうした沼田の視点からの思いを語ったものであるといってよかろう。

沼田は、そのほとりの火葬場で焼かれた者たちの灰も貧しい者や子供の遺体をも受けとめ流れるガンジス河を前にして、その河が死せる者たちの次の世界のような気がし、自分がずっと昔に書いた童話を心に甦らせる。その童話は、次のような内容である。

新吉のお祖父さんは八代海に面した海に住んでいた漁師で、八年前に亡くなり、東京にいる新吉は三年前のお盆にそこに戻る。うら盆の夜、提燈を海に流しながら、お祖母さんから、自分たちの死んだあとに住む世であるこの海で、お祖父さんは魚になって生きていて、自分もいつか息を引きとると、この海に流してもらい、魚になってお祖父さんに会えるのだ、という話を聞かされる。お祖母さんは本気でそう信じているようなので、親類のお兄さんに新吉は、本当かなとたずねると、お兄さんは、本当だとも、村の者は皆そう思っているし、自分の死んだ妹も今は魚になってこの海の水底を泳いでいると答えた、という話である。

そして、沼田のこの童話は大学生の頃の習作であり、このあと、村の近くに立った大きな工場の廃液が海をよごし、漁村の人を病気にする話になるが、童話にしてはあまりに辛い話になるので切ってしまった。村人たちがその工場を訴えたのは、病気の原因を作る廃液を流したためだけでなく、祖先や亡くなった両親や親類や兄弟が魚になって生き、やがては彼等もそこに生まれ変わる次の世を破壊したためであるが、次の世などを信じないジャーナリズムは、そんなことより環境破壊のことや病気のことに重点をかけて報じたことも沼田は童話に織りこみたかったと語られる。

この話を読むと、社会学者の宗像巌が水俣漁民の生活のなかに入って調べた「水俣問題に見る宗教」(門脇佳吉・鶴見和子編『日本人の宗教心』)の研究報告が思い起こされるが、遠藤がそこからこの題材を得ていたことは、遠藤がエッセイのなかでこの宗像の話に度々言及している点からも確かであろう。例えば、エッセイ集『万華鏡』のなかでは、宗像巌から聞いた話としてこの沼田の童話と同じような話が紹介され、遠藤自ら「この話が示すように我々は事実だけではなく真実で生きることも忘れてはなるまい。そしてその真実を事実絶対視の立場からせせら笑う人は人間をあまりに知らなすぎる」と解説している。ここでいう事実とは、目に見える合理的な生活の次元のことであり、真実とはそうした次元を超えた、目に見えないが確かに心の奥底にある魂の次元のことであるといえよう。そうであれば、沼田はまさに事実絶対視の世間のジャーナリズムなどが取り上げない魂の次元の真実を書きたいために童話という形を選び、童話作家となったといってよいのではなかろうか。

5

次の日、早暁のガンジス河の沐浴の見物から帰ってきた沼田は、先に木口の看護のためにこの町に残ることになっていた美津子に会い、今朝、ガンジス河のほとりに行って、自分も江波に頼んで残してもらうことに改めて決めたと告げる。

ここで、沼田がガンジス河のほとりに行くことによって改めてここに残ることに決めたというのは、人生の重荷を背負い、浄化せねばならない何かをもってガンジス河で祈る人たちを見ながら、この旅の当初の目的をここに残って実行することを改めて決心したということであろう。それは、ガンジス河にはそのほとりに立つ者の心を開かせ、心の重荷からの解放をうながす働きがあったためであるといってよかろう。

その日の午後、沼田は、美津子から河に連れていってくださいと頼まれ、自分もガンジス河が気に入っていて、何度見てもいいと言って、美津子と共に再びガンジス河を見に行く。ガートの近くの路でハンセン病で指のない手で物乞いし、呻き泣くような声をだす男女を前に、沼田は「この人たちも……同じ人間だ」とたまりかねて泣きそうな声で叫ぶ。ここで沼田は、自分の童話では決して描くことのない厳しく悲惨な現実世界を前にして、どうすることもできず耐えきれないで叫んでいるといえよう。

それから、二人は河のほとりの火葬場に行く。そこで美津子から転生を信じるかと問われた沼田は、「残念だけど、……まだわからない、というのが実感です」と答える。この沼田の答えは、美津子も「わたくしも、同じだわ」と同感するように、この河に集う登場人物たちに共通する思いでもあるといえるのではなかろうか。というのも、現代に生きる日本人として、もはやヒンズー教徒のように共同体のなかでいきいきと確認できる信仰をもっていないゆえに、向こうの世界について確信をもって答えることはできなくなっているからである。沼田にしても美津子にしてもこちらの世界にいて「深い河」のほとりに立っているのであり、その河の向こうのあちらの世界にあるものが、転生なのかどうか、わからないというのが正直な気持であるにちがいなかろう。しかし、何があるかはっきりはわからないが、何もないとはもはや思えず、何かがあるということも、この河のほとりで感じる実感であるにちがいない。この小説『深い河』には輪廻転生の世界が描かれていると言う人がいれば、それは明らかに誤読であろう。実際には、ヒンズー教でいう意味の輪廻転生は描かれておらず、「深い河」のほとりに佇み、その彼方に視線を向ける者のみが描かれていることは丁寧に読めば明らかであろう。

それから、沼田と美津子は、動物や尿の臭気が鼻をつく裏道を通って帰る途中、美津子の踏んだものが行き倒れのまだ生きている人間であることに気づき、沼田は小銭をまくが、その小銭の音はむなしく無力な響きをたてる。ここにも、沼田が自分の童話の世界では決して触れない、悲惨な現実を前にしてむなしさと無力を感じているることがうかがえる。

6

次の日の夕暮れ、沼田は美津子とヴァーラーナスィの町に行き、小鳥屋をさがす。美津子が何を買うのかと尋ねると、沼田は野生の九官鳥を手に入れたいと答える。そして、小鳥屋を実際に見つけると、沼田は「グレイト・ヒル・ミナ（九官鳥）はいないか」と尋ね、店の者がホテルに届けてくれることになる。九官鳥の英語名を知らなかった美津子は、沼田が思いつきではなく旅行前からこの鳥を手に入れるつもりだったと知る。沼田は、美津子から日本に持って帰るのかと聞かれ、その反対で、昔、九官鳥に命を助けてもらったので、今度はそのお返しをするのだ、考えればセンチメンタルな行動だが、と答える。

ここで沼田が印度へ来た目的が明らかになる。それは、九官鳥に命を助けてもらったお返しをするということであり、沼田自身、それがいかにセンチメンタルなことかわかっていても、それをしないではいられない切実な思いがあることが理解できよう。

その翌日、沼田は手に入れた九官鳥の入った鳥籠をかかえ、タクシーでヴァーラーナスィから西の狩猟禁止区のあるアラーハーバートに向かう。沼田は、声も首を少し傾げる姿も病院にいたのとそっくりな九官鳥に向かって「憶えているか、あの夜を」と声をかける。路の両側は深い森になり、至るところにあるオオギ椰子とバニヤンの樹々が密生し、そのバニヤンの樹は白い枝をたらしまるで性交中の男女のように互いにしっかりと絡みあい抱きあっている。この森の描写は江波が沼田に言っていた印度の淫猥な自然を表していよう。

車はそうした森の路を進み、目的地につく。沼田は車を待たせてその森のなかに入り、池のそばに腰をおろし、鳥籠を地面において再び「憶えているか、あの夜を」と声をかける。その瞬間、二年近い入院生活と二度の手術の失敗のあと、疲れきった心を洩らすことのできたのは九官鳥だけだった、病院の深夜の思い出が胸に痛いほど蘇ってくる。そして二月の雪の日、三度目の手術が行われ、心臓が一時止まった時、まるで身がわりのように九官鳥が死んでくれたことが思い起こされる。そして、沼田は鳥籠の出口を開け、九官鳥を外に出してやる。九官鳥は当然のことのようにとび出して、叢を走り、羽をひろげて少し跳躍し、また地面を急いで駆けていく。その滑稽なうしろ姿を見て、沼田は、長年、背中にのしかかっていた重い荷がおりたような気がして、雪の日、自分の身がわりのように死んでくれたあの九官鳥へかすかに礼ができた思いがする。

ここで、沼田の追憶のなかで、九官鳥が死んだ日が、二月の雪の日となっている点は不思議に思わずにはいられまい。というのも、「四章　沼田の場合」には、三度目の手術は師走に行われたとあり、また雪が降ったという描写もないからである。そうであれば、九官鳥の死が実際は師走であったが、沼田の記憶のなかで二月の雪の日へと変えられたということになる。病院の屋上に忘れられ、寒さで死んでいった九官鳥に真っ白い雪が降り積もっていったというイメージは、『モイラ』のなかで雪が遺体のうえに降り積もる情景に表されているように、明らかに死んだ九官鳥を包み込む天からの恩寵を暗示していよう。そこには、沼田の無意識のなかにある、自分の身代わりになってくれた九官鳥の魂の救いを願い祈る思いが込められているのではなかろうか。

さらにここで、沼田には、身代わりになってくれた九官鳥のことが、長年、背中にのしかかっていた重荷であったということは注目に値しよう。考えてみれば、九官鳥が死んだことと沼田が助かったことは合理的には何の因果関係もなく、単なる偶然だったといえばそれまでのことである。それを沼田がここまでこだわってきたのは、そうした偶然の背後にある意味（ユングのいう共時性）に人生の真実を感じていたからであるといってよかろう。自分と人生のなかで縁のあったものにこだわり続け、それをかけがえのないものとして最後まで大切にすること、それは遠藤の諸作品で描かれてきた愛の形である。さらにその対象がたとえ人間でなくとも犬でも鳥でも縁あったものを人間と同等に愛し続けることも、遠藤文学の特色であるにちがいない。

そして、小鳥屋で手に入れた九官鳥を森に解き放ってやることで、自分の身がわりのように死んでくれた九官鳥へかすかに礼ができたと思い、長年の重荷がおりたように感じるのは、病院で飼っていた九官鳥が死んだあとも沼田の心に刻まれてその心のなかに生き続けており、その九官鳥も印度で買った九官鳥も同じ大きな命につながっているという思いが沼田にはあるからではなかろうか。それゆえに、目の前の九官鳥への行為が心のなかに生きている九官鳥への礼になるといえるのである。また、さらにいえば、今も沼田の心に刻まれてそのなかに生きている、これまで自分を支えてくれた犬や鳥などの動物たちすべてに対する感謝の想いもそこには込められているといえるのではなかろうか。そして、ここで九官鳥を大自然のなかに解き放つことは、沼田にとって自分の心に刻みこまれ生きていた九官鳥をその母なる大自然の大きないのち——それは母なる「深い河」にも重なるものである——に受けとめてもらったということではなかろうか。そうであるからこそ、沼田は長年、背中にのしかかっていた重い荷がおりたような気がしたのであろう。それによって真に解き放たれたのは、鳥籠にいた九官鳥である以上に、長年の重荷をおろした沼田自身の心であり、さらに言えばそれと重なる遠藤自身の心でもあったといえよう。

それは、ある意味でイエスが死んだ後に残された弟子たちの背負った重荷とも通じ得よう。自分たちのためにイエスは死んだという思いは弟子たちの心にのしかかる重荷となったであろうが、そのイエスが父なる神の愛の御手のうちに受けとめられて今も生きていると実感できたとき、弟子たちはその重荷をおろすことができたのではなかろうか。私たちは死んでしまった人に対する何かうしろめたい、申し訳ないといったような思いによって苦しむとき、もはやこの世界にいない相手にどうすることもできずに、心に重荷を背負うことになろう。しかしながら、こちらがうしろめたく感じている相手が、母なる河すなわち永遠のいのちの次元に受けとめられていると実感できたとき、私たちはその重荷から解き放たれ、救われるのではなかろうか。

九官鳥を解き放った後、沼田が木陰に入ると、さまざまな小鳥たちの鳴声が間近でも遠い森のなかからも聞こえる。さまざまな色や形の鳥が軽やかに楽しげに飛びまわっているのを見る。そして沼田は、大地や樹々から酒のように醸し出されるむっとした生命の露骨な臭いを吸い込み、樹や鳥の囀りや、ゆっくりと葉々を動かす風のなかでその生命が交流しているのを感じる。

この描写も、先のバニヤンの樹と同じく生命の露骨な臭いでむっとするほどの印度の淫猥な自然を表していよう。そのなかで沼田は、突然、次のように思う。

突然、自分の愚かさを思った。今、彼が感じとっているものが、人間世界の中では何の役にも立たない。そんなことは百も承知しているのにそれに身を委せている愚かしさ。ヴァーラーナスィの町は死の臭いが濃いのだ。あの町だけではなく東京も。それなのに小鳥たちは楽しげに歌っている。そして彼はその矛盾から逃れるために童話の世界を作り、帰国後もまた鳥や動物を主人公にした物語を書くだろう。

ここで沼田が心のなかで感じている大自然のいのちの交流といった次元は、人間世界、つまり眼に見える現実が意味を持つ生活の次元に対しては、確かに直接には何も役に立たないものだろう。それを沼田は十分に承知していながら、眼に見えない大自然のいのちの交流の次元に身を委ねているのであるし、そうしないではいられない自分を沼田の理性は愚かしいことだと思っているといえよう。さらに「ヴァーラーナスィの町は死の臭いが濃い」とは、その町では大自然の包み込むような大きないのちの現れを感じるより前に、指のないハンセン病の人や汚物のなかに倒れている人のような死の臭いのする残酷な生命の姿がより顕著に現れているということではなかろうか。それに対してこの森は、露骨なまでに生命に溢れ、そんな人間の悲しみとは無関係に小鳥たちは楽しげに歌っているというのである。そうした大自然の大きないのちの次元と、残酷な生命の次元との矛盾に対して、沼田は現実の残酷な生命の世界を直視することから逃れるために、人間をやさしく包含し、生命の交りをしてくれる自然の世界のみを描いた童話をこれからも作るだろうといっているのであろう。

ここで思い起こされるのは、遠藤が『人生の同伴者』のなかでこのように語っていることである。それは、半分人間を苛しめ苛み、あと半分人間を救済するという印度の女神のような残酷な生命がまずあって、その後ろにさらに大きな包んでくれる生命があるのであり、日本の場合はその残酷な生命を無視して、すぐ慈しんで生かしてくれる生命のなかへ入ってしまうが、老いの世界のなかには、ひとつの凄まじいそれこそ悪の顔をした生命があって、それを突破しないとすぐそこへいけないような感じがする、というものである。沼田は、ここでいう残酷な生命の姿にうすうす気づきながらも、それを直視し、突破してから、大きな包んでくれる生命の世界に入るのではなく、その残酷な生命という現実を避けてすぐにその大きな生命の世界に入り、その世界のみを童話に描いているわけである。沼田のこうした童話作家としての姿勢は、先に見た大学生の時に書いた作品で、有明海の漁村のことを書きながら現実に起こった残酷な出来事は切ってしまったというところからすでに顕れているといえよう。そして沼田は印度に来て、そうした矛盾に気づき、自分の愚かしさを感じるまでにはなっているわけであるが、沼田がその後こうした残酷な生命を直視し描きながらさらにその後ろにある大きな包んでくれる生命の世界をも描くことができるようになるためには、そうした大きな包んでくれる生命の世界、すなわち母なる「深い河」に対して本当に大きな信頼をもつことが必要であるといえよう。それはもはやそれまで沼田の作ってきたような童話の形ではなくなるかもしれないが、それが沼田に残された課題であるにちがいなかろう。

さらに言えば、そこには『スキャンダル』で詳しく語られている遠藤の作家の姿勢に対する問題意識が暗に込められているようにも思われる。この沼田は、『スキャンダル』のなかで老神父が「どうして、もっと、美しい、きれいな話、書かないですか」と主人公の小説家にいう、その「美しい、きれいな話」を童話に書いている作家であるといってよかろう。そうした童話作家的な資質は、遠藤のなかにある多様な資質の可能性の一つでありながら、人間がもっているどんな世界も、たとえそれがどんなに暗い、醜い領域でも無視することはできないという小説家としての姿勢を大切にする遠藤にとって、決して現実には生きられない姿であるにちがいない。それゆえに、遠藤のなかでそうした沼田の童話作家としてもつ問題が明らかに自覚されており、それが沼田の限界として語られているといえよう。そしてさらに言えば、この童話作家としての沼田の問題は、『スキャンダル』のなかで描かれたキリスト教作家として悪の世界を直視し描くのを避けてきた主人公の問題とも重なるように思われる。もちろん遠藤は、『スキャンダル』を書くまでも、キリスト教作家としてただ上澄みの清らかな世界を描くというのではなく、人間のなかに渦巻く汚い罪の部分を描き、その罪のなかに再生への欲求があり、救いの可能性があることを描いてきた。そこに遠藤文学の大きな特色があるわけだが、しかし人間世界の現実はそれだけではなく、再生への欲求とは結びつかない悪とよぶべき残酷で醜悪な現実がある。しかし、キリスト者としてそうした悪の世界を直視することを避けてきたという遠藤の問題意識は、童話作家として残酷な生命を直視することを避けるという沼田の問題に投影しているといえるのではなかろうか。母なるガンジス河と出会い、母なる大自然のなかに九官鳥を解き放つことのできた一方で、その河のほとりで死の臭いのする醜悪なものも聖なるものも見、また淫猥で露骨な生命のあふれる自然も知った沼田が、これからどのようにそうした世界と向き合っていくかは、その後に残された沼田の重い課題であるにちがいない。

第五章　木口の場合——戦友の死後の平安を祈る旅

1

『深い河』が、作者遠藤が七十歳という人生の大きな節目を迎えるにあたり、生活の次元を超えて人生の次元で本当に真実を織りなしてきたものを呼び起こし、それを「深い河」に集う登場人物たち一人一人に投影することで、自らの人生の再構成を試みた作品であることはすでに指摘した。具体的にはこれまで磯辺、大津、美津子、沼田と追いながら、そこに投影された遠藤の人生の真実を見ていくことで、幼少体験、受洗体験、留学体験、病床体験など、遠藤文学の根幹をなす彼の人生体験について触れてきた。そうしたなか、どうしても看過できない重要な遠藤の人生体験がまだ一つ残されている。それが、この章で取り上げる木口に託されている戦中派世代としての戦中戦後の体験である。

大正十二年生まれの遠藤は、太平洋戦争の始まる昭和十八年には二十歳で、慶応義塾大学文学部予科に入学するが、戦局苛烈のため授業はほとんどなく、川崎の勤労動員の工場で働く。その年には文科の学生の徴兵延期が廃止され、学徒出陣が始まり、遠藤も昭和十九年には徴兵検査を受け、肋膜炎のため第一乙種合格で、召集は一年延期され、入隊しないまま終戦を迎える。戦場にいったかどうかは別としても、まさに戦争一色の暗い時代に青春期を死と向き合いながら生きねばならなかった世代であり、最も深く戦争の傷痕を受けて生きた戦中派世代の一人であったということができよう。遠藤の小説には題名がまさに「戦中派」と題された短篇もあるが、そこでは戦中派の思いがこう語られる。

自分たちの年代はあの学生時代から死がいつもそばまで来ていたのだ。東京駅のプラットホームから見た赤黒い燃える空。綿をつめたような曇り空にいつも聞えていた敵機の音。伊波は朝鮮で戦病死した。ほかの連中も南の海や島で戦死していった。戦後が自分の余生だという気持が心のどこかにある。

この章ではこうした戦中派世代としての思いが託されている木口に着目して、この作品を読み進めていきたいと思う。

2

まず木口は、「二章　説明会」で、戦争中ビルマで多くの戦友を失い、印度兵とも戦ったので、その敵味方の法要を向こうの寺でお願いできるかと質問する年配の男性として登場するが、本格的に登場するのは、「五章　木口の場合」からである。この章は、すでにデリー行きの飛行機のなかにいる木口が、機内食の肉を食べないで残すという、この後の木口の回想に出てくる重大な出来事を暗示する場面からはじまる。そして窓から機外の風景を見おろした木口は、この下はジャングルですかと隣りの添乗員の江波にたずね、江波から、タイのジャングルの可能性はあるが、ジャングルに興味があるのですかと聞かれて、戦争中、ビルマのジャングルで戦ったと答える。それに対して江波は、自分たちの世代はよく知らないが、あそこの戦争はひどかったそうですねと言う。そのひどかった、という言葉に対して木口は、あの退却、飢え、毎日の豪雨、絶望と疲労は、江波の世代には絶対にわかりはしまいと思い、話す気にはなれず、苦笑する。

ここには、悲惨な戦争体験をもつ木口が、それを知らない世代との間に、彼らには自分たちの苦しみは絶対に理解できまいという深い断絶感、またそれゆえの孤独感を感じていることが読みとれる。こうした思いは戦中派世代の背負う生活の次元ではどうにもできない心の重荷であるといえよう。

そして小説は、「(あの時、俺たちは死にむかって夢遊病者のように歩いていた)」という追想の言葉を皮切りに、木口のビルマのジャングルでの地獄のような凄惨な体験の回想に移っていく。

木口たち日本兵が英国兵と印度兵とに追われながら、ビルマのジャングルを退却している間に、滝のような豪雨の降るビルマの雨期が始まる。その頃には全員が栄養失調に苦しみ、半分以上がマラリヤにかかり、歩けなくなった兵士が、ここで死なせてくださいと呻く声が樹海のあちこちで聞こえる。兵士たちは、銃も帯剣も捨て、雑草に僅かな米粒のういた雑炊を入れる飯盒と力つきて動けなくなった場合に自決するための手榴弾だけを腰につけ、夢遊病者のように歩いている。

木口は復員した後、こうした地獄を二度と思い出したくないし、誰にも語りたくなかった。語ったところで、「死の街道」と後になって兵たちが呼んだ街道を共に歩いた戦友以外に誰も理解できる筈はないと思う。そして塚田は木口にとってその地獄を共に通りぬけた大事な戦友だった。

木口と塚田は「死の街道」に入った時、慄然とする光景を眼のあたりにする。路の両側に日本兵の死体が累々と連なり、死体はもちろんのこと、まだ僅かに呼吸している兵隊の鼻や唇にさえもうじ虫が這いまわり、殺してくださいという彼らの声が右左から低い合唱のように聞こえる。木口たちにできることはただ眼をそらせ、「(すまん、……すまん)」と心のなかで言うことだけだった。

遠藤は、「若者に伝えたい『戦争の実体』」(『最後の花時計』)と題したエッセイのなかで「私は自分の小説『深い河』のなかでビルマ戦線で多くの日本兵が飢えで死んだ白骨街道の話を書いたが、もちろん私はこの作戦に参加していない。しかしビルマ戦線に参加した人の手記や著書から、地獄のようなその姿を知っている」と語っている。そしてこの白骨街道で自ら眼にした地獄の体験を画と文で書いた西地保正の『神に見放された男たち』という小冊子を紹介し、そこで描かれる戦友と二人で心中のように自決する兵、衰弱のあまり足腰が立たなくなり手榴弾で自決する兵、思考力もなくなり雨水の流れるのをじっと見たまま死んでいった兵などの絵を見ていると、「戦中派の我々は、心の底から『すまない』と感じる。白骨街道で死んでいった兵士たちの短い人生が『何のためだったか』と考えるからだ」と感想を語っている。戦中派の遠藤にとって、自分がそこに行かされ、死んでいてもおかしくなかったものの、たまたま運良く残った。しかし、同じ世代の者がそこに行かされ、そうした地獄を体験して死んでいくことになったという思いが強くあるのにちがいなかろう。それゆえに心底から死んでいった者たちに「すまない」と思うと同時に彼らの人生の意味を考えずにはいられないのであろう。

そうであれば、この小説のなかで木口たちの「すまん」という言葉には、そうした遠藤自らの内心の声が込められているといってよかろう。自らが参加したわけでもないビルマ戦線の凄惨な情景を生々しく描く意図としては、生き残った戦中派としての遠藤が、同世代の最も悲惨な姿を伝えることで、死んでいった者たちの人生の意味を問い続け、それを無意味にはしたくない、というその切なる思いが込められているのではなかろうか。

それから回想は、木口たちが、一軒の小屋のなかで先発隊に置き去りにされた病兵が一人、虫の息で死を待っているのに出会う場面へと移る。木口は「捨てられたのか」と近寄ってたずねると、かすかにその兵はうなずく。

木口は「(やがて……俺もこうなる)」と、同じ悲惨な姿になる自分を思う。その翌日、恐れていたことが木口に襲いかかる。木口は言いようのない悪寒がして、関節と関節がすべて外れたようになるのを感じ、隊列についていけなくなって、塚田に「マラリヤにやられた。歩けん、行ってくれ」と声をかけ、(このまま死ぬのだろう)と、そこに倒れて朦朧としてくる意識のなかで思う。やがて雨滴が頰をぬらし、眼をあけた時、その眼に塚田がうつる。塚田と木口とは一年前にアキャブで機関銃中隊が編成されてからの戦友である。木口は泪ぐみながら「残ってくれたのか」とたずねると、塚田は「ああ」と答え、行き倒れになった兵隊が持っていた米で作ったほたる粥を木口に与える。木口は眼をつむり、飢えと病と疲労とに日本兵の誰もが苦しんでいるこの退却では、たとえ戦友でも力つきた者を見棄てねば自分の生命が保証できぬゆえに見棄てても不思議ではないのを、塚田は戦友の自分を棄てなかったのだと思う。

ここで「棄てる」という言葉が重ねて出てくる点は注目されよう。この小説のなかで「大津の場合」にも、この「棄てる」という言葉は小説のテーマと関わるキーワードとして出てきたが、ここでも重要な意味を担っているといってよい。先に木口たちが会った先発隊に棄てられた兵士のように、自分が棄てられても不思議ではない状況のなかで、戦友の塚田は自分の生命の保証もかえりみず見棄てなかったわけである。それは、地獄のような凄惨な世界で行われた極限の愛の行為であったといえるのではなかろうか。

そして朝がた、樹海のなかで眼ざめた鳥の声で、木口はふたたび悪寒に五体を震わせ意識をさますが、そこには塚田は見えず、「(やはり見棄てられたか)」と思う。木口は、こういう状況では当然の掟ゆえに、心は静かで恨みも怒りも起こらなかった。傷ついた鳥や虫がこのジャングルのなかでひっそりと死ぬように、自分もここで息絶え、腐り、大地に戻っていく、そんな気持で、生命にみち溢れた小禽の声を耳にしながら、眼をつむる。そして、このまますべてが終りになると思ったとき、枯葉を踏む足音がきこえ、塚田が彼のそばに近づいてくる。

木口は思わず泣きだしながら、お前は中隊に戻ったと思っていたというと、塚田は、飯盒から黒い塊を出し、食べろ、肉だと箸で木口の口もとまで運ぶ。肉など手に入ったのかと問う木口に対して、塚田は、村で牛が死んでいるのを見つけた、まだ食える、焼いてきたから心配はいらん、食わねば死ぬぞ、と彼の口にその小さな一片を押し込み、無理をしても食べるんだと怒鳴るが、木口は臭いに耐えきれず吐き出す。

ここで行われた極限状態のなかでの塚田の愛の行為が、どのような重大な問題をはらんでいたかは、後で明らかにされる。

3

それから木口の回想は、終戦直後に移る。木口は復員したあともほとんど戦争の経験を誰にも語らないが、妻や小さな子供との生活がはじまると、時折、こみあげる感情に狂い、食べ物のことで不平を口にする子供に、度をこした暴力を振るう。昔の温和な木口を知っている妻は、人が変わった夫をただ茫然として眺めるが、彼は彼で部屋に戻り、布団を頭からかむり呻き声をあげて泣く。そのまぶたのなかには、死屍累々としてある「死の街道」で、まだ生きている兵隊の鼻や口のあたりをうじ虫が這いまわっている姿が浮かぶ。そして、彼はその苦しみをまったく無視してすべてを裁く日本の「民主主義」や「平和運動」を心の底から憎む。

ここには、多くの戦友の悲惨な死を見とどけ、自分たちだけが生きのびたことをすまないと思わずにはいられない戦中派世代の戦後を生きる、言葉にならない苦しみが語られていよう。遠藤は、先のエッセイのなかで、「私の知人の父上がこの白骨街道から帰還して復員をした時、まるで別人になったように暴れたり激怒したという話をきいた。私は彼の気持ちが多少はわかるような気がした。おそらくその悲惨さは会話や言葉ではとても表現できぬものだったろう。それだから、彼は復員後、暴れたり激怒することで、自分の味わった地獄を語ったのではあるまいか」と、戦争で深い傷痕を受けた戦中派世代として思いやっている。

ここでさらに注目すべきことは、木口が、地獄のような悲惨ななかで死んでいった兵隊たちの苦しみをまったく無視してすべてを裁く戦後の日本の「民主主義」や「平和運動」を心の底から憎んでいる点である。これは、地獄のような苦しみのなかで死んでいった者たちにすまないと心底思い続けている戦中派世代のなかにある、理屈ではわりきれない思いであるのではなかろうか。その人の人生の苦しみや悲しみを無視して正義をかかげて人を裁くことが私たちに本当にできるのかという問いは、例えば、『海と毒薬』の続編の小説『悲しみの歌』において若い新聞記者が正義の旗印をかかげて、戦犯となった過去をもつ中年の医師勝呂を追い詰めて自殺にいたらせるというモチーフなどに見られるように遠藤文学の重要なテーマの一つであるにちがいなかろう。

ところで、阿川弘之と三浦朱門の「『ポツダム文士』大いに語る」(「文藝春秋」94・12)と題した対談のなかで阿川が、「われわれの世代の作家について、遠藤がしみじみと言っていたことがあった」と述べ、遠藤の次のような言葉をあげている。

おまえかて俺かて、ほんまはポツダム文士やないやろか。いろんな優秀なやつが死んだよって、おまえも俺も一人前の作家みたいな顔しとるけど、あいつらが生きとったら、俺たちまだ同人誌作家でうだつが上がらんかったのとちがうか。

このあたりに、戦後の生き残りとして死んでいった者たちの生きられなかった生を想い、戦後をどこかで余生のように思って生きねばならない、「第三の新人」と呼ばれた大正十年代生まれの遠藤を始めとする作家たち戦中派世代と、それより後の世代との決定的な隔絶があるのではなかろうか。例えば、大江健三郎など戦時中に児童だった世代が、戦後の民主主義のなかで青春期を生き、体制や権威に対して抵抗するなかで政治状況へコミットし、民主主義や平和主義の理念や理想をかかげることができたのに対して、遠藤ら戦時下に青春期を生きた第三の新人の作家は、体制や権威に対して執拗に抗しながらも、さらに何らかの主義と名のつくイデオロギーにも不信感をもち、損なわれた平凡な日常的世界の回復を求めるように卑小な日常性に執着していった。そうしたところにも、戦争によって青春を奪われた世代の悲哀がこめられているといえるのではなかろうか。そしてその世代の作家のなかから後に受洗にいたる者が幾人もでたというところにも、人間の作った理念や理想を信じられない世代として、最終的に人間を超えたものを求めずにはいられなかったという必然性があるように思われるのである。

また、すべてを裁く日本の敗戦後の「民主主義」を憎むという木口の言葉を思うと、敗戦直後、戦争に負ければ民主主義者に衣だけを替えて恬然としている進歩的文化人を便乗思想であるとして猛然と批判した太宰治のことが思い出される。太宰はそうしたなか、戯曲『冬の花火』のなかで「みんなが自分の過去の罪を自覚して気が弱くて、それこそ、おのれを愛するが如く隣人を愛して」生きる桃源郷への夢を語っているのであるが、この敗戦下でいだかれた夢は「生きのびたと言うことを何かうしろめたいもの、恥ずかしいものと感じる」（『満潮の時刻』）戦中派世代の想いとも通じるのではないかと思われる。しかしながら、戦後の現実の大勢はそれとは全く反対に、自分たちの過去は棚にあげ、敗戦と同時に民主主義者に衣替えしたいわゆる進歩的文化人たちをはじめとする多くの日本人が、「民主主義」や「平和主義」を正義の旗印としてかかげ、戦犯だけを「民主主義」の仇として裁くことで、自分たちは平和な世の中を楽しむという方向に進んだ。そうした、死んでいった者たちの涙や痛みは無視され償われることない戦後の状況こそが戦中派世代の木口には心底憎むべきものに感じられたのではなかろうか。ちなみに、遠藤が初めて手がけたテレビ・シナリオ作品「平和屋さん」も、フィリピンの戦場で死線をさまよい、動けなくなった戦友が自決する銃声の音を背後に聞きながら生きのびた主人公が、戦後の平和な民主主義の社会を楽しむ世の中に対する疑惑に囚われる話であった。そこからも、こうしたテーマを描く使命感を遠藤が戦中派として生涯持ち続けていたことが理解されよう。

4

終戦後三年たって東京にもどった木口がはじめた小さな運送屋は、朝鮮戦争の軍需景気で順調に発展する。そして東京が何とか街らしい街に復興をした頃、木口は、出張で上京した塚田に偶然出会う。木口は一緒に酒を飲みながら、塚田のあおるような酒の飲み方に不安をおぼえるが、その塚田の気持も木口には理解できるような気がするものであった。

それから十年後、木口は塚田から東京で仕事を探してくれないかと手紙で頼まれ、マンションの管理人の仕事を探してやる。塚田は妻と上京し、軍隊時代と同じように命ぜられた務めを真面目すぎるといわれるほどに忠実にやるが、一年ほどたって吐血し、入院する。塚田の妻から連絡を受けた木口は病院に駆けつけると、すでに塚田は集中治療室に入れられていた。主治医は、塚田の病気は肝硬変からくる食道静脈瘤かもしれないこと、塚田は随分、酒を飲みつづけていたようだが、酒を飲まねばならないような心理的要因があるのなら、肝臓の治療と共に心療科の先生にも診てもらうほうがよいと木口に忠告する。それに対し木口は、我々は戦争中、一番親しい戦友でしたから、私が聞いてみましょうと答える。木口は今まで漠然と不安に感じていたことが本当だったと思うものの、何が塚田の眼を暗澹とさせ、酒に溺れさせているのか、木口には皆目わからない。

木口が病院を訪れると、塚田は普通の病室に移されたばかりで随分痩せている。謝る塚田に、木口は今後は禁酒をしなければいけないと厳しい顔で忠告するが、塚田は、それはできない、自分から酒をとれば、生き甲斐がなくなるといって不機嫌になる。それからまた、塚田が妻にそっと酒を持ってくるように命じたのを知った木口は、このまま酒を飲みつづけていると食道静脈瘤といって血管の瘤が爆発して、命とりになるそうだから、この際、辛かろうが、絶対、禁酒だと言うと、塚田は、放っとけ、もう死んでもかまわんとやけになって答える。そして木口が、酒を飲まずにはおられない事情があるのなら話してくれ、とたのむが、塚田は壁のほうに向きを変えて何も答えない。諦めた木口は病室を出て、主治医に、何か言いたくない理由があることを報告して、病状を聞くと、心配していた通り食道静脈瘤が発見され、いつ大吐血しても不思議でなく、そうなれば、駄目になる可能性もないとはいえないという。木口は、暗澹とした気持で診療室の窓を見つめ、あの「死の街道」で蛆に食べられながら死んでいった仲間の兵士たちのことを想い起こすと、自分や塚田の今の人生は余生にすぎぬと思うが、こうして自分が生きながらえたのも戦友の塚田が体力のつきた自分を棄てなかったお蔭であり、どんなことをしても塚田を助けねばと願う。

ここで、木口が今の人生は余生にすぎぬと思う心境には、最初にも引用した「戦中派」のなかで「戦後が自分の余生だという気持」が語られていたように、戦中派世代である遠藤の思いが重ねられていることはまちがいない。さらに、塚田の食道静脈瘤という病名からは、小説「五十歳の男」が思い起こされる。その話には、主人公の真面目な兄が食道静脈瘤の破裂で大量の吐血をして危篤になり、主人公が病院に駆けつける場面が描かれている。そしてそこで、彼にとって兄とは、両親が不和になった晩秋のさむい大連で、悲しみを共に分けあい、父と別れてからも人に言えないさまざまな思いをなめ、互いの苦労も双生児のように知り尽くしている相手である、と語られ、さらに「死なさないぞ、あんたを」と主人公が兄に向かって心のなかで呟く場面が描かれる。ある意味で遠藤と兄とは子供の頃からの苦しい人生を共に戦い生きてきた人生の戦友であるともいえるわけで、そうした兄に対する想いが、この木口の塚田に対する想いに暗に重ねられていることも十分に考えられよう。

それから、木口は週に一、二度、塚田を見舞う。すると、ボランティアの外国人青年ガストンが時々、片言の日本語で塚田と話をしていることがある。愛嬌はあるが、運動神経のなさそうな不器用な男に、患者たちの多くは親しみを感じていて、塚田さえも彼にだけは笑顔をみせるほど気に入っている。塚田はそうしたガストンのことを木口に話したあと、そろそろ家に戻りたいと言う。木口は戻っても酒を飲むなら、ここに居たほうがいいと忠告する。それに対して塚田は誰が何と言っても退院すると言いはり、木口は昔の戦友の俺がこんなに頼んでもかと訴える。塚田は壁のほうに体の向きを変えて黙り込み、木口は帰るよと言って立ち去ろうとすると、塚田は、待ってくれ、怒らんでくれ、自分が酒を飲む理由を話すと告げ、彼の眼から泪が落ちる。塚田はなぜか話さねばならぬ核心を避けて、木口も熟知している二度と思い出したくない「死の街道」の光景をもぞもぞと語る。塚田が何を言いたいのか待っていた木口は、話の中心部に近づくとあわてて遠くに逃げる塚田の心の苦しさを察し、塚田が言おうとして言えぬことの予想がつきはじめる。木口はたまりかねて、もういい、話すのが辛ければ、それ以上、話さないでもいいと言うと、塚田は、話すと答える。木口は眼をつむり、塚田の苦しみに共に耐えて、耳を傾ける。

塚田は、動けなくなった木口を助けるために原隊から離れて二日目、食べ物を探していて小屋で出会った兵隊からトカゲの肉ならビルマ人から十円で手に入ると聞き、そこで金をわたして買った肉を食わねば共倒れになると思って食ったが、その肉は南川上等兵の肉だったと語る。木口が、なぜわかったと問うと、塚田は、肉を包んだ紙は南川がいつも持っていた若い妻の手紙だったと答える。そして塚田は、復員して、そのよごれた便箋をせめての詫びのつもりで、遺族に送ると、奥さんが南川の忘れがたみの小さな子供を連れて自分をたずねてきて、その子が南川そっくりのおどおどした臆病げな眼で自分をじっと見たんだと告白し、最後に次のように語る。

> 「その眼ば今も忘れられん。まるで南川が……わしを生涯、その眼でじっと見つめているごとある。酒で酔いつぶれねば、その眼から逃げることはでけん」
>
> 話しながら彼はタオルを口にあてて嗚咽した。その肩においた木口の手が小刻みに震えた。（中略）木口のうるんだ眼には、病室の窓の彼方、灰色の空に三羽の鳥が三角形をつくって飛び去っていくのがうつった。その鳥たちが木口には、まるで何か人生の深い意味を教える象徴にさえ思えた。

ここで、塚田が木口を助けるために人肉を食べ、生涯、そのために苦しんできたこと、すなわち結果的に塚田を苦しめ続けてきた心の重荷が木口を助けるために塚田の行った行為によるものであることを知った木口は、衝撃を受けたにちがいなく、それによって彼がこれ以後この塚田の心の重荷を共に背負うことになったことは確かであろう。またここで、「何か人生の深い意味を教える象徴」に思えるという三羽の鳥については、この後の話の展開とともに明らかにされていくことになる。

その日の動揺が烈しかったのか、夕方、塚田は血便をだし、その後も下血が時々続く。木口はその原因が塚田に告白を迫った自分にあるような気がして、仕事の合間を縫って出来るだけ病院をたずねる。すると馬のような顔をしたボランティアのガストンが塚田のベッドの横に座っていることがよくあり、ガストンと塚田とはいつの間にか親密になっていることがわかる。ある時、塚田は、本気で神はいると言うガストンに、「どこにいる。いるなら見せてみよ」と問うと、ガストンは、「塚田さんのなかに」と答える。ガストンは馬鹿にされたり、からかわれたりしながら、患者たちに慰めを与え、毎日、苦しむ多くの患者たちの一時の気晴らしになり、サーカスのピエロの役をこの病院で演じている。

ここでガストンがピエロにたとえられる点は看過できまい。この小説のなかには、ピエロと呼ばれる者たちが、幾人か登場する。美津子にとっての大津、沼田にとっての犀鳥や九官鳥、そして木口にとってのガストン。それぞれが滑稽さをもつと同時に人生の重荷を背負う人物たちの同伴者として登場しているといえよう。前章でみた「沼田の場合」において、ルオーの描くピエロがイエスを表しているといわれるように、そのピエロが同伴者イエスにつながるものであることはいうまでもなかろう。

塚田の下血がやっと止まってから、木口は塚田の告白の一部を、敵兵の肉を食べたと言いかえて主治医だけには打ち明ける。主治医は、「それは大変でしたでしょう。ぼくは当時、疎開児童でしたが、日本でも食べものに困りました」と言うと、木口は、「そんな程度じゃ……ありませんよ」と思わず怒りのまじった声を出す。日本の食糧事情の悪さは、復員して彼も体験して家族からも聞いたが、木の皮、土のなかの虫、すべて食べつくした飢えのなか死の街道を夢遊病者のようにさまよった日本兵のそれとでは次元が全く違っている。木口は自分たちの世代とこの主治医たちの世代との違いを痛切に感じながら、おそらく彼の病院の心療科の医師も、塚田の苦しみはわかるまいと思う。

ここにも、地獄を体験した戦中派世代の木口が感じている孤独感、自分たちより若い世代との埋めがたい断絶感が表れている。こうした自分たちの苦しみは他の世代には絶対に理解されまいと思うところに、木口や塚田の背負う人生の重荷があるといえようが、そうであるからこそ無意識の深い魂の次元では自分たちの苦しみを真に理解し、受けとめてくれる苦しみの同伴者を切実に求めているといえるのではなかろうか。

それからついに塚田は怖れていた二度目の大吐血をやる。その急報を受けて木口が病院に飛んできたとき、塚田は個室に移され、苦痛の唸り声をあげている。その五日後ようやく止血に成功するが、塚田は死を予感したようで、いつになくしんみりと、迷惑をかけ続けたと謝り、そしてガストンに聞きたいことがあると言って、ガストンを求める。連絡を受けてやってきたガストンは、「わたし、祈る。わたし、祈る」と両手を前にくみあわせ、哀しそうな表情をうかべ、床に跪く。

ここで、ガストンについて「彼は安易な慰めが病人に何の役にも立たぬことを知っているようだった。口さきだけのいたわりや患者が信じてもいない励ましは、かえって彼等を孤独にさせることを、この不器用な青年は何処で学んだのだろうか」と語られるが、このガストンの姿から、彼が患者に対して安易な慰めを口にするよりも、哀しみや痛みを背負った患者の心をうつしとってそれを共にし、祈る人であったことがうかがえよう。

そして塚田は、跪いて祈るガストンに、「あんたのいう神は……本当におるとか」と喘ぐようにたずね、ガストンは「ふぁい」「そのこと、嘘でない。本当のこと」と答える。塚田は「ガストンさん、わしはな……むかし戦争の時……ひどかことばしたとよ。それば思うと、辛か。ほんに」と言うと、ガストンは、「大丈夫、大丈夫」と応じる。さらに塚田は、「どげん、ひどかことでも……」と問い、ガストンは「ふぁーい」と答える。そして、塚田は喘いだが、ひきしぼるような声で、「ビルマでな、死んだ兵隊の肉ば……食うたんよ。何ば食うもののなか。そげんせねば生きさらんかった。そこまで餓鬼道に落ちた者ば、あんたの神さんは許してくれるとか」と問う。

この問いは塚田の魂からの叫びであったろう。ここで塚田の魂の問題があらわになったといえるが、それは宗教など信じない現代日本人の背負う魂の問題である。その魂の問題を思うと、キリスト教作家の三浦綾子の『氷点』のなかで自殺する主人公陽子の遺書に「私の血の中を流れる罪を、ハッキリと『ゆるす』と言ってくれる権威あるものがほしいのです」と書かれていたことが想起されるが、自分ではどうしようもできない自分の背負う罪を許してくれる、罪意識に苛まれる自分から解放してくれる権威ある存在をもっていない現代人の悲劇であるともいえよう。

その塚田の魂からの問いを受けたガストンは、まるで修道士が孤独に祈っているように眼をつむって黙り、そして眼を開いた時、いつも剽軽(ひょうきん)な馬づらに今まで木口の見たことのないきびしい表情が現われ、「人の肉を食べたのはツカダさんだけではない」と言ってたどたどしい日本語で次のような話をする。四、五年前、飛行機がこわれてアンデスの山にぶつかって不時着し、怪我人が多く出て、六日で食べ物もなくなった。そのなかにお酒が大好きな大怪我をした酔っぱらいがいて、彼は、看病してくれた生き残りの男女に、俺はもう死ぬから、死んだ俺の肉を皆で食べてくれ、と言った。息を引きとった者の肉を最後の食べ物にして生きのびた人たちが戻ったとき、死んだ人の家族も悦び、人の肉を食べたことを怒る者はいなかった。酒飲みの男の妻も、あの人ははじめて良いことをしたと言い、それまで彼の悪口を言っていた彼の町の人たちも、彼が天国に行った、と信じている、と塚田に語った。

ガストンは自分のたどたどしい日本語のすべてを使って塚田を慰めた。以後、毎日のように塚田の病室に来て、病人の手を自分の掌の間にはさみ、話しかけ励ましていた。その慰めが塚田の苦しみを癒したかどうかは木口にはわからないが、ベッドの横に跪いたガストンの姿勢は折れ釘のようで、折れ釘は懸命に塚田の心の曲りに自分を重ねあわせ、塚田と共に苦しもうとしていたことを感じさせるものだった。

ここには、木口の眼にうつったガストンの姿が描かれているわけであるが、この「折れ釘」の比喩には、塚田の折れ曲がった心の痛みを自分も折れ曲がって懸命に心にうつしとろうとし、その苦しみを共に背負うことで、塚田の苦しみの同伴者になろうとするガストンの姿が鮮やかに表現されていよう。

ところで、この戦中に人肉を食べた過去をもつ塚田の苦しみに病院ボランティアの青年が寄り添うというほぼ類似したモチーフは、短篇「最後の晩餐」（『ピアノ協奏曲二十一番』）にすでに描かれている。遠藤は本質的に長篇作家として、目標は長篇であるが、短篇を通してそのための投球練習をはじめると語っている（「背後をふりかえる時」）が、『深い河』に対して「最後の晩餐」はそうした意味をもつ短篇であろう。「最後の晩餐」ではエチエニケというボランティアの青年が塚田の問いに対して、自分もアンデスの雪山に墜落した機内で「わしの体をみんなで食べなさい」と言って亡くなった宣教師の肉を食べて生きのびたことを告白し、「あの人の愛もたべました」と語る。この話が、実際に一九七二年に起きたアンデス山中に墜落し、救助が来るまでの二カ月以上、雪の山中で死亡した仲間の肉を食べて生きのびた生存者が、救出後、会見で「キリストが人類の救済のためにその肉体と血を与えられたように、われわれの仲間は彼らの肉体と血でわれわれの生命を助けてくれた」と語ったという事件をモデルにしていることはまちがいなかろう。「最後の晩餐」という題名には、この会見にあるように、イエスが最後の晩餐において、弱さゆえに裏切っていく者たちをゆるしながら、人類の救済のために自分の体と血を与えることを遺言し、極みまでの愛を示したことが語られている。

二日後、塚田は息を引きとる。想いもしなかったほど安らかであるその顔を見た木口は、ガストンが塚田の心からすべての苦しみを吸いとったためだ、と思えてならない。そして、その臨終の時から、ガストンもどこかに消えてしまう。

ここで、塚田の安らかな死に顔を前にした木口が、それはガストンが塚田の心からすべての苦しみを吸いとったためだと思ったのには重要な意味があろう。ここまで木口が「死の街道」の地獄のような苦しみはそれを共に経験した者にしかわからない、世代の違う者には絶対に理解されまいと思っていたことを考えると、世代も国も違いまだ青年であるガストンが塚田の苦しみを共にして吸いとったということは、木口にとってそれまでの固定観念が打ち砕かれる、驚くべきことであったにちがいなかろう。そして木口の心に、塚田と共にこのガストンのことが深く刻まれていったことはまちがいあるまい。ここでガストンが世代や国の違いを超え、塚田の苦しみを理解し、共にできたのは、ガストンが魂の次元で塚田と関わったゆえであるといえるのではなかろうか。すなわち、意識や経験の次元で相手を理解しようとするかぎり、世代の違いなど超えられない溝を感じてしまうことになろうが、ガストンは相手の無意識の深奥の次元、魂の次元での訴えに感応していこうとすることで、世代の違いなどを超えた理解と共感がそこに生まれていったのではなかろうか。そしてそれを可能にしているのが、ガストンが、人間的次元を超えたもの——それは彼の場合、その祈りの対象である神であるとはっきりといえるが——につながっていることであるのはいうまでもなかろう。塚田はガストンの祈りの向こうに、人間的次元を超えたものを意識していたからこそ、ガストンに神のことをしきりにたずね、カトリックのゆるしの秘跡において告悔するように自らの罪を告白し、神の赦しを願わずにはいられない思いになったのであり、そしてその告白によって、告解の最後に与えられる、罪の赦しと平安を魂の次元で受け取ったのではなかろうか。

また、ここでガストンが、塚田と共に苦しみ、その苦しみを吸いとって最後に消えてしまう点も看過できまい。先にもあげたように、この小説でピエロとよばれるものたちは、すべて苦しみや哀しみの同伴者となって最後には死ぬか、消えてしまうように描かれている。それは、そのピエロたちがイエスのイメージとつながっており、イエス自身が人々の重荷を背負い、その苦しみや哀しみの同伴者となって最後にはその愛のために死んでいったことがそこに重ねられているからにちがいない。そうであれば、イエスが死んだ後、神の御手に迎えられ、永遠の次元に復活し、弟子たちのなかに生き続けるという出来事も、このピエロたちに暗に重ねられているということもできよう。

ところで、ガストンという作中人物は、遠藤文学に親しんでいる読者にとっては、忘れられない名であるにちがいない。ガストンが最初に登場するのは、昭和三十四年に朝日新聞に連載された『おバカさん』であるが、それは遠藤文学においてイエスのイメージを担う人物がこの日本の街に登場する最初の小説であった。そこでガストンは、戦争で両親と妹を失い、無実の罪で兄が戦犯として処刑されるという過去を背負った殺し屋遠藤という男の孤独な魂に寄り添う同伴者として描かれ、最後には遠藤を救って消えていく。また、『海と毒薬』の続編ともいうべき『悲しみの歌』では、ガストンは戦争中に米軍捕虜の生体解剖に関わった過去を背負った医師勝呂の苦しみの同伴者となり、最後には勝呂の死とともに消えていく。遠藤文学においてガストンは、戦争による深い傷痕を背負い、戦後を苦しみのなかで孤独に生きる人間たちの苦しみの同伴者となるために、日本の街にやってくるキリストの姿を象徴しているということができよう。そこには、戦争によって深い心の傷を受けながらその苦しみが理解されず、人生の重荷を負って戦後を孤独に生きねばならない同世代の魂の救いを願わずにはいられない、戦中派世代としての遠藤の祈りがこめられているのにちがいない。

5

さて、ここまでで木口の回想は終り、「六章　河のほとりの町」では、すでにデリーからジャイプル、アーグラを経てアラーハーバードに着いた木口たち一行は、バスでヴァーラーナスィに向かう。途中、木口は月も星も見えぬほど空を覆っている森が半時間も続くのを眼にしながら、英国兵と印度兵とに追われ、退却したビルマのジャングルのことを考え、凄惨なジャングル逃亡を嚙みしめる。

夜にホテルに着き、翌日、江波に案内され、ナクサール・バガヴァティ寺に行くが、木口は、その地下ですすけた醜悪な女神たちの群像に、ビルマの死の街道を歩いていた日本兵たちの亡霊のような姿を重ねあわせ、手首にかけた数珠をまさぐり、阿弥陀経の一節を唱える。そして江波から、印度人の病苦や死や飢えの苦しみすべてを身に受け耐えている女神チャームンダーを見せられた木口は、気に入ったと実感のこもった声を出し、自分はビルマ戦で死ぬ思いをしたが、この痩せこけた像を見ると、こんな姿で雨のなかで死んでいった兵隊を思い出すと語る。そして外に出た後で木口は江波に、はじめてこの国になぜ釈迦が現われたかわかった気がすると話す。

ここで木口は、女神チャームンダーの姿にビルマで病苦や飢えで死んでいった兵たちの姿を重ねることで、その女神がその兵たちの苦しみをも共に背負ってくれているように思われたのであるにちがいなかろう。そして病苦や飢えや死の苦しみの満ちた国であるからこそ、そうした苦しみからの救いを説く釈迦が現われたのだと感じたのであろう。

その深夜、木口はひどい高熱を出し、江波は医者を呼びに病院に行く。その間、病院ボランティアの経験のある美津子が付き添い、半時間ほどして江波が医者を連れてもどる。医者は解熱の注射をうち、採血する。悪性の伝染病かマラリヤなら入院しなければならないと途方にくれている江波に、自分が残ることを申し出た美津子は、その後も木口に付き添いながら、「ガストンさん」と譫言を言ってうなされる木口の頭の汗をぬぐう。

翌日、木口の熱は引き、医師からの電話で、血液検査でマラリヤ病原虫は発見されず、高熱は暑さと老いによる疲労と何らかの病原菌によるもので、数日安静にしておけばよいと言われる。次の日の朝には、木口は回復して食堂で他の者たちと一緒に食事をする。食堂のテレビでは首相が暗殺されたことが伝えられ、美津子は江波から外出は気をつけるようにとの電話を受け、とにかく状況がわかるまでホテルに残ることを提案する。それについて、大丈夫、平気ですよと無責任に言う若い三條に対して、木口は、あんた一人はそれでもいいが、皆に迷惑がかかるじゃないか、と強い声でたしなめる。

ここには、自分勝手なことなど許されない戦時下で青春を生きた戦中派の木口の、他人の迷惑をかえりみないで自分のことしか考えない若い世代に対する憤りが表れていよう。ちなみにこの若い写真家の三條について少し触れると、この後で三條は絶対に撮ってはいけないと禁じられていた火葬場の死体を強引に撮影し、遺族たちを激昂させるが、その場にいた大津がなだめに入った間に逃げのびる。三條は、自分の写真家としての成功しか頭になく、自分の身勝手な行動の犠牲となって自分の後ろで一人の人間の血が流れていてもそれに気づかないほどに自己中心的であるわけだが、これは現代日本の競争社会のなかで自分の利害や物質的欲望のみを考える生活の次元を生きる人間のもつ自己中心性を表しているといえよう。そこには他者の哀しみや痛みにはまったく無関心という愛から最も遠い、現代人のもつ罪の問題があるにちがいなかろう。

6

翌朝、美津子と一緒に米国人観光客が早暁の沐浴を見物に行くバスに乗った木口は、お蔭でやっと印度に来た甲斐がありました、あの河か、印度のどこかの寺で死んだ戦友たちの法要をやりたかったが、今はヒンズーの国なんですねと美津子に語る。美津子はそれに対して、でもあの河だけはヒンズー教徒のためだけでなく、すべての人のための深い河という気がしましたと応える。

ここで、死んだ戦友たちの法要を印度の寺でできなかった木口は、ガンジス河でそれをやっとできることで、印度に来た甲斐があったと思っている。そして木口は、ガンジス河がヒンズー教徒のためだけでなく、死んだ戦友たちをはじめとする自分たちすべての人のための「深い河」でもあると感じている。

ガンジス河に着いた木口と美津子は、あちこちに犬や羊の糞が落ちている狭隘な路を火葬場のあるガートに向かって歩く。美津子が木口に、大丈夫ですかと気づかうと、木口は、平気です、昔、ジャングルのなかを逃げた路にくらべれば、何でもない……汚物のほか、至るところに、腐った兵隊の死骸が転がっておりましたからと答える。美津子は木口に、白い塗料で顔を染めて座っているのは遊行期（ゆぎょうき）の行者で、遊行期というのはヒンズー教徒のある人々が人生の晩年に家を捨て家族と別れて聖地を巡礼し、行者として人生を終える時期をいうのだ、と江波から聞いた話を教える。それを聞いて木口は、ガートの階段に腰をおろし、薄暗いそれらの風景を眺めながら、この印度旅行は私にとっての遊行期の旅であり、いつか年をとったら、死んだ仲間たちを弔うためもう一度ビルマか印度に行くことが、生きながらえた私の望みだったと印度に来た理由を打ち明ける。それから、熱の間、ガストンと譫言を言っただろうが、ガストンというのは、自分の最も親しかった戦友を臨終の時まで看病してくれた外人さんの名だ、と告げる。次第に空が薔薇色に割れ、太陽が姿をあらわし、河が急に金色に赫（かがや）くと、左右のガートから一斉に歓喜が起こり、腰布だけの男たちは一斉に河に飛びこむ。そして木口は、マラリヤで倒れた自分を助けるために、ビルマのジャングルで人間の肉を食べた戦友塚田のことを、突然、抑えていた感情に耐えられぬように話しはじめる。

ここで、木口と美津子の二人の視線が向き合うのではなく共に人々が祈るガンジス河に向けられている点は重要であろう。ガートにいたヒンズー教徒たちが朝日に照らされると同時にガンジス河に入って祈りはじめたとき、木口もその朝日のなかで、あたかも河にむかって告白するように秘められた戦友の話をはじめるのである。

木口がビルマのジャングルでの飢えと病苦と死の凄惨な様子を語っている真下では、薔薇色の朝日を全身に受けながらガンジス河の水を口に含み、合掌している裸体の男女が並んでいる。ここで「その一人一人に人生があり、他人には言えぬ秘密があり、そしてそれを重く背負って生きている。ガンジス河のなかで彼等は浄化せねばならぬ何かをもっている」と語られるが、それは、ガンジス河で祈る一人一人のことであると同時に、まさに木口自身のことでもあるといえよう。

そして木口は、あんな状態では死体の肉を食べても仕方なかったと言い、美津子は、多かれ少なかれ、私たちも他人を食べて生きているのですと応じる。

ここで、美津子が私たちは他人を食べて生きているというのは、私たちが生きていくためには誰しも多少とも他人を犠牲にして生きているということであろう。実際に、この現代の競争社会を生き抜いていくこと自体、多かれ少なかれ他者の犠牲のうえに生きていることは確かであろう。そこで問題なのは、先の三條のように他者を犠牲にしても何ら痛みを感じないで生きるか、他者を犠牲にしていることにうしろめたさを感じて生きるかの違いであるといえよう。「深い河」と真に出会い、そこで祈る者たちは、何らかの意味で人生にそうしたうしろめたさを感じて生きる人間であるということができるのではなかろうか。

それから木口は、私の戦友は生涯そのことに苦しみ、一人で耐えて酒ばかり飲み、揚句の果に血を何度も吐き、入院してそこでボランティアのガストンに会ったのだと語り、さらに、戦友の話を聞いたガストンが飛行機がアンデス山中に墜ちた時、重傷を負った人たちが、自分が死んだあと自分の肉を食べて生きのびてくれといい、その人肉を食べて生き残った者たちがいたことを話したことを伝える。そして戦友は泣きながらその話を聞いていたが、それを聞いてから彼は苦しみから少しは解放されたのか、息を引きとったときは、意外と死顔は安らかだった、と語る。それを聞いて、なぜ、そんなお話を急になさるんです、とたずねた美津子に、木口は、申し訳ない、なぜ言ってはならぬことを今うち明けたのか自分でもよくわからないと答える。それに対して美津子は、それはひょっとするとガンジス河のせいで、この河は人間のどんなことでも包みこみ、私たちをそんな気にさせるからと応じる。

ここで木口が自分の背負う重荷をさらけ出して語るのは、美津子の言うように、すべてを受け入れ包みこんでくれるガンジス河のせいであったにちがいなく、木口がガンジス河に向かってひとり言のように語るのは、無意識のうちに魂の次元でこの河が自分の人生の重荷を受けとめてくれることを感じ、おのずから心開かれたためであろう。さらに、美津子も同じく河に向かって心開かれており、両者の心が通じ合っていたがゆえに自然と話すことができたといえるのではなかろうか。

それから木口は、塚田が亡くなってから色々な事を考えるようになり、仏教の本など読みはじめたと言う。そして美津子からガストンの消息をたずねられると、その戦友が死んだあとあの人は病院から姿を消したそうで、私には戦友のためにあの人が現われ、戦友が死ぬと、あの人は去った気さえすると答える。そして、戦友が人間のしてはならない怖しいことを犯し、自暴自棄のまま死にかけた時、そばに来てくれたあの人は戦友にとっては巡礼に同行するもう一人のお遍路さんになってくれたのだと語る。

ここでいう、巡礼に同行するもう一人のお遍路さんとは、四国の遍路の巡礼の時、いつも弘法大師が共に同行してくれているという信仰を表す言葉であり、同行二人と呼ばれるものであるが、ガストンは戦友塚田の苦しい人生の最期の旅立ちを共に同行してくれた苦しみの同伴者であると、木口には感じられたということであろう。

そして木口は、人間のやる所業には絶対に正しいと言えることはなく、逆にどんな悪行にも救いの種がひそんでおり、何ごとも善と悪とが背中あわせになっていて、それを刀で割ったように分けてはならないという仏教の善悪不二について考えたと言う。そして耐えられない飢えに負けて、人の肉を口に入れてしまった私の戦友は、それに圧し潰されたが、ガストンさんはそんな地獄世界にも神の愛を見つけられると話してくれたと語る。さらに木口は、戦友が死んでから、このことを噛みしめ、噛みしめ、生きてきたと美津子に告げる。

ここで木口の語る仏教の善悪不二の考えは、この小説のなかで大津が、善のなかにも悪がひそみ、悪のなかにも良いことが潜在しているからこそ、神は罪さえ活用して救いに向けてくれると語る考えと通じるものであろう。遠藤は、そうした考えを現代キリスト教文学から学んだが、それが仏教ではすでに古くから説かれていることも後で知ったということを、『私の愛した小説』などで述べている。この小説では、その考えをキリスト教と仏教のそれぞれを信じる立場の登場人物から語られるように描くことで、宗教の違いを越えて共通する真実があることを示そうとしたのであろう。

それから木口が、印度人はこの河に入ると来世でよりよく生きかえると思っているそうですなと語りかけると、美津子は、ヒンズーの人たちはガンジス河を転生の河と言っているようですと応える。そして木口は次のような告白をする。

「転生ですか。あのね、私は譫言を言った夜、実はね、こんな夢を見たのです。今でも憶えています。夢のなかで戦友が私の前に苦しそうに現われ、その苦しい戦友をガストンさんが抱き、か、か、かえてい、い、る夢です。ガストンさんと戦友とは背中あわせだと私は思いました。戦友は私を助けるために肉を食うた。肉を食うたのは怖しいが、しかしそれは慈悲の気持だったゆえ許されるとガストンさんが言うている夢です」

「……」

「転生とは、こ、こ、このことじゃないでしょうかね」

ここで、木口が「転生とは、このこと」と言う、「このこと」が何を指しているかは理解しにくいのではなかろうか。ちなみにこの十二章のタイトルは「転生」であるにもかかわらず、この章で転生について実際に触れられているのがこの箇所だけである点からも、この箇所で語られる転生の意味を正確に把握することは重要であろう。まず印度人はこの河に入ると、来世でよりよく生きかえると信じ、この河を転生の河と言っていると語られるところから、転生という語が単に生まれ変りという意味ではなく、来世でよりよく生きかえるという意味で使われていることがわかる。そして、「転生とは、このこと」というのが、木口の見た、苦しい戦友の塚田を抱きかかえているガストンが、人肉を食った罪も慈悲の気持ゆえに赦されるという夢を指していることから言えば、自らの罪に苦しんで死んだ塚田が、ガストンに抱きかかえられ、罪が赦されて苦しみから解放された世界に運ばれていくことを、よりよく生きかえる転生であると言っているといえるのではなかろうか。このガストンが死んだ塚田を抱きかかえている姿は、「深い河はそれらの死者を抱きかかえて、黙々と流れていく」と描写される、木口の見つめているガンジス河の姿と重なるものがあると思われる。それはまた、大津がガンジス河を見るたびに、どんなよごれた人間も拒まずに受け入れて流れる、イエスという愛の河をそこに重ね、死者を抱いてくださいと祈ることとも結びつこう。そこでガストンがイエスのイメージと重なることも考えあわせるなら、ガストンに抱きかかえられている塚田の姿は、どんな罪深い人間も受け入れて流れる愛の河である「深い河」に塚田が抱かれ、罪が赦されて苦しみから解放された姿を象徴しているということができよう。そうであれば、ここでいう来世でよりよく生きかえる転生とは、この苦しみの世界にもう一度生まれ変わるというような意味ではなく、この世界で人生の苦しみを背負っていたものが、死んで愛の河に抱きかかえられ、許され、罪から解き放たれて、永遠の次元の世界によりよく生きかえることを表現しているということができよう。

それから、木口は持参した経本を取り出し、死んだ戦友の塚田と他の多くの戦死した戦友のために、河を見つめながら、暗誦している阿弥陀経の一節を唱えはじめる。水は流れいき、ゆるやかなカーブを描きながら南から北へ、ガンジス河は動いていく。木口の眼にはあの死の街道で、うつ伏せになり、仰向けになり、死んでいた兵士たちの顔がうかぶ。

ここで、木口の唱える経本が阿弥陀経であることは重要な意味をもとう。『佛教大事典』（小学館）によれば、阿弥陀経は浄土教の根本経典の一つで、阿弥陀仏の極楽浄土へ生まれたいと願う者は一日ないし七日一心不乱に仏の名を称えれば臨終のとき仏の来迎を受けて必ず浄土に生まれることができると説くもので、浄土三部経中もっとも短く読誦に適した経典であるとされる。そうした阿弥陀経の信仰を踏まえるなら、木口にとって夢のなかで戦友塚田を抱きかかえていたガストンは、臨終の戦友を迎え、浄土に引導する阿弥陀仏と重なるものであるともいえるのではなかろうか。そして、木口の思う転生とは、普通にこの世に死んで再びこの世に生まれ変わるという意味ではなく、この苦しみの世に死んで苦しみや悲しみから解き放たれ、浄化され、浄土によりよく生まれ変わることであるといえよう。ちなみに『浄土仏教の思想一』（桜部健他）によれば、浄土に生まれることは仏の国に生まれ出ることであり、一つの迷いの生存を終えて次の迷いの生存に生まれるすなわち輪廻転生する場合とは同じ「生まれる」にしても全く意味が異なるのだが、阿弥陀経では、現世に死んで来世に生まれるという輪廻転生の場合に普通に用いられる「生まれる」という語を、浄土に生まれるという全く異なる意味で用いている、と説明されている。そのことは、先の木口の思う転生が、この世に生まれ変わるという普通の意味ではなく、浄土に生まれるという意味であったことの根拠となろう。この木口や前に見た大津のように、この小説『深い河』では、この苦しみの世界に死んで再びこの世界に生まれてくるという場合に普通に用いられる「転生」という語を、この苦しみの世界に死んで苦しみや悲しみから解き放たれ、浄化されて永遠の次元に生まれるという独自な意味で使われている。すなわち、「転生」という言葉を、大津の場合はキリスト教の信仰から復活と重ねて、木口の場合は仏教、特に浄土教の信仰から浄土への往生と重ねて用いているといえるのであり、この点はこの小説を読むうえで誤解せぬように注意せねばなるまい。遠藤はこの小説のなかで、「転生」という言葉をこのような独自な意味で用いることで、転生の河と呼ばれるガンジス河によって表された「深い河」が、ヒンズー教徒のみならず、キリスト教徒にも、仏教徒にも、すべての人の深い魂の次元での救いの象徴となるように描いているといえるのである。

木口は、阿弥陀経の一節を「彼国常有　種々奇妙雑色之鳥。……是諸衆鳥、昼夜六時、出和雅音」と唱え、ビルマのジャングルで耳にした無数の声を思いだす。そして木口は「彼仏国土、微風吹動、諸宝行樹、及宝羅網、出微妙音」と読経を続ける。ジャングルでは雨が時折やむと、突然、鳥たちがあちこちで朗らかに鳴きだし、地面では傷ついた兵士の呻き声や泣き声が聞こえるのに、小鳥たちはまったくそれに関心がないようにひたすら楽しげに鳴き声をかわして、小鳥たちの声が明るく朗らかであるほど、兵士の呻き声が苦痛にみちた残酷なあの日々……、と木口は追想する。

ここには木口が唱える阿弥陀経が二箇所引用されているが、その途中の中略されている部分も補ってみるとこのような意味になる。〈かの仏国土には種々の鳥がいて夜三度、昼三度集まって声を合わせ、各々の調べで囀る。鳥たちが囀ると覚りに至るための要件を説き明かす声が流れ出る。その声を聞いてそこにいる人々は仏と法と僧団を心にとどめる思いが生じる。この鳥たちを罪の報いの生む所だと思ってはならない。かの仏国土には地獄の名も畜生の名も死神の名もなく、鳥たちは無量寿如来によってあらわし出されたもので、彼らが囀るときその喉から法の声を流露するのだ〉(『浄土三部経・下』岩波文庫参照)。木口はこのような意味の経文を唱えながら、ジャングルで耳にした無数の小鳥の声を思いだしているわけである。そうであれば、兵士たちの呻き声が苦痛にみちているなかで、明るく朗らかであるほど残酷に思われた鳥たちの声が、実は仏によってあらわし出され、法の声を流露するものであり、仏国土(極楽浄土)と深くつながるものであることを、木口は残酷な日々の追憶に重ねながら願い祈っているのではなかろうか。

そしてさらに、ここで木口がそうした思いを込めた読経を、水の流れいくガンジス河を見つめながら行い、死の街道で死んでいた兵士たちの顔を思い浮かべていることは注目に値しよう。木口は戦後四十年にわたって自分の心のなかに深く刻まれていた死んだ兵士たちを、この流れいくガンジス河にゆだねているのであろう。そして、ゆるやかなカーブを描きながら流れいく河が、死んだ戦友たちを抱きかかえ、受けとめ、苦しみから解き放たれる永遠の次元へと運びいくことを想い、祈っているといえよう。それによって、木口が死んだ戦友たちを「深い河」にゆだねることができたとき、木口の心は戦中派として戦後四十年の間、背負い続けてきた人生の重荷をおろすことができたのではなかろうか。そしてこの木口の祈りは、戦中派世代として若くして死んでいった同世代の者たちにすまないというしろめたさを人生の重荷として背負ってきた遠藤の切々たる祈りでもあるといえよう。戦争で死んだ同世代の者たち、戦争の傷痕を戦後も背負い苦しむなかで死んでいった者たち、そして人生の辛苦をともにしてきた亡き兄……、そうした遠藤の人生のなかで心に深く刻まれている死者たちの姿を想いうかべながら、流れいく「深い河」に死者たちをゆだねないではいられない遠藤の人生の真実の祈りが、ここには込められているにちがいなかろう。

終章　母なる「深い河」——魂の故郷を求める旅

1

『深い河』は、これまでの遠藤文学の懐かしい人物たちやエピソードと深くつながる作中人物たちが織りなす短篇の集成のように読める作品である。そうしたことから、登場人物たちのそれぞれの場合に着目しながら、それぞれの人物が人生の重荷や悲しみを背負い、それを受けとめてくれる「深い河」と出会っていく過程を、作者のこれまでの作品や人生と結びつけ、読み進めてきた。そのなかで改めて確信できたことは、これまでもすでに指摘してきたことだが、この小説はまさに遠藤が自らの人生を再構成した作品として受け取ることができるという点である。遠藤はこの小説の執筆過程について、当初は、「悪の問題」を真っ正面から一人の女主人公に取り組ませるという構想で成瀬美津子を主人公にして書き進めていたが、それを途中でやめ、彼女も残しながら別の主人公を何人か増やしてこの小説のように書き上げていった（「対談　最新作『深い河』」「國文學」93・9）と語っている。

この執筆過程での主題と登場人物の大幅な転換の背後には、これまでの過去の雑多な生活の記憶から人生の真実となるべきものを選び、自分の人生を再構成したいという願いが、病と老いを背負い、遠くない死を意識するなかで七十歳という人生の大きな節目を迎えようとする遠藤の心の内奥から強く湧き起こってきたということがあるのではなかろうか。そしてその心の奥底からの要請が、作品の主題を「悪の問題」からガンジス河に象徴される「深い河」へと変更せしめたのだろう。その「深い河」が作品の主題となって書き進められていくなかで、それまでのさまざまな過去の記憶から、人生の次元で出会った本当に大切なもの、人生の真実を織りなしたものが選び出され、それらを作者の分身であるそれぞれの主人公たちに託して、そのすべてが最終的に母なる「深い河」に受けとめられるという小説が出来上がっていったのではなかろうか。

ここで注目されるのは、人生の再構成といっても、人生をただ単純に自叙伝的に一筋の時間の流れで再現するというのではなく、世代の違う複数の主人公たちに遠藤自らの人生の真実を託すことで、並立する主人公たちの幾つかの流れが団体旅行という状況のもとに一つに重なり、主人公たちの人生の重荷をより大きな次元から受けとめる母なるガンジス河を真ん中にして、それぞれの魂のドラマがパラレルに展開する構成になっている点である。このような小説を「真ん中にガンジス河を置いたマンダラ小説」（「東京新聞」一九九三年八月十四日）と評したのは井上洋治神父であるが、それはまさに的を射た指摘であるように思われる。

実際に、遠藤は「人生の再構成」（『万華鏡』）と題したエッセイのなかで、人生の再構成について臨死体験者の「パノラマのように自分の人生を甦らせている」体験に結びつけ、「自分の雑多な生活のなかから、真実となるべきものを選んで再構成する願いは誰の心にもひそんでいる」と語っている。また、臨死体験の研究をしているカール・ベッカーとの対談（『「深い河」をさぐる』）のなかで、臨死体験で「自分の人生を思い出す」のは、「世俗的なことではなく」「愛情に関すること」である点に着目している。『深い河』が遠藤の「人生の再構成」と捉えられるのも、遠藤がこれまでの生活のなかで出会ったたくさんのもののなかから、人生の次元で本当にふれあったもの、愛情による深い心のつながりをもったものが選び出され、この小説の登場人物たちに投影されているからであると思われる。そこには、亡くなった母がおり、辛苦を共にした兄がおり、長年連れそった妻がおり、生涯同じテーマを担ってきた井上洋治神父がおり、戦中を共にした世代がおり、悲しみの同伴者となってくれた犬や鳥がおり、モーリヤックの小説の主人公のテレーズがおり、自らの小説の主人公ガストンがおり、そして母のぬくもりの源であるイエスがいる。ここに遠藤の人生における真実となるものが何であったかが物語られている。それらがまた、これまでの遠藤文学の根幹を担ってきたものたちであることはいうまでもない。

さて、ここで『深い河』の全体の構成について言えば、まず、全体が十三章からなることが注目される。十三という数は、『聖書象徴事典』（人文書院）では十二が全き数であることから、一余る不吉な数と言われる。また、神の民も十二部族であり、イエスの選んだ弟子も十二弟子であるが、『死海のほとり』では、あえてぐうたらな落ちこぼれの男である十三番めの弟子へのこだわりが語られる。ちなみに、遠藤の作品において最もキリスト教に深く関わる著作といえる『死海のほとり』も、『イエスの生涯』も、『キリストの誕生』も、すべて十三章である。そこには落ちこぼれる者に注がれる神の愛を願う遠藤の思いが込められているのではなかろうか。『深い河』のなかでは、大津が落ちこぼれ神父として描かれているといえるし、他の登場人物たちもある意味で生活の次元の豊かさのみを求める現代日本の社会からの離脱者であるともいえるだろう。『深い河』の十三章の最初の五章までは、「磯辺の場合」「美津子の場合」「沼田の場合」「木口の場合」と、印度ツアーに参加する主人公たちの背負う人生の重荷がそれぞれが独立した短篇のように回想される。そして六章からは、そうしたそれぞれの人生の重荷や悲しみを背負う人物たちが探しものを求めて印度のガンジス河のほとりの聖地ヴァーラーナスィに集う。そしてヒマラヤの雪解け水の流れる幾つもの支流を、ガンジス河が抱えこむように受けとめて大河となって流れていくように、別々に流れていた主人公たちの支流はここでガンジス河に象徴される母なる大きな流れに受けとめられ、同じ方向に流れはじめる。その母なるガンジス河に出合うのがちょうど真ん中の七章「女神」であり、そこからそれぞれの人生の悲しみや重荷を負った主人公たちは、その流れのなかでそれぞれの探しものを求めていく。

このような構成を受けて、これまで主要な登場人物である磯辺、大津、美津子、沼田、木口のそれぞれの場合を別々に追って読み進めてきた。そのように別々に読み進めていっても味わいの深い作品であったことは確かであるが、しかしながら、そうした読みを一通り終えて改めて強く感じることは、そうした個々の主人公たちがそれぞれ全く別々の人生の悲しみや重荷を負い、異なった目的をもって印度ツアーに参加し、ガンジス河のほとりに集う姿が表面的には並立して描かれながら、同時に、それらすべての登場人物たちの人生をもう一つ別のより深い次元で受けとめる目に見えない大きな世界がガンジス河に象徴されて示されているという点である。その登場人物たちを深い次元で包みこみ流れる大きな河こそ「深い河」と呼ぶべき、この小説の中心的存在であり、あえて言えば真の主人公であるということもできよう。そうした登場人物たちの人生を包みこんで流れる目に見えない「深い河」をガンジス河に象徴させて描くことに成功しているところに、この小説の真価があり、深い魅力があるにちがいなかろう。そこで「『深い河』を読む」の終章として、それぞれの登場人物たちの人生を包みこむ、真の主人公ともいうべき「深い河」に注目しながら、この小説の全体を貫く主題を探ってみたいと思う。

2

まず、遠藤はこの小説の題名を「深い河」に決めたいきさつについて、「ＣＤでたまたま黒人霊歌の『深い河』を聴いて、『あ、これだ、僕の書きたい主題は』と直感しました」（「東京新聞」一九九四年八月十日）と語っている。その「深い河」という黒人霊歌の歌詞の一節を訳したものが小説のエピグラフとして冒頭に掲げられているわけであるが、それは小説の主題を示唆するものとして注目に値しよう。黒人霊歌は当然、歌詞が英語であり、遠藤がこれだ、と小説の主題を直感したときに聴いていたのが、「ディープ・リバー」という英語の歌詞であったために、「深い河」という小説の題名にあえて「ディープ・リバー」と英語の読みをつけることにしたのではなかろうか。遠藤の小説においてこうした英語の読みがつけられることは希有なことから考えて、かえって英語の読みがあることで、この黒人霊歌にどれほど強い思い入れがあるかを察することができよう。黒人霊歌は、言うまでもなく奴隷としてアメリカに運ばれた黒人たちが現世の苦しみのうちにキリスト教の信仰を深めていくなかで、その魂の叫びとして生まれた歌である。「深い河（ディープ・リバー）」はその代表的な名曲の一つであり、その全体の歌詞はこうである。

Deep river, Lord, my home is over Jordan,
（深い河、神よ、わたしの故郷は　ヨルダン河の向こうに）
Deep river, Lord, I want to cross over into camp-ground.
（深い河、神よ、わたしは河を渡って、集いの地に行きたい）
Oh, don't you want to go to that gospel feast,
（ああ、おまえはあの福音の告げている祝宴に行きたくはないか）
That promised land where all is peace?
（皆が安らぎのうちにある　あの約束の地に）

（第二節の訳は『深い河』のエピグラフより、その他は私訳）

遠藤の聴いたというCD（バーバラ・ヘンドリックスの歌った東芝EMIのものを聴いていたと直接本人よりうかがった）に収められた、この歌を実際に聴いて何よりも印象深かったのは、「Deep river, Lord（深い河、神よ）」という言葉が魂の深みからの祈りの叫びのような歌声で何度もリフレインされることである。ここで黒人たちが実際に目の前にして「神よ」と呼びかける「深い河」は、例えばミシシッピー河のようなアメリカ大陸を流れる大河であったかもしれないが、それがこの歌でヨルダン河のイメージに重ねられているところには、当然のことながら聖書的な意味が読みとれよう。すなわち、荒野を彷徨したイスラエルの民がヨシュアに導かれてヨルダン河を渡って約束の地に入った出来事や、エリヤがその河を渡って天に上げられたというような聖書の話（この二つの逸話とも、それをモチーフにした黒人霊歌が知られている）と黒人たちの経験が重ねられており、そこには、現世と現世を超えた世界との境界を意味する一つの霊的なシンボルとしての意味がこめられているといえよう。そうであれば、その河の向こうにある「my home（私の故郷）」とは、私たちのいのちの帰るべき母なる故郷、永遠の安息の地とでもいうべき世界を意味していると解してよかろう。そしてそれは福音が告げている約束された、すべてのものが神とともにあって安らぎのうちにある祝宴の集いの地であるというのである。

この「深い河」を前にして「神よ」と呼びかける言葉について、普通に考えれば、水深の深い河という意味で、例えばどんなものでも受け入れる母親のような愛のふところの深さがイメージされ、まさにその意味でガンジス河は「深い河」のイメージそのものであるにちがいない。さらに、そうしたイメージに加えて、この「深い河」の「深い」には、私たちの意識の最も深いところ、あるいは私たちのいのちの最も深いところ、その一番深い次元で私たちの命を包んでいる母なるいのちの河というイメージも込められているのではなかろうか。そうであれば、「深い河、神よ」という呼びかけは、その私たちのいのちの根底にあって私たちを包んでいる母なるいのちの流れに向かって、まさにそここそが神の働く場であることを直感している、意識の最も深い魂の次元からのものということができるのではなかろうか。遠藤は『沈黙の声』というエッセイで自分の小説の題名について触れるなかで、ストレートにテーマが分かってしまうようなストレート・イメージの題は嫌いで、できるだけ抑制の効いたダブル・イメージをもつ題が好きであると語っているが、この小説の「深い河」という題名にも、そうした二重三重のイメージが重ねられているように思われる。すなわち、「深い河」とは、私たちのいのちの最も深いところにあって私たちを母のように深い愛で包んで流れる大きないのちの河であり、そして私たちが意識の深みの無意識の領域よりさらに深い魂の次元で「神よ」と呼びかけることのできる河である。

このように見てくると、この小説のエピグラフとして引用されている黒人霊歌「深い河」の第二節「深い河、神よ、わたしは河を渡って、集いの地に行きたい」という言葉には、すべてのいのちが安らぎのうちに集う母なるいのちの故郷へと行きたいとの願いや、そうした根源的な母なるいのちとつながる、私たちのいのちの根底を包んで流れる「深い河」に向かっての、「神よ」という魂の次元からの呼びかけが表されているといえよう。さらにこの言葉にはこの小説の登場人物たちに共通する孤独な魂の救いを求める姿が暗に示されているといえるのではなかろうか。

このことは、遠藤自身が自作の『深い河』を語るなかで、主人公たちに共通した主題は「失われた愛を求めて」であり、それは「人間の魂が探している愛」である（「対談　最新作『深い河』」「國文学」93・9）と語っている点とも一致しよう。この小説ではまず主人公たちの回想のなかで、夫婦の愛、男女の愛、動物との愛、戦友との愛など、それぞれの愛が自分の力ではどうしようもない形で失われていく姿が描かれている。そして、それぞれがそうした人生の傷痕を抱え、孤独のなかでそれぞれの失われた愛を求めてガンジス河のほとりに集う姿が表面的には描かれている。その上で「人間の魂が探している」、主人公たちに共通した「失われた愛」というのは、主人公たちが意識の次元で現実の失われた愛を探し求めながら、そのより深い魂の次元で無意識のうちに探し求めている愛の問題であると考えられよう。実際に遠藤は「それぞれの魂の問題を念頭において、普通、小説で書くほかのものはカットする」(同)と語っているように、この人間の魂が探している失われた愛のありかにこそ、まさに「深い河」によって表象される根源的な母なるものの愛があるといえるように思うが、それを具体的に小説のなかに見ていくことは、この小説の全体を貫く主題に迫ることになるにちがいなかろう。

3

この小説のなかで、他の主人公たちに先だってそうした魂の次元の愛を最も確かにとらえて、それを具現して生きようとしている人物は、言うまでもなく大津であろう。大津は愛について美津子への手紙のなかで、母の握ってくれた手のぬくもり、抱いてくれた時の体のぬくもり、兄姉にくらべてたしかに愚直だった自分を見棄てなかったぬくもり、そうした母のぬくもりの源にあるもっと強い塊である愛そのものが「玉ねぎ」(=イエス)であると言い、「この世の中心は愛で、玉ねぎは長い歴史のなかでそれだけをぼくたち人間に示したのだと思っています。現代の世界のなかで、最も欠如しているのは愛であり、誰もが信じないのが愛であり、せせら笑われているのが愛であるから、このぼくぐらいはせめて玉ねぎのあとを愚直について行きたいのです。その愛のために具体的に生き苦しみ、愛を見せてくれた玉ねぎの一生への信頼。それは時間がたつにつれ、ぼくのなかで強まっていくような気がします」と自らの信仰を告白している。ここで語られる愛とは、私たちをどんなことがあっても見棄てずに抱いてくれる母のぬくもりの源にある、私たちの人生をより根源的な次元で包んでくれる母なるものの愛であるといえよう。すなわちそれは、母性原理の強い、無条件で無償の愛であり、新約聖書の言葉で言えば、アガペーの愛であるといってよかろう。そして、その愛がこの現代の世界のなかで最も欠如しているというのである。このことからも、そうした私たちの人生を根源的な次元で抱きとめてくれる母なるものの愛こそ、現代の社会で「失われた愛」であるといえるにちがいなかろう。一度は神を裏切った大津は、そんな自分を決して見棄てることなく抱きとめてくれる母のぬくもりのような神の愛にふれ、その愛に愚直についていく人生を選び、最後にはその愛を象徴するガンジス河のほとりで、その愛を具体的に生きぬいて、死んでいく。その姿が、全く愚かで無力でピエロのように映るのは、合理的な目に見える生活の次元の豊かさのみを追い求める現代の日本の功利主義と競争原理の社会が、そうした目に見えない私たちの人生を抱きとめてくれる愛など信じないで、切り捨てて忘れ去っているからであるにちがいなかろう。

一方、大津以外の登場人物がそうした自分たちの人生を抱きとめてくれる母なるものの愛に実感をもってふれるのは、印度ツアーにおいてである。添乗員の江波はヴァーラーナスィの町に向かうバスのなかで、「ヨーロッパや日本とまったく違った、まったく次元を異にした別世界に入ってください。いや、違いました。言いなおします。我々は忘れていた別の世界に今から入っていくんです」と語る。ここでも、現代の日本とまったく次元を異にした、我々日本人が忘れてしまった別世界とは、この世界をもう一つ別の次元から包含するような大きな母なるものの愛が失われることなく、いきいきと息づいている世界であり、それがこのガンジス河のほとりの聖地ヴァーラーナスィには現前するということではなかろうか。実際に江波は、ヴァーラーナスィの町に着くと、ヒンズー教の女神たちの像が地下にある寺に一行を案内し、女神チャームンダーが蠍に噛まれ、ハンセン病を病み、飢えに耐えながら子供たちに乳を与える像を見せて、これは印度人の病苦や飢えや痛み、すべての苦しみを共にして苦しんでいる印度の母なる女神であると説く。そしてさらに、この母なる女神のイメージと重ねるように、一行をガンジス河に案内して、この河は生ける者も死せる者も受け入れる母なる河であると語る。

また、大津は、この母なるガンジス河を見るたびに、どんな醜い人間もどんなよごれた人間もすべて拒まず受け入れて流れる玉ねぎという愛の河を考えると美津子に語っているように、ガンジス河を母のぬくもりの源である玉ねぎの愛の河と重ねる。

このように見てくると、主人公たちの魂が探し求める、現代の日本の社会で失われ忘れられた愛とは、女神チャームンダーやガンジス河に象徴され、大津が玉ねぎの愛の河と語るような、私たちの人生の苦しみを受けとめ、生ける者も死せる者もどんなものも拒まず抱きとめる根源的な母なるものの愛であるということができるにちがいない。

4

ところで、現代の日本の社会に目を向けると、戦後、日本が廃墟のなかから経済大国へと急激な経済成長を遂げてきたなかで、生活の次元の目に見える物質的な豊かさを手に入れると同時に、人はなぜ生きるのか、人はどこから来てどこへ行くのかといったような人生の次元の問題はなおざりにされ、人生の次元の目に見えない豊かさは失われていったといえるのではなかろうか。そうした現代の日本人について、遠藤は「『ガンジス』で考えた生と死、そして宗教」（「現代」93・8）というエッセイのなかで次のように語っている。

私は、自分を最後に受け入れてくれる母を持つインドの人々は、なんと幸せだろうかと思う。それに比べて、日本人の、なんと不幸なことか。流されようにも、われわれは最後にどこへ流されればよいのかわからない。われわれには生活の設計図はある。何歳で部長になって、何歳で重役になって、ということは考える。しかし哀しいかな、人生の設計図を持っていない。長寿社会という見せかけだけの明るさの陰で、老人たちは生きることに疲れている。（中略）いよいよお迎えが近づくと、延命だけを目的に入院を強いられ、自分の家で死ぬ自由さえ奪われてしまっている。人生の最後を、自分の意志でどうすることもできない。これを不幸と言わずして何であろう。

かつて日本人には、人生の設計図があった。（中略）かつては日本人の多くが、海や山などの自然の中に、自分が最後にたどり着く場所を見出していたのであろう。しかしいま、それらの場所はみな、消えうせてしまった。われわれは、生活の勝利者にはなったが、人生においては敗北者となったのである。（傍点筆者）

ここでは現代の日本人が、帰るべき母なる場所を失った人生の次元の敗北者であることが語られているが、この小説の大津以外の主人公たちも当然、その例外ではない。そうした主人公たちであるがゆえに、「深い河」に出会うために印度ツアーに参加し、日本を出てガンジス河にまで行かなければならなかったといってよかろう。現代日本の社会のなかで、生活の次元の目に見える成功や物質的な豊かさ、刺激や満足を追い求めて駆り立てられるように忙しく生きている現代人には、自分の人生の背後から人生を包みこむような母なるものの真のぬくもりを感じる人生の次元の時間などまったく失われているといえるからである。この主人公たちは、そうした日本を離れ、ツアーという非日常の空間に身を置き、生活の次元の時間の流れから離れて立ち止まることで、これまでの自分の人生を再構成するように人生の真実となるべきものを過去の記憶から呼び起こし、噛みしめ、そして、その人生の背後にある目に見えないものの働きを感じはじめるのではなかろうか。そして、ヒンズー教徒たちにとって自分たちの人生をもう一つ別の次元から包みこむ大きな母なるものへの信仰が息づいている母なるガンジス河のほとりにたたずむことで、自分たちの人生の背後にもこの母なるガンジス河に象徴される「深い河」のあることが自然に信じられていくのであるといえよう。とはいっても、例えば三條のように、若くて人生の次元の問題などには関心なく、ガンジス河のほとりにきても、生活の次元をそのままもちこみ、その次元での成功しか頭にない者に、人生の背後にある「深い河」を感じられないのはいうまでもなかろう。

また逆に、ガンジス河にまで来なくとも、例えば、死を間近にした磯辺の妻や塚田は、入院生活のなかで生活の次元を離れて人生の次元を生き、磯辺の妻は老樹との、塚田はガストンとの魂の次元での交流を通して魂の問題と向き合うなかで、自分たちの人生と背中合わせにある、人生の苦しみを共にして死者を受けとめる母なる「深い河」に確かに出会っているといえるのではなかろうか。

さて、この小説には、母なるものを失った現代の日本の社会のなかで生活の次元では満たされながらも、人生の次元の問題を抱えて苦しむ、戦中派世代、戦後の世代、そして現在の若い世代といった異なった世代の主人公たちが描かれているわけであるが、それは今日の日本社会の縮図であるといってよかろう。そこで、そうした視点から改めてそれぞれの主人公たちに目を向け、その孤独な魂の探し求める愛と、それを受けとめる「深い河」について具体的に触れておきたいと思う。

まず磯辺は、男として仕事や業績がすべてだと思い、家庭などかえりみることなく、仕事一途に生きてきた壮年の男性として登場するが、それは戦後の日本の経済成長の担い手として懸命に働いてきた世代を代表する人物であるといえよう。また、磯辺は、多くの日本人と同じように無宗教で、死とはすべてが消滅することだと合理的に漠然と考えていたという点でも、戦後の日本の現代人の典型であるといってよい。磯辺は、定年になれば妻と新婚旅行のやり直しに海外旅行にいくといったような生活の設計図は持っていたが、人生の問題については全く考えずに生きてきたといえる。その磯辺が、彼の生活の設計図には入っていなかった妻の死と直面し、生活の次元ではどうすることもできない心の空洞を抱えて苦しむ。ここには死者を受けとめる母なるものを失った現代人が、愛する者の死と直面して抱く埋めようのない空しさと孤独があるといえよう。いざ妻の死と直面した磯辺にとって、それまでの合理主義的な頭での考えなど何の役にも立たず、妻が残した最後の「生れかわるから」という言葉だけが生の拠り所となる。磯辺が妻の葬儀を行ってもまったく空虚に感じている姿は、ガンジス河のほとりで火葬される印度人たちが母なる河に迎えられる実感をもっているのとは実に対照的に描かれている。まさに小説に描かれる磯辺の後ろ姿には人生の敗北者の孤独と悲哀が滲みでている。そして、磯辺は妻の最後の言葉に導かれて妻の生まれかわりを探して印度ツアーに加わる。その旅のなかで磯辺は妻の思い出を噛みしめながら、妻の愛の深さと自らの妻への愛着の強さに気づき、妻との夫婦の縁が偶然を超えたもののように感じていく。そうしたなかで磯辺は意識的には妻の生まれかわりをこの世界に探すという宝探しをしながら、同時に魂の次元では死んだ妻が受けとめられた母なる「深い河」を求めていたといえるのではなかろうか。実際に妻の生まれかわりを探すという宝探しには挫折するが、母なる「深い河」は磯辺の孤独と悲しみ、そして妻を呼ぶ魂の叫びを受けとめて、黙々と流れ運んでいく。小説の最後で美津子から、磯辺の妻は磯辺のなかに確かに転生していると、宝のありかを告げられる。合理主義者だった磯辺が、最後には、自分と妻を出会わせ、自分たち夫婦の人生を包みこんできた大きないのちの母なる「深い河」が自分のなかの最も深いところにあることに気づき、そこに妻が確かに迎えられ生きていることを実感するようになるのである。

次に出てくる美津子は、先の磯辺たちの世代が築いた経済の高度成長を遂げる日本の社会において、生活の次元の物質的な豊かさばかりを大人から与えられるなかで成長した世代である。さらにいえば、それは、そうした大人たちから合理的な目に見える生活の次元の通俗的な価値観しか教えられないなかで、自我ばかり肥大化した現代人になると同時に、そうした社会の価値観にたとえ疑問を感じ人生の次元の問題を抱えても、それに答えてくれる大人はまわりに見出せず、社会を変革しようと学生運動に身を投じた一時代前の学生のような目標もなく、やり場のない空しさを感じている世代でもある。そうしたなかで美津子は何不自由ない生活をしていながら、心のなかにいつも空虚感を抱えて、自分が何を探しているのかわからないでいらだっている孤独な若い女性である。美津子のこの空虚感も、やはり私たちの人生を根源的な次元で抱きとめてくれる母なるものの愛とのつながりを失っている現代人の魂の渇きの問題であるといえよう。そうした美津子は、一度は棄てた大津を探し求め、印度ツアーに加わってガンジス河にまで行く。美津子の場合も、意識的には大津のあとを追いながらも、魂の次元では大津の生き方の向こうに、魂の渇きを真に潤してくれる根源的な母なるものの愛を切実に求めていたにちがいなかろう。それだからこそ、母なる女神チャームンダーと母なるガンジス河が心に突きささり、その母なる河に体を沈めて祈るまでになっていったのであろう。そこで母なる「深い河」は、美津子の孤独な魂を受けとめ、流れていく。母なる河に受けとめられ、自分の魂が何を欲していたか気づきはじめた美津子には、人間の深い悲しみを受けとめ、包みこんで流れる母なる「深い河」を信じられるようになる。

次に沼田は、戦前の幼少時代からすでに、両親の離婚やそれによる愛犬との別離など、自分の力ではどうにもできない人生の悲哀を味わい、また犬との心の交流を通して動物が人間の悲しみの同伴者になってくれることを知る。そうした幼少体験を引きずる沼田は、経済の成長をひたすらに追い求める戦後の日本の社会にはついていけず、生活の次元の豊かさと引きかえに、母なる自然を失っていく日本の社会に心を傷めながらも、そうした現実からは逃避し、少年の頃の夢を童話に書いている童話作家である。童話作家となってからは、結婚生活でも決して埋められない人生の孤独を感じ、さらに生死をさまよう入院生活のなかで魂の孤独と向き合い、そうしたなかで悲しみや孤独の同伴者として鳥との魂の交流をするとともに、そうした生き物との別離の悲哀も味わう。そして、沼田は、自分の身代わりのように死んだ九官鳥の故郷の森をたずねる目的で印度ツアーに加わるが、すべての生き物とのいのちの結びつきと、孤独な魂の同伴者を求める沼田の魂は、根源的な母なるものの愛を求めていたといってよかろう。そして、苦しむものと共に苦しむ母なる女神チャームンダーを知り、人間だけでなく生きるものすべてを包みこんで運んでいく母なるガンジス河に出会う。母なる「深い河」は、沼田の孤独な魂を受けとめ、すべての生きものを包みこんで流れていく。孤独を受けとめられた沼田は、その町で買った九官鳥を母なる大自然のなかに解き放ち、沼田の心に刻まれているこれまでの人生で本当に出会った生きものたちを、根源的な次元で抱きとめてくれる母なるものの愛にゆだねていくのである。

最後に木口は、凄惨な戦争体験の傷痕を心に抱えながらも、人生の次元の問題に心を向ける余裕などなく、生き残りとして戦後の日本の復興の担い手となって働きづめに働いて、老齢になってやっと人生の次元の問題に時間がとれるようになった戦中派の世代である。木口は、地獄のような戦争のなかで死んでいった悲惨な戦友たちのことが忘れられず、また命の恩人の戦友塚田が実は自分を助けるために自決した戦友の人肉を食ったことの罪意識に苦しみ続けていたことを知る。そして、塚田がそれを忘れるための深酒で体をこわして死ぬのを看取る。塚田の死後、木口は仏教の本を読むようになり、その死んだ戦友たちの法要のため印度ツアーに加わる。そうした木口の魂が、苦しみのなかで死んでいった死者たちを抱きかかえ、その苦しみを受けとめ、その罪を浄化してくれる大きな母なるものの愛を求めていたことはまちがいなかろう。それゆえに、そこで木口は、印度人の病苦や飢えや死の苦しみすべてを身に受け耐えている母なる女神チャームンダーに感動し、人間のどんなことでも包みこみ浄化し、死者たちを抱きかかえて流れる母なるガンジス河を前にして、死んだ戦友たちの姿を眼に浮かべながら、阿弥陀経を唱える。そして、母なる愛の「深い河」は、木口の心に刻まれている死んだ戦友たちを抱きかかえ、受けとめ、その罪を浄化してゆるやかに流れていく。

このように主人公たちは、現代日本の社会のなかで、愛する者の死、生の空虚、生の悲哀や孤独、死者たちの魂の救いと罪の赦し等、生活の次元では決して答えられない人生の問題、魂の問題を抱えて、それらを自分の力ではどうにもできずに苦しみながら生きてきた。そのために、それぞれの孤独な魂はそうした人生の重荷を受けとめてくれる母なるものの愛を求める思いを無意識のうちにつのらせ、人生の背後にある眼に見えない力によって母なる「深い河」へといざなわれる。そして、母なる「深い河」は、それぞれの人生の重荷や悲しみを母のぬくもりで抱きとめ、受け入れ、黙々と流れていくのである。

5

このように主人公たちの重荷や悲しみは母なる「深い河」に受けとめられていったといえるが、例えば、磯辺は、小説の最後で印度を発つときにも、「うつむいた背中はこみ上げる悲しみを体全体で、いや人生全体で怺えているように見えた」と描かれるように、人生の悲しみが消えることなく、なおも深い悲しみは残っている。しかし、それでも磯辺が「来てよかった」と語るのは、たとえ妻の生れ変わりをこの目に見える世界に探すのには挫折しても、人生の悲しみを受けとめてくれる母なる「深い河」に出会えたことによる魂の次元での満たされた思いがあるからではなかろうか。こうした思いは「深い河」と出会った主人公たちすべてに通じるものであるにちがいない。母なる「深い河」はただ人生の背後にあって黙ってその悲しみを受けとめ、共にしてくれるだけである。しかしながら、もはや自分の力ではどうにもできない人生の深い悲しみを背負って生きねばならない者にとって、それを受けとめて共にしてくれる大きな母なる「深い河」のあることを信じることで、たとえ深い悲しみに揺れ動くことがあるにしても、その悲しみをありのままに受け入れる恵みが与えられ、魂の深い次元での静かな安らぎが得られるのではなかろうか。

人生の深い悲しみが本当に癒され、涙が完全にぬぐわれ、罪が浄化されるのは、磯辺の妻や塚田のように、母なる「深い河」に完全に迎えられ、抱かれ、永遠の次元である彼岸へ、すべてのものが平安のうちにある集いの地へ運ばれていくことによってであろう。この主人公たちのように、たとえ「深い河」と出会っても、この此岸で生きている限り、人生は重く、悲しみは尽きないだろう。しかし、人生の悲しみそのものが人間の悲劇なのではなく、「深い河」に出会う前の磯辺や美津子や木口のように、人生の悲しみや苦しみをひとりぼっちで背負わなければならなかったことこそ、人生を抱きとめてくれる母なるものの愛を失った現代人の悲劇なのではなかろうか。この主人公たちのこれからの人生が、なお悲しみは深く、涙は尽きぬとも、もはやこれまでのようにひとりぼっちで流す涙と違い、母に抱かれて流す涙は、深い悲しみのなかにあっても大きな慰めのうちなる安らぎがあるにちがいなかろう。この母なるものこそ、私たちの人生をもう一つ大きな次元から包含するように抱きとめてくれる「深い河」であるといえるのである。

『沈黙』において見出され、結実した母のように温かなイエスのイメージ——それは、「(踏むがいい……私はお前たちのその痛さと苦しみをわかちあう。そのために私はいるのだから)」とロドリゴに言った、磨滅し凹んだ踏絵の悲しげな眼差しのイエスであった——が、それから二十七年たって発表されたこの『深い河』において、永遠そのもののように流れる大河、母なるガンジス河のスケールにまでなったことは、どんなに重視してもし過ぎることはなかろう。『沈黙』から『深い河』までのイエスのイメージの深化は、そのままクルトル・ハイムでイエスの声を聞き、ガンジス河にイエスの愛の河を想う大津に投影されているといえようが、そこには、母なるイエスの愛の象徴に、悠久の大河ガンジスを必要とするほどに大きく深いイエスの愛を想う遠藤自身のイエスの愛への信頼の深さが重ねられているといえるのではなかろうか。

最後にこの小説『深い河』が、現代を生きる日本人にとってどのような意味をもつか考えたとき、大津が夜明けの狭い路地の行き倒れの老婆に水を与え、その人を背負って母なるガンジス河に運んでいる姿が想起される。というのも、『深い河』が、母なるものの愛を失った日本の社会で人生の悲しみや重荷をひとりぼっちで背負うのに耐えきれず倒れている現代の日本人に、その愛の渇ききった魂を潤すいのちの水を与え、その悲しみを共にしてくれる母なる愛の「深い河」にまで私たちを運ぼうとする願いによって書かれた作品であるといえるからである。さらに、この小説は、大津が、手わたすこの人を受けとめ抱いてくださいと祈るように、現代日本人の、失われた母なる愛を求め彷徨う多くの孤独な魂が母なる愛の「深い河」に受けとめられ抱かれることを願う、作者遠藤の祈りのこもった魂の小説であるということができるのである。

第二部　『深い河』の宗教性をめぐって

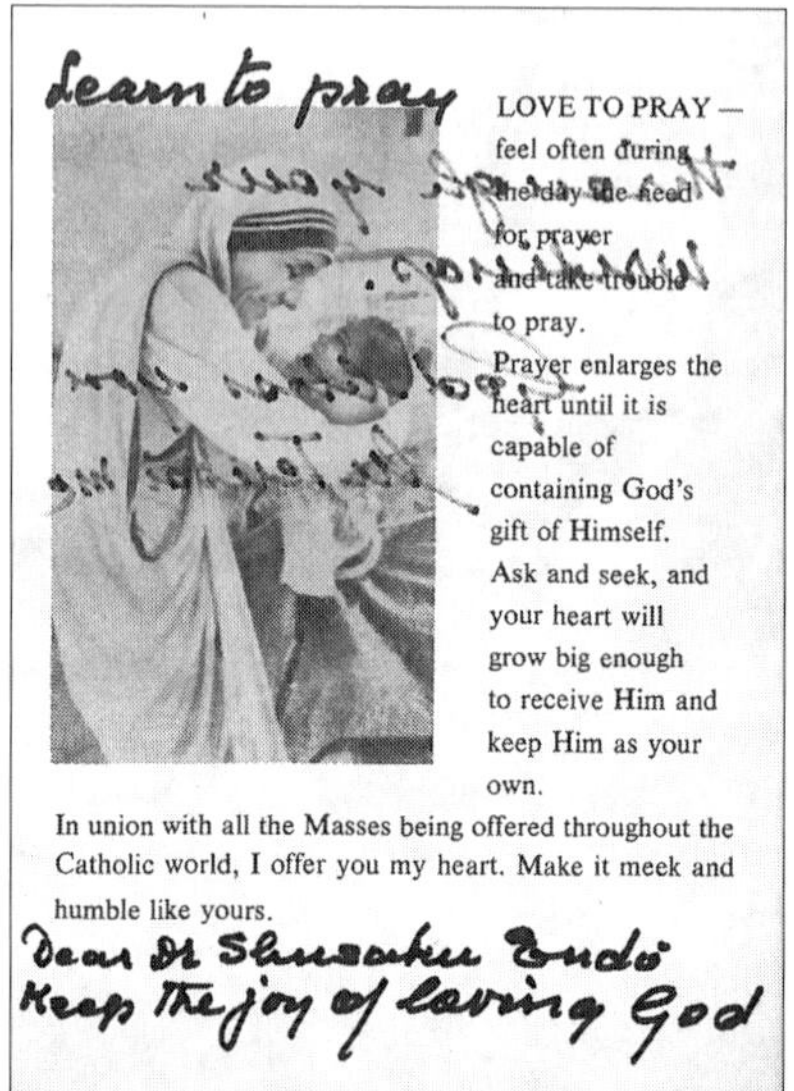

Learn to pray

LOVE TO PRAY — feel often during the day the need for prayer and take trouble to pray. Prayer enlarges the heart until it is capable of containing God's gift of Himself. Ask and seek, and your heart will grow big enough to receive Him and keep Him as your own.

In union with all the Masses being offered throughout the Catholic world, I offer you my heart. Make it meek and humble like yours.

Dear Dr Shusaku Endo
Keep the joy of loving God

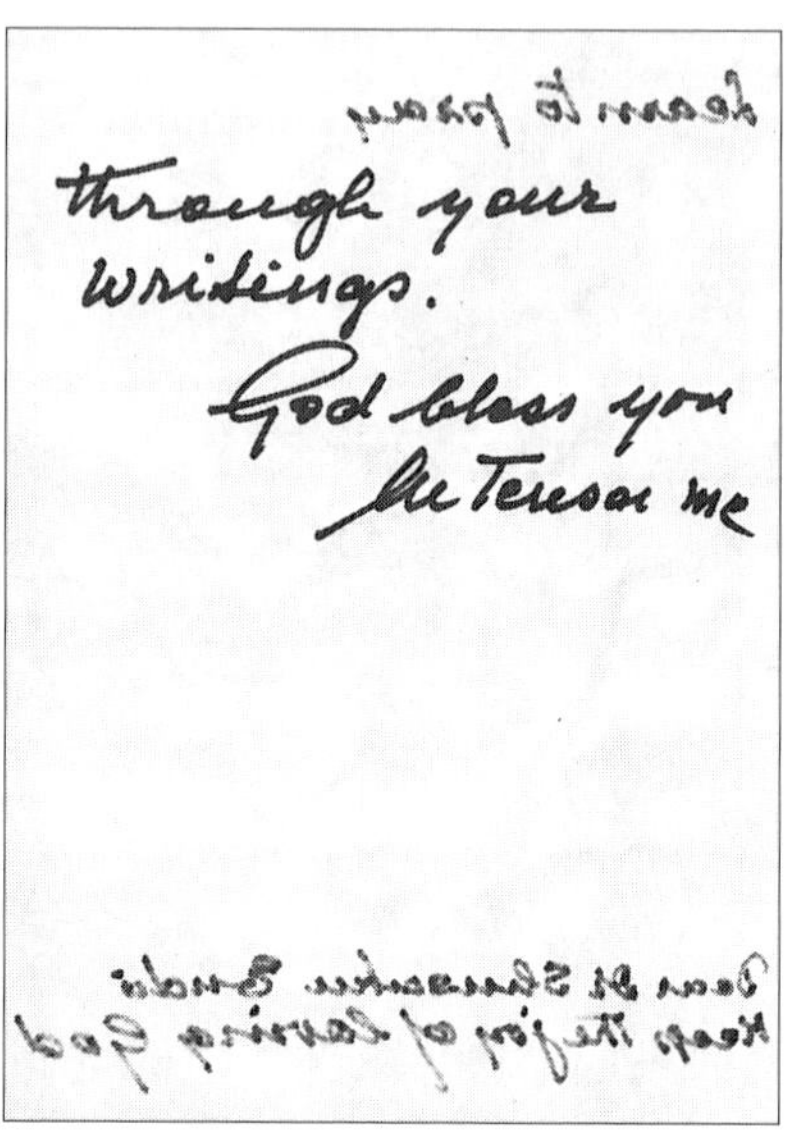

through your writings.
God bless you
M Teresa MC

遠藤周作宛マザー・テレサからのカード
（長崎市遠藤周作文学館蔵。本書 223 頁以下参照）

第一章　マザー・テレサと響きあう世界

1

一九九六年九月にカトリック作家遠藤周作が帰天し、ちょうどその一年後の九月にカルカッタ（現在コルカタ）の聖女と呼ばれたマザー・テレサが帰天した。遠藤とマザー・テレサは生前から交流があり、特に最後の純文学作品『深い河』（一九九三年六月刊行）を執筆していた最晩年の遠藤にとってマザー・テレサの存在が大きな意味をもっていたことは、その作品の内容や没後に発見された「『深い河』創作日記」（以下「創作日記」[1]）からうかがえる。

『深い河』は、遠藤自身が〈今までの自分の文学の総決算[2]〉〈自分の一生の集大成（中略）あの中に書きたいことは全部書きつくした（中略）自分の遺稿みたいなもの[3]〉と語る作品であり、遠藤の文学的生涯を貫く「日本人とキリスト教」という自らの宗教的テーマが、大津という主人公に総決算の形で投影されている。そうした大津の造形にあたって「創作日記」には「テレサの影響」「最後にはテレサの世界に生きて」との記述があることを考えると、この大津に投影された信仰の世界の内実に迫るために、マザー・テレサの信仰の世界との関係が看過できないものであることは確かであろう。その点に焦点を当て、遠藤が自らの信仰の問題の総決算として『深い河』に込めた宗教性とマザー・テレサの宗教性との響きあう世界を明らかにしたい。

2

まず、遠藤がマザー・テレサその人について直接言及した文章として、一九八一年のマザー・テレサの初来日を前に発表したエッセイ「マザー・テレサの愛」[4]がある。そこで遠藤は、マザー・テレサたちの献身の模様を写真や映画でしか見たことはないが、純粋に愛にのみ動かされてきたマザー・テレサが日本に来ることの意味は、その二か月前に初来日したローマ法王以上に大きいかもしれないと述べ、〈我々の社会で今あまりに安易に使われ、あまりに氾濫しているこの「愛」はしかしどんな形でも人間的であり、素晴らしいものだが、その愛をもっとも高く燃やしてくれた人がまもなく日本にくるのである〉と熱く語っており、この時点で遠藤が愛にのみ生きるマザー・テレサの姿に特別な敬意と関心を寄せていることが理解できる。

また、マザー・テレサの二度目の来日時、遠藤の推挙によってカトリック雑誌「あけぼの」で「平均的日本人からみたキリスト教への疑問・質問」というインタビュー記事を連載していた三田文学の後輩の加藤宗哉が、マザー・テレサにインタビューすることが決まったときには、「いいな、マザー・テレサに会えるなんてさ。俺は話したことも、会ったこともないのに」と言って羨んでいる。それを終えた加藤は、この時のマザーの印象を〈粗末な布をまとったマザーに会い、その肩に十字架を見、一語一語に力のこもったマザー・テレサの言葉に触れたとき、ぼくはこの日、日本に初めてキリストが現われたのかもしれないと思った〉と述懐している。そして、その記事を読んだ遠藤は、「加藤などしまいには、神さまを信じられない人間はどうしたらいいんですか、とマザーに助けを求めていたじゃないか」と加藤に語ったという。ちなみに、これから七年後、『深い河』の美津子と同様に神など信じない平均的日本人の若い世代であった加藤は、遠藤を代父に受洗するのであるが、それに寄せて遠藤は、〈神は加藤宗哉の人生のうちにも、微妙で、些細な、何げない部分に伏線をはっておられたのだ〉と感慨を漏らしている。(5)

ところで、遠藤は四度、インドを訪れており、一九九〇年に『深い河』の取材のため最後にインドに渡った折にはカルカッタにマザー・テレサを訪ねている。しかし、あいにくマザーがカルカッタを留守にしている時で、結局、生前には直接は会っていない。けれども、手紙のやりとりがあり、マザー・テレサからのカードに書かれた手紙は『深い河』執筆中には写真立てに入れられて机の上におかれていたという。(6) その手紙については「創作日記」の一九九二年七月三十日の記述のなかで次のように触れられている。

何という苦しい作業だろう。小説を完成させることは、広大な、余りに広大な石だらけの土地を掘り、耕し、耕作地にする努力。主よ、私は疲れました。もう七十歳に近いのです。七十歳の身にはこんな小説はあまりに辛い労働です。しかし完成させねばならぬ。マザー・テレサが私に書いてくれた。God blesse (ママ) you through your writing (ママ)

遠藤はエッセイ「私の小説作法」のなかで〈純文学を三十枚書き終えると、三キロは必ず体重が減っているので、健康にこの仕事が悪いことはつくづくわかる〉(7) と、純文学作品の執筆が肉体的にも消耗の激しい労働であることを告白している。『深い河』執筆中は目眩や腹痛など体調を崩すことも多く、七十歳に近い老齢の体力で純文学作品を書き進めることに疲労し、苦しんでいる時、それを完成させるための気力をマザー・テレサの励ましの言葉から得ていることは注目に値しよう。ところで、マザー・テレサからの言葉（第二部の扉に写真掲載）は正確には、カードの表に書かれた〈Keep the joy of loving God〉の続きで裏に〈through your writings〉とあり、その後の結びとして〈God bless you〉と書かれているように見える。その場合、「あなたの著作を通して神を愛する喜びを保ちなさい。神はあなたを祝福しておられます」といった意味になろうが、裏面が見えるように置かれているカードを前にして、遠藤には執筆の苦しさのなか、マザー・テレサからの言葉が〈God bless you through your writings〉と結びついて見えたのであろう。そうであるからこそ、あなたのその苦しい執筆を通して神はあなたを祝福しておられますという自分に今一番必要な言葉を、神と深くつながっているマザーが贈ってくれたと受け取り、励まされたにちがいなく、ここには事実の問題以上に遠藤の魂の渇望に応える真実があろう。

また、遠藤順子夫人が夫の遠藤周作の思い出を語った『夫の宿題』[8]のなかで、このマザー・テレサの手紙に触れて、〈主人はマザー・テレサが生涯もち続けた弱いものへの眼差しに、深く共鳴しておりました。実際にインドを見た後、ますますマザーのなさったお仕事に対する敬意の念は深まっていったのだろうと思います。（中略）マザー・テレサの存在は主人の支えでもあり、コルベ神父様と共に二十世紀の聖人と思っていたようです〉と語っている言葉からも遠藤のマザーへの想いの深さはうかがい知れよう。さらに、順子夫人は『夫・遠藤周作を語る』[9]のなかで、遠藤が亡くなったときも、八十五歳で自らも何度も病気で苦しんでいたマザー・テレサから次のような追悼の手紙が送られて来たことを伝えている。

> イエスは遠藤周作の生涯にわたって傍に寄り添っていた。長い間、病気で苦しんでいるときもずっと見守っていてくださったと思います。この世でイエスのご受難にあずかった遠藤さんは今、天国でイエスの復活の栄光にもあずかっておられると確信しています。

3

ここで『深い河』とマザー・テレサの関係を見ていくまえに、この作品の執筆の背景に触れておく。『深い河』は一九九三年六月、前作の純文学書き下ろし長篇『スキャンダル』から七年振りの純文学書き下ろし長篇として講談社から刊行され、遠藤にとっては最後の純文学作品となった小説である。遠藤は加賀乙彦との対談「最新作『深い河』――魂の問題[10]」のなかでこの小説の創作過程について、『スキャンダル』との関連で次のように述べている。

成瀬美津子という女性が『スキャンダル』に出てくるのですけれども、はじめはその人物を主人公にしてずっと書いてたんです。しかし途中でやめてしまった。そして彼女も登場させるけれども、別に主人公を何人か増やし、大津という挫折した男を主人公にしたんです。この全員の共通した主題というのは、「失われた愛を求めて」彷徨うということになるかな。人間の魂が探している愛です。そこでインド旅行というツアー旅行の形態を取らせることになったんです。

悪の問題を真正面から一人の女主人公に取り組ませるという構想はやめてしまった。というのは、悪の問題についての謎が、この小説の中では消化し切れないと思いましてね。そこでこのような小説にしようと思ったんです。旅行というかツアーをしている一人一人の人生を書く、いずれも心理的な世界ではなくて、それぞれの魂の問題を念頭において、普通、小説で書くほかのものはカットするというのが最初からの試みでした。

こうした『スキャンダル』の続篇として悪の問題を真正面から成瀬美津子に取り組ませる当初の構想が変容していく過程については、「創作日記」に詳しく記録されている。それによれば、遠藤は、一九九〇年七月に仕事場を目黒の花房山に移し、翌月よりそこで『深い河』の執筆を開始する。しかし、九月より戦国三部作の最後となる歴史小説『男の一生』の新聞連載も始まったため、『深い河』の執筆は遅々として進まず、その連載を終えた一九九一年九月より本格的に『深い河』の執筆にかかり、翌年の九月に初稿を書き上げている。当時、すでに慢性肝炎、糖尿病、高血圧といった病気を背負っていた遠藤は、執筆中に体調を崩すことも多く、一九九一年の大晦日の「創作日記」には〈余、病弱の身にて漸く六十八歳の年齢を終えんとす。昔日、五十歳まで生きればと思いたる事、夢の如し。今日まで生かしてくれた神に感謝せざるべからず〉と記している。そしてさらに初稿を書き上げた直後には、腎不全と診断され、〈満病一身に集り、余命の少きを感じる〉といった状況のなかで推敲がなされた。翌年六月にこの小説が出版される直前には、腎臓病のため入院して腹膜透析の手術を受け、一時危篤に陥っていたのを乗り越え、病床に届けられたこの『深い河』の新刊書を手にし、撫でさすっていたという。

こうした健康状態で執筆に取り組んでいた遠藤の意識のなかに今度の小説が純文学長篇としては最後となるだろうという予感は強くあったにちがいなく、それが〈今までの自分の文学の総決算〉の小説へと向かわせ、さらに〈小説家は自分の楽屋など見せるべきではないが、執筆しながらこの創作日記を小説の後に印刷してもらったなら面白いかもしれぬ[11]〉という気持をも起こさせたのであろうと察せられる。ちなみにその日記が遠藤の没後に書斎の机の隅にさりげなく置かれていたのが発見され、「『深い河』創作日記」と題されて刊行されたのである。

さらにこの小説執筆中に新聞に連載されたエッセイ「万華鏡」のなかの「人生の再構成[12]」と題された文章で、人は〈おのれの人生の短さを知った時、さまざまな過去の生活の記憶から、彼の本当の人生（真実）を織りなしたものを選択して、それを再構成〉したいという、〈人間の最後の祈りにも似たそんな願い〉をもつと語っているが、この願いはそのままこの小説執筆中の遠藤自身のものでもあったにちがいなかろう。

ところで、この小説執筆中に佐藤泰正を聞き手に自らの人生と文学の足跡を語った『人生の同伴者[13]』のなかで、『スキャンダル』で問題にした悪をさらに掘り下げることに触れて、「二千人ガス室へ送って殺してですよ、その夜モーツァルトを聞いて感動する」といったサタニックな世界について「小説家はいろんな要素をそのまま書くんじゃなくて、自分の心のなかにある一部を拡大したり移行したりして書きますが、これを拡大して書こうとしたとき、私の想像力、自分のなかのそういうものを小説に書く種があまりに発芽不能力であることを感じます」と告白していることは重要な意味をもとう。自分の本当の人生を織りなした真実で人生を再構成したいという遠藤の心の深奥からの願いのなかで、『スキャンダル』の続篇としてサタニックな悪の問題を掘り下げたいという遠藤の意識的なテーマは遠藤の心にその種が発芽不能のまま背後に退いたと考えられるのである。

そうした遠藤の心の深奥からの祈りにも似た願いから出来上がった小説であることは、〈私の仕事の集大成のような作品だと、読者から言われます。過去に書いた作中人物たちは、その後の人生をずっと共にしてきたような愛着があって。そうした人物が多く出ているせいもあるでしょう[14]〉と語る言葉からもうかがえる。そして、小説の作中人物の一人一人の担う主題やエピソードや性格など、これまでの様々な作品で描かれた人物たちとつながり、それと同時に遠藤のこれまでの人生を織りなした真実が作中人物たち一人一人に投影されるといった凝った構成からなる、遠藤の文学と人生の総決算の作品となっている。

4

そうした遠藤の文学と人生の総決算としての意味をもつこの作品には先にも触れたように「創作日記」が残されているのであるが、その内容を注意深く読むと、一番初めに小説の構想のメモを記した段階からマザー・テレサを意識していたことがうかがえる。

女性の主人公についての最初の構想メモ[15]である一九九〇年八月二十八日の日記には次のように記されている。

ニューデリーの美術館でヒンズー教の女神像を見て両性具有、善なるものと悪なるものの共存を考える。彼女は次第にこれが人間と思う。しかしその人間を包む大きなものが欲しい。マザー・テレサ。

この『スキャンダル』の続篇として意識の深層に善と悪を極端な形で抱える成瀬夫人の救済の問題を構想する段階で、善と悪の共存する〈人間を包む大きなものが欲しい〉と記すのに続いて、〈マザー・テレサ〉とメモしていることは、遠藤にとってマザー・テレサが悪人にも善人にも太陽を昇らせ、雨を降らせる天の父（マタイ5・45）と同様の大きな愛をもって人間を包む聖女のような存在として意識されていたことを示唆していよう。

そこで注目される遠藤の言葉がある。それは、遠藤が『人生の同伴者』のなかで、『スキャンダル』執筆当時は、神は人間が出す音すべて、善悪、美醜をふくめたオーケストラに対して必ず応えてくれるという信頼があったと述べた後、次作でさらにその悪の救済の可能性を追求するときの問題点として語る次の言葉である。

私は〈悪〉というものがここまでとかじゃなく、さっき言ったように交響楽ですから、おそらく全部を包み込んでくれるとおもいます。しかしそこなんです、不気味で自分でよくつかめないところは。だからこんどの小説なんかに書いてみて、問題はそこなんです。ドストエフスキイだったらちゃんとした聖者がいてくれますが、日本のなかでそれを救ってくれるものを、日本の読者に実感をもたせるのは不可能に近い(16)。

ここで遠藤は、日本人が実感のもてる、悪も含めて人間の全部を包んでくれる聖者を日本のなかに求めることは不可能に近いと語っている。であるからこそ、現実のなかでどんな姿をしている者にも大きな愛をもって触れるインドのマザー・テレサの存在に、小説の最初の構想の段階から善と悪を抱える人間のすべてを包む聖者の役割を求めていたと考えられるのである。

「創作日記」は、この構想メモの後、ほぼ一年の空白があり、一九九一年九月にこの純文学作品への取り組みが本格的にはじまったときから、再び綴られていく。そして、翌年元旦には〈今年こそは長篇完成させねばならぬ〉と記し、そして一月十八日の日記に次のような構想のメモを記している。

②美津子はもう一人の自分（愛することのできる自分）に会えるような気がする。マザー・テレサの下で働いている修道女がそのような気がする。彼女はその日本人修道女と会話をする。

ここには成瀬美津子がどのようにマザー・テレサの世界と関わるかという具体的な構想が書かれているが、実際に小説では、美津子がマザー・テレサの修道女と会話する場面が作品の最後に描かれている。そこで美津子が愛することのできる自分に会えるという思いは、抑制されて表現され直接には語られない。しかしそれはこの小説において極めて重要な意味をもつ箇所であるので、後で詳しく触れたい。

次に「創作日記」のなかでマザー・テレサに関わる言葉が出てくるのは、小説の初稿が半ばを越えた時期で、深津（後に小説では大津に変わる）に触れる構想メモにおいてである。「小説、少し難所」ではじまる一九九二年四月二十三日の日記にはこう記されている。

この深津が次第に孤独になり、愛だけに生き……そして最後はテレサの世界に生きてヒンズー教徒に殺される。そしてガンジス河のほとりで同じように焼かれ、河に入れられる。その後に美津子が入るという着想が次第に湧いてきた。

さらに五月二日には、〈思いがけぬ小説の展開。／美津子が少し背後に退き、深津が前面に出はじめた〉と述べ、次のように記している。

深津は修院を追われ、印度に行き、テレサの影響でヒンズー教徒の病人たちを救う仕事をして、アンタッチャブルの世話をしたために、やがてヒンズー教徒たちによって殺される。

実際に小説では、大津が〈テレサの影響〉を受け、〈テレサの世界〉を生きているということは、大津の粗末なベッドの上に放り出されていた本が〈祈禱書、ウパニシャッド、そしてマリア・テレサの本〉と描かれ、僅かに暗示されているのにとどまるのであるが、これは大津のインドでの信仰を理解する上で看過できない箇所であると思われる。ちなみに、マザー・テレサの修道名は幼きイエスのシスター・マリア・テレサ(17)であることから、この〈マリア・テレサの本〉がマザー・テレサの本を指すことはまちがいなかろう。この後、大津が手に取るマハートマ・ガンジーの語録集も含め、ここに出てくる本のうちで大津のキリスト教の信仰と直接結びつくものは、祈禱書を除けば〈マリア・テレサの本〉だけである。そのことからも、大津が孤独にキリスト教の信仰を生きるうえでマザー・テレサの信仰の世界に共鳴し、その言葉に支えられ励まされていく設定をとったであろうことは想像に難くない。

ところで、マザー・テレサは〈キリストは生きておられる間に書かれなかった。それでいて地上最大の仕事をなさった[18]〉と言い、自分のことを書かれることを嫌い、まして自分から執筆活動をする人ではなかったが、生前から講演などで語った言葉を集めた本は幾つか出版されているため、大津が持っていたのもそうした本の一冊であったと考えてよかろう。そうしたマザー・テレサの語る信仰の世界と大津の信仰を比較対照することで、大津のインドでの生き方そのものがマザー・テレサの信仰の世界と響きあう世界であることを、次に作品に即して具体的に明らかにしていく。

5

小説における大津は、遠藤の人生と文学を貫く最大のテーマである「日本人である自分とキリスト教」という信仰の問題が投影された人物である。大津は亡くなった母親への愛着からキリスト教の信仰をもつ信者で四谷のミッションスクールの大学の哲学科の学生として登場するが、その設定には、哲学に関心を寄せていた上智大学予科生の頃の遠藤の姿が投影されていると推察される。そして大津が神学生となり、リヨンの神学校に入って西欧のキリスト教との違和感を深め、日本に帰ったら日本人の心にあうキリスト教を考えたいと願う姿には、遠藤自らが大津のモデルだと明かしている井上洋治神父の投影と共に、リヨンに留学した遠藤自身の体験が同時に色濃く塗り込められていることはまちがいなかろう。また、大津がフランスの後、イスラエルのガリラヤ湖へ行き、そして最後にはインドに行き着く過程は、フランス留学で西欧キリスト教への違和感を深めた遠藤がイエスその人の生涯に関心を向け、イエスの足跡を求めてイスラエルを何度も訪れ、ガリラヤ湖に母なる世界を見出し、最後にはインドの母なるガンジス河への関心と共にインドのマザー・テレサの世界への共感を深めた信仰の方向をそのまま辿っていると考えられる。

そこでまず、大津が自らの信仰の根幹について告白している美津子にあてた手紙のなかの次の言葉に注目したい。

> 結局、ぼくが求めたものも、玉ねぎの愛だけで、いわゆる教会が口にする、多くの他の教義ではありません。（中略）この世の中心は愛で、玉ねぎは長い歴史のなかでそれだけをぼくたち人間に示したのだと思っています。現代の世界のなかで、最も欠如しているのは愛であり、誰もが信じないのが愛であり、せせら笑われているのが愛であるから、このぼくぐらいはせめて玉ねぎのあとを愚直について行きたいのです。
>
> その愛のために具体的に生き苦しみ、愛を見せてくれた玉ねぎの一生への信頼。それは時間がたつにつれ、ぼくのなかで強まっていくような気がします。ヨーロッパの考え方、ヨーロッパの神学には馴染めなくなったぼくですが、一人ぽっちの時、そばにぼくの苦しみを知りぬいている玉ねぎが微笑しておられるような気さえします。ちょうどエマオの旅人のそばを玉ねぎが歩かれた聖書の話のように、「さあ、私がついている」と。

ここに登場する〈玉ねぎ〉とは、大津と美津子の間でのイエス＝神を指す暗喩として用いられている言葉である。また、この大津の手紙には、ヨーロッパの考え方や神学に馴染めなくなった大津が孤独のなかでエマオの旅人のように出会った同伴者イエスの愛、すなわち自分の苦しみを知りぬいて共に歩んでくれるイエスの愛を真に実感している信仰が語られている。そして、この世界の中心は愛であり、その愛のために具体的に生き苦しみ、愛を私たち人間に示してくれたイエスの一生への信頼のうちに、そのイエスの愛の生き方に愚直に従いたいという大津の信仰の決意が告白されている。ここでイエスが自らの生き方で示した愛とは、新約聖書の原文のギリシャ語でアガペーと言われる愛である。イエスの時代に使われていた愛を表すギリシャ語のエロスやフィリアと区別するため、当時あまり使われていなかったアガペーという語がイエスの示した愛に使われた。自分にとって価値あるものを求める情熱愛であるエロスと、互いに共通する価値を追求する者同士の友愛であるフィリアが、どちらも条件付きの愛であるのに対して、アガペーはありのままの存在そのものを大切にする無条件の愛であり、自らの利害損得を顧みない無償の愛である。そうしたアガペーの愛が現代には欠如しているというのである。

そうした大津のアガペーの愛を愚直に生きる信仰は、マザー・テレサの信仰の世界とまさに通じるものである。ちなみにマザー・テレサが自らの創立した修道会を「ミッショナリーズ・オブ・チャリティ」（「神の愛の宣教者会」）と名づけたが、この「神の愛」と訳されている英語のチャリティはラテン語のカリタスと重なる単語であり、さらにカリタスはアガペーのラテン語訳であるがゆえに、アガペーを伝える者の会という意味である。実際にマザー・テレサが信仰を語る言葉を集めた本[19]を繙くと、大津が自らの信仰を語る先ほどの言葉と響きあう言葉を随所に見出すことができる。マザー・テレサは、〈愛の欠如こそ、今日の世界における最悪の病です〉と現代社会をとらえ、〈イエスは御父がどんな方であるかを示すために来られました。旧約の時代に神さまは恐怖と罰と怒りの神として知られていました。イエスが来られこのような神のイメージを完全にくつがえします〉〈私たちは、愛し、愛されるために神に創られました〉〈神にとって重要なのは私たちの愛なのです〉〈愛——溢れる愛こそは、キリスト教を表すもの〉と、イエスによって示された神のイメージの中心が何よりも愛であることを述べ、〈自分が犠牲になり、自分が傷つくまで人を愛することを恐れてはなりません。イエスさまの私たちへの愛は、彼を死まで追いやったではありませんか〉〈愛は、キリストご自身がご自分の死で示してくださったように、この世で最も偉大な贈り物なのです〉〈私は誰にも頼ろうと思いません。私が頼りとしているのは、唯一人、イエスだけです〉と、最も偉大な愛を具体的にその生と死によって示してくれたイエスに全幅の信頼を寄せ、その愛に自らも倣う生き方こそ重要であることを語っている。「マリア・テレサの本」を枕元に置いている大津が、当然、こうした言葉を読んで、イエスの愛を具体的に生きているマザーの生き方に深く共鳴し、自らもそうした生き方を実践するうえでの支えにしていたであろうことは、想像に難くない。

そして、大津はイエスの愛に愚直に従う生き方を探し求めるなかで、修道院を出て、ヒンズー教徒のなかにもキリストは生きていると信じ、最も見棄てられた層の人たちの行き倒れのヒンズー教徒を背負って、彼らの願いであるガンジス河の火葬場へと運ぶことを仕事にし、力尽きた彼らが炎に包まれる時には、キリストにその人をどうぞ受け取り抱いてくださいと祈っている。こうした大津の姿はマザー・テレサが「最も貧しい人に仕えなさい」という神の声に従って、修道院を一人離れ、スラム街や路上で衰弱しきった行き倒れのヒンズー教徒やイスラム教徒の人たちのなかにキリストを見、彼らを「死を待つ人の家」に連れていって、臨終まで世話をして、最期には彼らの心を大切にしてそれぞれの信仰に従って祈りをささげ、葬るという姿勢と合い通じるものであるといえよう。

キリスト教の神父でありながらそうした仕事をしていることを聞いた美津子は、大津に「あなたはヒンズー教のバラモンじゃないのに」と問い、大津は「そんな違いは重大でしょうか。もし、あの方が今、この町におられたら……彼こそ行き倒れを背中に背負って火葬場に行かれたと思うんです」と言う。さらに彼が「玉ねぎがヨーロッパの基督教だけでなくヒンズー教のなかにも、仏教のなかにも、生きておられると思うからです。思っただけでなく、そのような生き方を選んだからです」と答えている点は注目に値しよう。

ここには、先の手紙のように頭で思うことからさらに進み、実際に生き方としてそれを選び、イエスに倣って、その愛を具体的に生きている大津の姿がある。それは、マザー・テレサが〈キリスト者であるためには、キリストに似た者でなければならない〉[20]と言い、言葉ではなく具体的にそのキリストの愛を生きていることと通じる。そしてマザー・テレサは、世話をしている人がヒンズー教徒でもイスラム教徒でも区別なく、その人を心をこめてイエスのように愛することだけを問題にし、相手の宗教への敬意を払い、その人が一番喜ぶように臨終の時には、ヒンズー教徒にはガンジス河の水をかけ、イスラム教徒にはコーランを唱えている。こうした信仰を生きるマザー・テレサは、宗教多元主義と呼ばれる神学や思想に関係なく、自らがキリスト教の信仰の根幹のアガペーの愛を具体的に生き抜くことで、路上で出会う一人一人の隣人への愛の実践において宗教の違いという垣根を自ずと越える生き方にたどり着いているということであろう。このようなマザー・テレサの愛を生きる姿が他の宗教を生きる人の心も、また無宗教の人の心も動かしている理由について、粕谷甲一神父は〈その姿とことばの中に世界の諸宗教者は「これぞ我が宗教の根源に通づるものなり」と受け取って〉いるからであると報告している。[21]さらに言えば、また無宗教の人も意識下の深い領域にある魂の渇望に応えてくれるものをそこに感じているからであろうと考えられる。

こうしたマザー・テレサや大津に見られる、宗教の違いを越えた愛の実践において看過できないことは、どちらもキリスト者としての信仰を生涯をかけて厳しく一途に生き抜いているという点である。マザー・テレサたちの修道生活の日課を見ると、早朝の四時半からの一時間の祈りとそれに続くミサに始まり、昼食後と夕食前と就寝前の四回、祈りの時を持っており、愛の実践である奉仕はその祈りの生活に挟まれる形で行われている。マザーは、その祈りについて〈祈りは信仰を生み、信仰は愛を生み、愛は貧しい人々のための奉仕を生みます〉〈私の秘密を教えましょうか。私は祈ります。キリストに祈るということは、キリストを愛することと同じなのです〉〈祈りは願いごとではありません。祈りとは自分自身を神のみ手の中に置き、そのなさるままにお任せし、私たちの心の深みに語りかけられる神のみ声を聴くことなのです[22]〉と語っているように、マザーが愛を高く燃やして生きる生き方の根底にはキリスト者として神とつながる祈りの生活があることがわかる。また、カトリックの信仰生活の中心をなすミサについて〈ミサこそわたしを支える霊的な糧です。これなしに、一日たりと、いや一時間たりとも、この生活を続けることはできないでしょう[23]〉〈キリストはご自身を生命のパンにお変えになりました。そうすることによって、私たちのなすがままになり、そのパンに養われた私たちが、今度は自分自身を他人に与えることに必要な力を得るのです[24]〉と述べているように、早朝の祈りとミサを霊的な糧としてその一日の愛の実践を行っていることが理解される。この点でも大津は同じで、教会を出て、一人で孤独に信仰を生きる大津の姿が次のように描かれていることは見過ごすことのできない重要な意味をもっていよう。

四時。大津が起きて同じように井戸の水で体をふき顔を洗い、それから自分の部屋で一人だけのひそかなミサを立てた。「ミサは終りぬ（イテ・ミサ・エスト）」最後の祈りを呟いた後も――彼は跪きつづけた。修道院時代も彼にとってあの人と話をする時だけが口に出して言えぬほど安らぎと落ちつきをとり戻す時間だった。

ここにはカトリック司祭として毎朝四時に起きて一人孤独にミサを捧げ、祈る大津の姿がある。大津は、孤独なミサのなかで、皆から見棄てられ侮蔑と孤独のなかで死んでいったイエスが自分を見棄てた者たちをゆるし愛し続けたその愛の眼差しが今も自分にそそがれ、そのイエスの愛が自分のうちに生きて働いていることを噛みしめ、それだけを唯一の力に、誰からもかえりみられることもない一日の奉仕――汚穢の路を歩きまわり、行き倒れ見棄てられた人を見つけては、ガンジス河の火葬場まで背負っていくというイエスの愛に愚直に従う無私の奉仕――を毎朝行っていたということができる。大津がそうした愛の奉仕の最中でさらに次のように祈っていることは看過できまい。

(あなたは)と大津は祈った。(背に十字架を負い死の丘(ゴルゴタ)をのぼった。その真似を今、やっています)火葬場のあるマニカルニカ・ガートでは既にひとすじの煙がたちのぼっている。(あなたは、背に人々の哀しみを背負い、死の丘(ゴルゴタ)までのぼった。その真似を今やっています)。

イエスは、天の父が迷える羊をどこまでも探し求める愛の神であるように、ガリラヤの地で娼婦や取税人や重い皮膚病など、皆から差別され見棄てられた人々をたずねまわった。そのイエスに倣って大津も見棄てられた人間たちをたずねまわる。そしてイエスがそうした人たちの哀しみを背負って死の丘までのぼっていったように、大津はこの国で見捨てられた人たちの哀しみを背負って母なるガンジス河までいく。それは、この小説中に幾度も引用されるイザヤ書の「苦難の僕」の「まことに彼は我々の病を負い/我々の悲しみを担った」という言葉通りの生き様であるにちがいない。

ところで、こうしたイエスの愛に愚直に従って生きる大津が美津子に、死んだ後も弟子たちのなかに生き続けたイエスの復活を「転生した」という言葉で語る箇所が登場する。そこでは美津子が「別世界の話を聞いているような気がする」と言うのに対して大津は「別世界の話じゃありません。ほら、玉ねぎは今、あなたの前にいるこのぼくのなかにも生きているんですから」と答え、〈たしかに大津の言葉は大津の苦しいであろう生き方に裏うちされていた〉と語られる。そこには、自分のなかに愛の塊であるイエスが生きて働いているからこそ、自分はその愛に従う生き方を選び、それを実践ができているのだという大津の確信が込められているにちがいない。

この点でも、祈りとミサの糧に支えられてイエスへの愛を高く燃やして生きるマザー・テレサが〈今私がしていることは、神がしていらっしゃること〉と言い、〈大切なのは、私たちを通して神が魂に語りかけることだけ〉、〈私の中に神を見た人々がいるとしたら、私は幸せです[25]〉と語る信仰の世界とも大津には響きあうものがあろう。

6

このように大津はマザー・テレサの世界と響きあう信仰の世界をインドで生きていたといえるのであるが、その大津の世界を別世界のように感じていた美津子は、先に触れた「創作日記」の構想メモにあるように、小説の最後の場面に至って、マザー・テレサの修道女たちに出会うことになる。帰国のために空港に向かうバスをカルカッタで待っているとき、マザー・テレサの修道女たちが泡をふいて倒れている老婆に近づき、ガーゼで顔をふく姿を美津子たちのツアー一行は目にする。ツアーの一人の若い三條は、添乗員の江波から「彼女たちはカルカッタであぁして行き倒れの男女を探しては、臨終まで世話するんです」と説明を聞き、「意味ないな」「そんなことぐらいで、印度に貧しい連中や物乞いはなくならないもの。むなしく滑稽にみえますよ」と嘲笑する。美津子はその「滑稽」という言葉から大津のみじめな半生を思い出し、どれくらい役に立つかわからないことをしているマザー・テレサの修道女たちと大津の生き方を重ねる。

ここで三條がマザー・テレサの修道女たちの行為を無意味なものと嘲る批判は、これまでの美津子が大津の愛の行為を無力なものと批判していた言葉と通じるものである。最終章のこの場面の直前に、写真撮影が厳禁されている火葬場の遺体を写したカメラマンの三條に遺族たちが激昂し、なだめに入った大津がヒンズー教徒たちから暴行を受け、首の骨を折って死者用の担架で病院に運ばれる場面があるが、そこでその担架を見送りながら美津子は次のように叫んでいる。

本当に馬鹿よ。あんな玉ねぎのために一生を棒にふって。あなたが玉ねぎの真似をしたからって、この憎しみとエゴイズムしかない世のなかが変る筈はないじゃないの。あなたはあっちこっちで追い出され、揚句の果て、首を折って、死人の担架で運ばれて。あなたは結局は無力だったじゃないの。

この美津子の、大津の愛の生き方が無力であるとの批判も、先の三條によるマザー・テレサたちの愛の行為が無意味であるとの批判も、この目に見える世界での愛の現実的な効力を問題にした批判であるが、実際にマザー・テレサの活動にも同様の批判は向けられていた。それは、マザー・テレサたちが貧しい人たちを一人また一人と救おうとする愛の行為も貧者を生み出す根本的な社会構造を改革しなければ、それは無力に等しいという批判であった。それに対してマザー・テレサは、〈私の使命は一人ひとりに個人として仕え、一人ひとりを人間として愛することだと思っています。(中略)私の頭の中には、群衆としての人間は存在せず、一人ひとりの人間としてのみ存在しているのです。もし群衆として人々を見ていたとしたら、今しているこの仕事は始めなかったことでしょう。私は、一対一のパーソナルな触れ合いが大切だと信じています[26]〉と答えている。

大津が、イエスに倣い、行き倒れの老婆にやさしく「わたし、あなたの友だち」と言って水を与え、背負ってガンジス河に運ぶ行為も、このマザー・テレサたちの活動と同様に、一人一人に個人として仕える愛の行為であり、実際に目に見える現実において無力であるように思われても、目に見えない魂の次元での触れ合いこそが大切だと信じての行為であるといえよう。それだからこそ、首の骨を折って死を覚悟した大津は自分に向かって「これで……いい。ぼくの人生は……これでいい」と呟くことができたのであろう。それは、この目に見える現実では挫折と失敗の無力な一生であっても、目に見えない魂の次元で、自分の心には決して嘘をつかず、心から信頼するイエスの愛に愚直に従って生きるという自分の人生に対する姿勢を最後まで貫けたという納得のいく思いがあるからにちがいない。そうした大津の人生は、〈肝心なのは、愛すること、傷つくまで与えつくすこと。どれだけのことをしたかではなく、あなたの行いにどれだけ愛をこめたかなのです[27]〉と言うマザー・テレサの世界を具体的に生き抜いた姿であったともいえよう。

再び小説の最後の場面に戻るが、その愛をこめた行為をしているマザー・テレサの修道女たちを目の前にした美津子は次のように問いかける。

「何のために、そんなことを、なさっているのですか」

すると修道女の眼に驚きがうかび、ゆっくり答えた。

「それしか……この世界で信じられるものがありませんもの。わたしたちは」

それしか、と言ったのか、その人しかと言ったのか、美津子にはよく聞きとれなかった。その人と言ったのならば、それは大津の「玉ねぎ」のことなのだ。玉ねぎは、昔々に亡くなったが、彼は他の人間のなかに転生した。二千年ちかい歳月の後も、今の修道女たちのなかに転生し、大津のなかに転生した。担架で病院に運ばれていった彼のように修道女たちも人間の河のなかに消えていった。

ここでの修道女の言葉は、裏返せばこの世界がたとえ憎しみとエゴイズムに満ちているとしても、それ（イエスあるいはイエスの愛）だけは信じられるものであって、それに賭けて生きているのだということであろう。そうであれば、その修道女たちの姿を、生活の次元では何をしても空しさしか感じられない美津子が意識下の魂の領域で求め続けていた〈確実で根のある人生〉をまさに生きている者として感じたであろうことは想像に難くない。そして、以前に大津からイエスの転生の話を聞いたときには別世界のようでわからないと言っていた美津子が、ここにおいてはイエスの愛を信じてその愛を生きる修道女たちのなかにも、大津のなかにもイエスの転生を実感している点の重要さはいくら強調してもし過ぎることはなかろう。さらにここでマザー・テレサの修道女たちという、美津子と同じくらいの若い女性たちが実際にカルカッタでイエスの愛に愚直に従って大津と同じ世界を生きている姿に美津子が最後に出会うことの意味は大きかろう。

この直後、美津子に大津の危篤が告げられて、この小説の幕が閉じられることを考えれば、美津子がこの小説の最後に至って、無力としか思えなかった愛に人生を賭けている大津やマザー・テレサの修道女たちのなかに、その愛の源泉であるイエスが生きて働いていることを実感していることの意味は極めて重かろう。ここで「創作日記」のなかの美津子に関する構想メモのなかの〈もう一人の自分（愛することのできる自分）に会えるような気がする。マザー・テレサの下で働いている修道女がそのような気がする〉という言葉が想起されるが、この美津子の転換には愛の欠如という現代人の最悪の病を負い、本当の愛を探してきた美津子が今後、マザー・テレサの修道女たちとの接触を通して、愛することのできる人間に変容していく方向性が示されているといえるのではなかろうか。美津子は小説の最後で予告された大津の死によって、現実には無力であると言いつづけた自分自身を最終的には魂の次元で変容させるほどに、大津の愛の行為は生きて働く力のあるものであることを、決定的に体験することになるという想像も可能であろう。そうであれば、それぞれが悲しみを背負って生きている〈人間の河〉のなかで愛を燃やして生きるマザー・テレサの修道女たちのように、美津子にもその〈人間の河〉のなかで本当の愛を生きる新たな人生が始まることを、この小説の最後の頁を閉じた私たちは予感することができるのではなかろうか。

7

冒頭でも触れたように、この小説は二十世紀が終わり二十一世紀を生きる私たちに残された遠藤の遺書ともいうべき総決算の作品であり、特に生涯を通して自らの信仰の問題を問いつづけてきた遠藤が、現代において真に宗教を生きる者の姿を提示した作品でもあるといえよう。そして、その遠藤の問題意識を投影したのが、マザー・テレサの信仰の世界と響きあう大津のインドでの姿であったことは言うまでもない。

遠藤は、『深い河』執筆時に外国の友人に書いた書簡（一九九一年）のなかで、〈日本が早く世界の苦しみ悩んでいる人びとを救う役回りに回ってくれることを願っています〉〈われわれはこの二十世紀にあまりに数多くの残酷残虐を見たり経験してきました。あまりに多くの辛苦苦難に耐えてきました[28]〉と日本の世界に対する将来の役割への期待を述べている。これは来る二十一世紀を生きる日本人への遠藤の切なる願いであったにちがいなく、マザー・テレサと響きあう大津を描きながら、遠藤がそこにこうした願いを込めていたことはまちがいなかろう。

こうした大津の信仰について、粕谷甲一神父は〈第一に、大津は日本に帰って日本的キリスト教をつくりたいと念じた。しかし彼は帰国せず、インドに行った。玉ねぎに促されて、そこに世界教への前進がある。（中略）ヨーロッパ教を出て日本教になるのではなく世界教を目指す方向である〉[29]と指摘している。

確かにそうした方向性を大津の信仰に見出すことができるのであるが、しかしここで改めて認識しておかなければならないことは、大津が一足飛びに「世界教」へと進んだのではなく、あくまでもヨーロッパ人の意識や理性でわりきる信仰に違和感を覚える日本人としての自分の感覚に誠実にキリスト教の信仰を生きようとした結果、イエスの愛に愚直に従う生き方を実践しているマザー・テレサのいるインドへと導かれることになったという過程であるといえよう。

遠藤は『深い河』執筆中に『人生の同伴者』のなかで、世界文学を話題にしながらこれからのグローバルな時代の作家の仕事について「日本の作家は、日本をちゃんとつかんで書かなくちゃならないと同時に、外国の人が読んでもこれは私の問題であるというふうにおもうような小説を、願わくは私を含めて書いていくべきです。それは何かというと、結局は人間の〈根源的な〉問題だとおもいます。いわゆるテクニックとかそういう問題ではなく、人間をその人がどこまで掘り下げたかということで、これは〈根源的な〉問題で私は共通だろうとおもいます。（中略）そういう〈根源的な〉ということが、私はグローバルということだとおもいます[30]」と語っていることも、この大津の信仰の問題と関係してこよう。

ここで思い起こされるのは、ユング派の心理学者で遠藤と重なる問題意識をもち、『沈黙』以来、遠藤の文学と宗教に関心をもち、晩年の遠藤の文学の良き理解者の一人であった河合隼雄の次の言葉である。

実は私も日本人であることにこだわって生きてきた人間である。（中略）日本人であることの根っこを追求してきて、結果的に私はますます他国の人々との間の理解や親交を深めてきている。外国の友人も増えてきたし、海外に招待されることも多い。これは自分という存在の根を深く探ることは、国や文化の差をこえて通底するものに触れることになるからではないかと思う。深くなることは閉じることではなく、逆に開くことになってくるのである。(31)

結局、遠藤はこうした河合と同様に、キリスト教の信仰を生きるという問題において日本人である自分という存在の根っこを深く掘り下げ、最終的に人間存在の根源に通底する宗教性に触れるグローバルな世界に開かれていったといえるのではなかろうか。そうであれば、この小説のタイトルの「深い河」とは、その深く掘り下げていくことで触れえた人間存在の根源に通底する開かれた宗教性を象徴しているともいえるのではなかろうか。そして、遠藤は、他宗教の人の心も宗教を持たない人の心も動かすマザー・テレサが愛を高く燃やして生きる姿に、そうした人間存在の根源的な渇望に応えてくれる、本来の宗教の持つべき精神を最も良く体現した開かれた宗教性を感じていたことはまちがいなかろう。遠藤は、そのマザー・テレサの根源的な開かれた宗教性と相通じる大津のイエスの愛に愚直に従って生きる信仰の世界を描くことで、愛の欠如という病が蔓延し、宗教の間にも血なまぐさい紛争の絶えない二十世紀末にあって、真に宗教を生きる者の姿を祈りを込めて示した。それは、この『深い河』という最後の純文学作品で遠藤が二十一世紀への遺言として自らに課した重いテーマであったといえるように私には思われるのである。

註

『深い河』の本文引用は、初版本（講談社、一九九三年六月）に拠る。

（1）「三田文学」一九九七年夏季号に発表され、一九九七年九月に講談社より「『深い河』創作日記」と題して刊行された。なお、「『深い河』創作日記」の引用は、初版本（一九九七年九月）に拠る。

（2）「新刊　二冊」（「本」一九九三年六月号）。

（3）鈴木秀子『神は人を何処へ導くのか』クレスト社、一九九五年、六八頁。

（4）「読売新聞」一九八一年四月二十一日、『春は馬車に乗って』文藝春秋、一九八九年に所収。

（5）加藤宗哉『遠藤周作　おどけと哀しみ』文藝春秋、一九九九年。四章「タマネギという名の神」より引用。

（6）この写真立てに入れられたマザー・テレサの手紙は、世田谷文学館での「遠藤周作展」（一九九八年四〜六月）で公開され、現在、遠藤周作文学館に展示されている。

（7）遠藤周作文庫B3『文学と芸術』講談社、一九七七年、二〇一頁。

（8）PHP研究所、一九九八年、一三八〜一三九頁。

（9）文藝春秋、一九九七年、一六九頁。

（10）「國文学」一九九三年九月号。

（11）「執筆中の感想」（「別冊文藝春秋」一九九二年夏号）。

（12）「朝日新聞」一九九二年六月十四日、『万華鏡』朝日新聞社、一九九三年に所収。

（13）『人生の同伴者』春秋社、一九九一年、二三三頁。

（14）談話「七年ぶり長編『深い河』」「読売新聞」夕刊一九九三年七月十六日。

（15）ここで女主人公の名前は吉川夫人となっており、当初には成瀬夫人の名前をこの名に変更しようと考えていたと察せられる。

（16）同註（13）二四四頁。

（17）『マザー・テレサ』近代文芸社、一九九七年、二六六頁。ちなみに遠藤はマザー・テレサのことをマリア・テレサといつも呼んでいたと遠藤の近くにいた加藤宗哉氏からうかがった。

（18）同註（4）。

（19）マザー・テレサの言葉を集めた本は多数刊行されているが、ここでは、主にホセ・ルイス・ゴンザレス－バラド編、渡辺和子訳『マザー・テレサ　愛と祈りのことば』（PHP研究所、一九九七年）から引用。但し、二番目の引用のみ、ダン・パウロス編著、飯塚成彦訳『マザー・テレサ　愛は傷つく』（ドン・ボスコ社、一九九〇年）からの引用。

(20) 同註（19）。

(21) 粕谷甲一「紀元二〇〇〇年を前にして――マザー・テレサと遠藤周作」（『ノートルダム清心女子大学キリスト教文化研究所年報』第二〇号、一九九八年三月）。

(22) 同註（19）。

(23) 半田基子訳『マザー・テレサのことば』女子パウロ会、一九七六年。

(24) 同註（19）。

(25) 同註（19）。

(26) 同註（19）。

(27) 同註（23）。

(28)「ジャパン・タイムズ」二〇〇〇年四月三十日号に掲載のジョージ・ブル「文学の恋愛――グレアム・グリーンの遠藤周作とのはかない出会い」より引用、松村耕輔訳。

(29) 同註（21）。そこで教会の歴史をユダヤ教時代、ヨーロッパ教時代、世界教時代と三区分し、その区分をマザー・テレサと遠藤の作品に当てはめて論じている。

(30) 同註（13）、二四九頁。

(31)「国際時代の〈開かれた〉人」「朝日新聞」一九九九年六月二十三日。

第二章　宮沢賢治『銀河鉄道の夜』と響きあう世界

1

日本の近代以降の文学者のなかにあって、自らの宗教的テーマをこめて創作活動に取り組んだ特異な作家として、近代では宮沢賢治に、現代では遠藤周作に私は特に関心を寄せてきた。そうしたなかで、遠藤周作が「自分の一生の集大成[1]」「自分の遺稿みたいなもの[2]」と自ら語る最後の純文学長篇『深い河』が発表され、それを読んだとき、宮沢賢治の『銀河鉄道の夜』のもつ宗教性と響きあう世界をそこに感じないではいられなかった。『銀河鉄道の夜』もまた、賢治の一生の集大成といわれ、何度も改稿が重ねられ、未完のまま遺稿となった作品である。

遠藤周作（一九二三～一九九六年）と宮沢賢治（一八九六～一九三三年）との関係については、これまでほとんど指摘されていない[3]。しかし、遠藤の純文学長篇の『火山』（一九五九年）のなかには、日本人神父が信徒に賢治の「雨ニモ負ケズ」の詩を唱えて聞かせ、「こりゃ、ほんにアシジの聖フランシスコと同じ心境じゃね」「基督教の教えば知らん日本人でも結局は聖フランシスコと同じ信仰にはいれる」と言う場面がある。さらに、遠藤は「賢治の『グスコーブドリの伝記[4]』」と題した短い宮沢賢治論を書いている。そこからは、遠藤が賢治の作品世界を

「彼の魂から創造されたものである以上、現実よりももっと高く、現実以上に実在したもの」と高く評し、『銀河鉄道の夜』をはじめ賢治の作品をよく読んでいたことがうかがえる。このように賢治から遠藤への影響は僅かながら指摘できるのであるが、そうした直接的な影響関係とは別に、両者には、日本文学者のなかにあって信仰者として意識的に自らの宗教的テーマを背負って文学的営為を行った特異な存在であるという点で通じあう世界があることこそ、注目すべきであると思われる。

そこで、まず二人の作家における宗教的背景と集大成となる作品との関係について確認しておきたい。宮沢賢治は浄土真宗の信仰に熱心な父親の影響を受けて育ちながら、十八歳の時に『漢和対照　妙法蓮華経』を読んで感動し、法華経の熱心な信者となる。二十五歳頃からは「法華文学の創作」をめざし童話や詩の旺盛な創作活動をはじめ、仕事は転々としながらも最後までその信仰を第一義として文学的営為に携わった童話作家であり、詩人である。二十六歳の時に二歳下の最愛の妹トシを失った賢治が、その妹トシはどこに行ったのか、という自らの切実な宗教的な問題を問い続けるなかで二年後に第一次稿を書き、さらに七年を費やして第四次稿まで改稿を重ねたのが『銀河鉄道の夜』であり、これは三十七歳で死去した賢治の一生の集大成といわれる作品となる。

こうした賢治にとって特別な意味をもつ『銀河鉄道の夜』は、賢治の宗教についての先入観なく読めば、キリスト教色に彩られた世界を背景とした物語となるように意識的に描かれていることは明らかである。例えば、主人公の名前ジョバンニがヨハネを意味するキリスト教文化圏のイタリア語のクリスチャンネームであるし、銀河鉄道の走る北十字から南十字へという幻想空間の北と南には十字架が立っている。また銀河鉄道の車内では「カトリック風の尼さん」や「黒いバイブルを胸にあてたり」「水晶の珠数をかけたり」といった乗客たちが登場し、彼らが十字架に向かって祈ったり、讃美歌を合唱したりする場面などもある。

賢治の作品に宗教と関わる舞台背景が出てくる場合には、必然的に仏教的世界であることが多い。また、「サンタ・マリア」(「オッベルと象」)、「セントジョバンニ」(「ひのきとひなげし」)などキリスト教用語が部分的に出てくる作品が幾つかはあるにしても、物語の舞台背景としてキリスト教的イメージが全体を彩るように出てくる点において、この『銀河鉄道の夜』は異色である。そうであれば、賢治は自らの一生の集大成として創りあげる物語の舞台として、何故にあえて自らの信仰する仏教的世界ではなく、キリスト教的世界を描いたのかという疑問が起ころう。

また一方で、遠藤は熱心なカトリック信者の母親の影響で十二歳の時にカトリックの洗礼を受け、西洋直輸入のキリスト教に距離感を感じながらも、キリスト教信仰を最後まで生き抜きながらキリスト教と日本人との距離感をうめるキリスト教文学をめざして小説を書き続けた作家である。その遠藤が満身創痍の体で余命の短さを意識した最晩年の七十歳の時に、一生の集大成として自らの生涯を貫く信仰の問題を、大津を中心に登場人物たちに総決算の形で投影して書き上げた作品が最後の純文学長篇『深い河』である。その舞台背景が、これまでの『沈黙』『死海のほとり』『侍』などの純文学長篇作品のように自らの信仰するキリスト教に関わる世界ではなく、ヒンズー教の女神やガンジス河など、キリスト教とは異質な宗教色に彩られた世界であるのは何故であるのかという疑問が生じる点は、賢治の場合と同様である。

ところで、賢治の『銀河鉄道の夜』は少年ジョバンニが病床の母のために牛乳を取りにいく途中で銀河鉄道に乗って天上に向かう死者たちとともに旅をして帰ってくるファンタジー童話である。一方で、遠藤の『深い河』は現代日本に生きるそれぞれの世代の人生の重荷を背負った登場人物たちがインド最大の聖地ヴァーラーナスィ(ベナレス)を旅する純文学の現代小説であるため、両者は文学形式的にはまったく違ったジャンルの作品である。しかし、先に指摘した舞台となる宗教的世界の問題をはじめ、宗教的テーマと関わる内容において幾つかの注目すべき共通点が指摘できる。

ここでは、日本の近代文学者のなかにあって信仰者としての使命感をもって創作活動をした特異な存在である遠藤周作と宮沢賢治の両者が、自らの人生の最後に集大成として創り上げる文学世界において、何故にあえて自らの信仰とは違う宗教世界を舞台として描いたのかという問題に注目しながら、両作品の根底において響きあう宗教性について考察を試みたい。

2

まず、『銀河鉄道の夜』と『深い河』の両作品の共通点として指摘できるのは、『銀河鉄道の夜』と『深い河』というタイトルからも明らかなように「河」のイメージである。『銀河鉄道の夜』では、天上の銀河と地上の河が登場する。「銀河のお祭り」の夜が舞台背景となっており、子どもたちは「烏瓜のあかり」を地上の河に流す。それは、「下流の方は川はゞ一ぱい銀河が巨きく写ってまるで水のないそのまゝのそらのやうに見えました」と描写されるように、天上の銀河と地上の河との流れが重なるなかで、精霊流しのように死者の魂を河に流して送り、その魂が昇天して天上の銀河に迎えられることを願うという祭りであろうと考えられる。すなわち地上の河と天上の河が一致するなかで、死者たちの魂がその地上の河に流され、天上に運ばれていく。実際に作品では、地上の河で溺死したカムパネルラは、天上の河である銀河を銀河鉄道によって河の流れと同じ南の下流に「ほんたうの天上」に向かって運ばれていくのである。

また、「砂はみんな水晶」で「青白く光る銀河」というような描写など、聖書のなかの『ヨハネの黙示録』(22・1)の「神と小羊の玉座から流れ出て、水晶のように輝く命の水の川」のイメージと結びつくこともすでに指摘されているが、[5]「法華文学の創作」をめざした賢治の作品の天上の河のイメージがキリスト教の聖書と深く関わっている点で注目されよう。

一方、それと同様に、キリスト教作家遠藤の『深い河』では、インド文化さらには仏教の発生と展開の舞台でもあり、ヒンズー教徒にとって最も聖なる河、ガンジス河が作品の宗教的なテーマを担って描かれている点、看過できない。聖なるガンジス河は、『深い河』では、天界で神から流れ出ていた河が仙人の熱望にこたえて地上に下ったといわれる、どんな人間も拒まず一人一人の灰をのみこんで流れていく母なる河であり、「今日まであまたの人間の死を包みながら、それを次の世に運んだ」河として描かれる。

さらに、『深い河』では、エピグラフに「深い河、神よ、わたしは河を渡って、集いの地に行きたい」と、黒人霊歌「深い河」（ディープ・リバー）の一節が掲げられている点も注目される。この黒人霊歌の歌詞全体はこうである。「深い河、神よ、私の故郷は、ヨルダン河の向こうに／深い河、神よ、わたしは河を渡って集いの地に行きたい／ああ、おまえはあの福音の告げる祝宴に行きたくはないのか／皆が平安のうちにある、あの約束の地に」（私訳）。ここで「河」には、荒野を彷徨ったイスラエルの民がヨシュアに導かれてヨルダン河を渡って約束の地に入り、また預言者エリヤがその河を渡って天に上げられたというような聖書の物語と重ねられ、地上と天上との境界を意味する一つの霊的なシンボルとしての意味が込められている。そして、その河の向こうの「集いの地」とは、私たちの魂の故郷であり、すべてのものが神とともにある平安のうちなる約束の地である。

このように『銀河鉄道の夜』も『深い河』もそこに登場する「河」のイメージには、ともに死者たちを運び、その向こうに死者たちを迎える集いの地があるという重要な意味が込められている。そして、その作品はそれぞれ作者の切実な問題意識と関わっている。すなわち、『銀河鉄道の夜』は、賢治が最愛の妹トシの死後、その死者の魂の行方を探し求めた、その宗教的モチーフの結実である。それに対して『深い河』は、遠藤が三十歳の時に、最も愛していた母を失い、また、その後、敬慕していた兄を失い、最晩年、母や兄に会いたいとしきりに願っており、そうした死別した愛する者たちの迎えられた世界への問題意識を背景にして描いた作品だからである。それゆえに両作品において、そうした「河」との関わりで死者たちの行く世界と残された者との関係が重要なテーマとなっている点を指摘できるのである。

『銀河鉄道の夜』では、「銀河のお祭」の夜に川に落ちた級友のザネリを助け、自らは川に沈み死んで銀河鉄道に乗り込んでいた親友のカムパネルラに対して、ジョバンニは「きっとみんなのほんたうのさいはひをさがしに行く。どこまでもどこまでも僕たち一緒に進んで行かう」と願うが、死者であるカムパネルラは「僕だってさうだ」「あゝきっと行くよ」と言いながらも最後には車中から消えてしまう。そしてひとり残された生者であるジョバンニは泣きだすのだが、ここには死者たちの行く世界と残された者の世界との断絶の悲しみがある。しかし、初期形第三次稿では、「みんながカムパネルラだ（中略）だからやっぱりおまへはさっき考へたやうにあらゆるひとのいちばんの幸福をさがしみんなと一しょに早くそこに行くがいゝ、そこでばかりおまへはほんたうにカムパネルラといつまでもいっしょに行けるのだ」と言う「セロのやうな声」を聞き、最終的に「さあもうきっと僕は僕のために、僕のお母さんのために、カムパネルラのためにみんなのためにほんたうのほんたうの幸福をさがすぞ」との思いに至ることが描かれている。すなわち、残されたジョバンニは、カムパネルラと「みんなのほんたうのさいはひをさがしに行く」という共有した願いを地上で生きるときにカムパネルラといっしょに生きているということになるというのであり、ここに死者と残された者とが、目に見える次元での死による別離の悲しみを超えて一致する生き方が示されている。

一方、『深い河』では、定年前に妻を癌で失ってひとり残された磯辺は死んだ妻の生まれ変わりをインドまで行ってさがすものの、現実には見つからず、ガンジス河に向かって「お前」「どこに行ったのか」と呼びかけ、最終的には妻が自分のなかに生きていることを美津子によって告げられる。また、戦場で戦友の塚田によって命を助けられた木口は、自分を助けるために人肉を食した塚田が戦後、その苦しみを背負い続けて死んだと知って、そうした戦友たちのためにガンジス河に向かって経文を唱える。また、二千年前に死んだイエスが自分のなかにも転生しているという大津が、人々の哀しみを背負って十字架で死んだイエスの愛に倣って、見棄てられた人々に仕え、最後にはヒンズー教徒の怒りをかった自己中心的な写真家三條の代わりに犠牲になり、死に至ることが暗示されて小説は終わる。この大津の姿は、ジョバンニをいじめていたザネリの命を救って犠牲となったカムパネルラと重なるものである。そして『銀河鉄道の夜』において、ジョバンニがカムパネルラの死をどのように受けとめて現実の世界にもどって生きていくかが重要なテーマであったように、『深い河』においては、大津を探してインドのヴァーラーナスィにまできた美津子がこの大津の死をどのように受けとめて現実の世界にもどって生きてゆくかが重要なテーマとして問いかけられる形で作品は結ばれている。

このように、死者と残された者とが死を超えてどのように結びついていくかがこの両作品において通底する重要な宗教的テーマであることはまちがいなかろう。

3

次にそうした死者が河に運ばれていく場所をめぐる問題について、『銀河鉄道の夜』ではどのように描かれているかを考察し、そこに込められている宗教的テーマを明らかにしたい。

そこでまず注目したいのは、ジョバンニが北の十字架から南の十字架へ向かう銀河鉄道の旅のなかで乗り合わせる日本人の青年クリスチャンである。この青年は、家庭教師をしている二人の姉弟と乗った船が氷山にぶつかって沈んでいくなかで、救命ボートまでいくのに前にいる子供たちを押しのけるまでして二人を助けるよりもそのまま神の前に皆でゆくことを選び、讃美歌が歌われるなかで死んでいく。そして、その青年と姉弟が銀河鉄道に乗り込んでくる。そこで、青年が「わたしたちの代りにボートへ乗れた人たちは、きっとみんな助けられて、心配して待ってゐるめいめいのお父さんやお母さんや自分のお家へやら行くのです」と言うように、この青年たちの行為が他の子供たちを救うための自分よりも他者を優先する愛の実践であったことは確かであろう。そして、この青年たちは天上へいくために天の川のなぎさに十字架の立つサザンクロスで降りてゆく。

この作品のなかで、このような自己犠牲的愛を行う信仰深い青年と姉弟たちだけが、なぜ日本人かということが問題になろうが、これに関してはこの沈没船のモデルといわれるタイタニック号に唯一乗船していた日本人との関連が指摘されているが、[6]さらに、この問題について考えると、賢治が感じている日本人クリスチャンへの共感と違和感をここに投影しようという思いがあったのではないかと推測される。その点で『銀河鉄道の夜』の次の言葉が注目されよう。

みんながめいめいじぶんの神さまがほんたうの神さまだといふだらう、けれどもお互ほかの神さまを信ずる人たちのしたことでも涙がこぼれるだらう。(第三次稿)

賢治のまわりには熱心で愛徳の深いクリスチャンが幾人かおり、[7]そうした信仰深い日本人クリスチャンのした自己犠牲的愛の行為に涙をこぼすこともあったろうと察せられる。そしてまた、賢治はそうした日本人クリスチャンのなかに、自分の神さまが「ほんたうの神さま」で「あなたの神さまうその神さまよ」と言って自分の信仰のみを絶対化する独善性を感じることもあったのではなかろうか。

もちろん、それはクリスチャンだけの問題ではなく、賢治自身が父に日蓮宗への改宗を迫って受け入れられずに家出した二十四歳の頃の自らの信仰者としての問題でもあったろう。その頃、賢治は盛岡高等農林時代からの最も大事な友人であった保阪嘉内に対しても法華経への帰依を強引に勧めて受け入れられず、訣別している。そうした宗教のうえで独善的であったかつての自らの姿をこの青年に投影していることも考えられよう。

次に、ジョバンニが銀河鉄道で乗り合わせるもう一人の自己犠牲的愛のために死んだ人物として、ジョバンニの友人のカムパネルラがいる。この物語の銀河鉄道の走る幻想空間が「十字架から始まって十字架で終わることになっている」と解説される(8)。しかし、厳密にいえばそうではない。幻想空間の「十字架から十字架へ」の外枠をなすようにカムパネルラとジョバンニが銀河鉄道に乗っている。すなわち、北十字につく前に二人は乗り込んでおり、クリスチャンたちが降りてゆく南の十字架(サザンクロス)では降りずに乗り越していき、それとは別の場所でカムパネルラは「あすこがほんたうの天上なんだ」といって降りていく。そしてその直後、ジョバンニも現実世界にもどるのである。

カムパネルラの死は川に落ちた級友のザネリを助けるために川に飛びこみ、ザネリの命を救い、自分は溺死してしまうという経緯だった。これは『ヨハネによる福音書』(15・13)の「友のために自分の命を捨てること、これ以上に大きな愛はない」という自己犠牲的愛を実践したのであり、当然天上に迎えられると考えられようが、その天上がクリスチャンたちが降りていった天上と同じではないことから、クリスチャンたちのいく天上は相対化されている。

そうであれば、カムパネルラが降りていった天上とはどのようなところかが問題となろう。そこで着目したいのが、まだ北の十字架の始まる前に銀河鉄道に乗っていたカムパネルラがジョバンニとの会話のなかで、「おっかさんは、ぼくをゆるして下さるだらうか」「ぼくはおっかさんが、ほんたうに幸になるなら、どんなことでもする。けれども、いったいどんなことが、おっかさんのいちばんの幸なんだらう」「ぼくわからない。けれども、誰だって、ほんたうにいいことをしたら、いちばん幸なんだねえ。だから、おっかさんは、ぼくをゆるして下さると思ふ」と自問自答する場面である。

ここで、友の命を救うために自分の命を失い銀河鉄道に乗ったカムパネルラが最も気にしているのがそのように死んだ自分に対する母の思いであることは、注目すべき点であろう。このカムパネルラが母のゆるしを願う思いに呼応して、銀河鉄道が南の十字架に着いた後も乗っていたカムパネルラは、「あゝきっと行くよ。あゝ、あすこの野原はなんてきれいだらう。みんな集ってるねえ。あすこがほんたうの天上なんだ。あっあすこにゐるのぼくのお母さんだよ」と窓の遠くに見えるきれいな野原を指して叫び、降りていく。

ここで、カムパネルラがクリスチャンたちとは違う天上を「ほんたうの天上」と言って降りてゆく点は看過できない。母が自分をゆるしてくれることを願っていたカムパネルラにとって「ほんたうの天上」は「ぼくのお母さん」がそこにいて迎えてくれる場所であったと考えられる。

ところで、作品ではこのカムパネルラの最後の言葉以外にカムパネルラの母は、川でのカムパネルラの捜索の現場にさえも登場しないことから、すでに死んで天上にいると察せられる。そうであれば、クリスチャンの青年に連れられた姉弟が死んだお母さんが待っていると言って南の十字架で降りていくのと対応して、死者の子供たちは皆、先に死んだ天上の母のもとにいき、生者のジョバンニも地上の母のもとへ帰り、銀河鉄道に乗った子どもたちはすべて母のいる場所にいくことになる。[9] ここで注目すべきことは、友のために命を捨てるという大きな愛を行い死んで十字架から十字架へ向かう銀河鉄道に乗り込んだ青年たちとカムパネルラのうち、クリスチャンの青年たちが南の十字架で自分たちの神に会う天上をめざして降りていくのとは別に、カムパネルラはこの十字架から十字架へという枠の外にあって自分の「ほんたうの天上」を見つけて降りていくという点である。そしてさらに、クリスチャンである青年と姉弟たちが先に亡くなっている姉弟の母の待っている天上に向けて降りていくのに対して、カムパネルラはきれいな野原に「ぼくのお母さん」を見つけて降りていくという点にも目を向けるべきであろう。

ここで思い起こされるのは、母への愛着が特に強かった遠藤周作が日本人の意識の深層にある宗教性として注目する日本人の母意識である。遠藤は、その特徴として、母に対して何らかの形で「すまない」という罪の意識を持つ点と、その母を宗教的に「母なるもの」にまで高める点をあげる。そして、戦地で兵隊が息を引き取る時に「お母さん」と言って死んでいったように、日本人の意識の深層には一種の母親教という宗教があると指摘している。[10] カムパネルラは青年たちとジョバンニの「ほんたうの神さま」論争にも加わらず、神さまを問題にする様子はうかがえないが、賢治の意識の深層にもあったにちがいないこの宗教的にまで高められた母意識をもつ人物として彼は描かれ、その宗教意識にふさわしい天上に降りていったといえるのではなかろうか。[11] このような天上への降りる場所の違いの問題は、この後で青年とジョバンニの「ほんたうの神さま」論争を考えるうえで重要な意味をもつ。

さらに言えば、この問題は、芥川龍之介が切支丹物の短篇小説「おぎん」でテーマにした問題とも関係しよう。若い娘のおぎんは切支丹の養父母と十字架に括られ殉教する寸前に、実の父母の墓が目に入り、実の父母は切支丹でないので、自分だけが切支丹の天国へ行くことはできない、自分も亡くなった実の父母のいるところにいくと言って、殉教をやめて棄教する物語である。ここでも実の父母のいる場所に帰るということが、日本人の宗教意識にとって重要であり、キリスト者となった者だけが天国に行くという教えは、このおぎんのように切支丹時代から多くの日本人にとって受け入れ難いものであったと考えられる。

そうした点を踏まえて、南の十字架（サザンクロス）で降りていくクリスチャンの青年と姉弟に対してジョバンニが「僕たちと一緒に乗って行かう」と誘ったことを受けてはじまる次の「ほんたうの神さま」論争を考えたい。


「だけどあたしたちもうこゝで降りなけぁいけないのよ。こゝ天上へ行くとこなんだから。」

女の子がさびしさうに云ひました。

「天上へなんか行かなくたっていゝぢゃないか。ぼくたちこゝで天上よりももっといゝとこをこさへなけぁいけないって僕の先生が云ったよ。」

「だっておっ母さんも行ってらっしゃるしそれに神さまが仰っしゃるんだわ。」

「そんな神さまうその神さまだい。」

「あなたの神さまうその神さまよ。」

「さうぢゃないよ。」

「あなたの神さまってどんな神さまですか。」青年は笑ひながら云ひました。

「ぼくはほんたうはよく知りません、けれどもそんなんでなしにほんたうのたった一人の神さまです。」

「ほんたうの神さまはもちろんたった一人です。」

「あゝ、そんなでなしにたったひとりのほんたうのほんたうの神さまです。」

「だからさうぢゃありませんか。わたくしはあなた方がいまにそのほんたうの神さまの前にわたくしたちとお会ひになることを祈ります。」青年はつゝましく両手を組みました。

この青年たちのように南の十字架の駅で降りていくことだけが天上へと通じ、「ほんたうの神」と出会うというのであれば、ここで降りないクリスチャンではない者たちはどうなるのか、という点が問題になろう。換言すれば、「ほんたうの神さま」はここで降りるクリスチャンにのみ独占されるものであるのかという問題である。それについてはカムパネルラは南の十字架を過ぎ越したあと、別の場に母のいる自分にとっての「ほんたうの天上」を見つけて降りていく。そしてさらに言えば、生者ジョバンニも、「大きな暗(やみ)の中」でも怖がらず、「みんなのほんたうのさいはひ」を求めてジョバンニにとっての「ほんたうの天上」を地上に実現させることを願い、病気で寝ている母の待つ地上に戻っていく。この三者三様の「ほんたうの天上」を求める信仰の道がともに真であって互いに排斥しないで並び立つことができるような宗教的世界を願い求め、「不完全な幻想第四次」の世界でそれらの不完全な個々人のイメージする「ほんたうの天上」を超越すると同時にそれらの根源に通じ、既成の枠をもつ一つの宗教に独占され得ない根源的な一者ともいうべき神を、「たったひとりのほんたうのほんたうの神さま」というジョバンニの言葉を通して、賢治は示したかったのではないかと考えられるのである。

4

そのように賢治が『銀河鉄道の夜』で示した宗教の問題は、遠藤の『深い河』においても重要なテーマとなって描かれており、その点を次に考察したい。

まず、『深い河』で作品の宗教的テーマのシンボルとして描かれるのが、死者を迎え、運ぶ河としてのガンジス河であることはまちがいなかろう。「ヒンズー教徒のためだけではなく、すべての人のための深い河という気がしました」と美津子が語るように、この作品ではガンジス河が無宗教だった美津子や磯辺にも、仏教徒の木口にも、キリスト教徒の大津にも、宗教的救済のイメージの託された河として捉えられている点は注目に値しよう。

ここではそうした登場人物のなかから、特に遠藤の宗教的テーマが総決算という形で投影されている大津の最終的な信仰の世界に着目して『深い河』における宗教の問題の考察を進めていく。ヨーロッパのキリスト教に違和感を持ち続けた大津は、やっと神父に叙階され、インドのカトリック教会に赴任するが、そこでも教会から叱られて放り出され、ヒンズー教の修行者たちの道場であるアーシュラムに住んで、行き倒れの人をガンジス河に運ぶ仕事をする。その大津の寝場所には、祈禱書とウパニシャッド、そして前章で言及したマリア・テレサ（マザー・テレサ）の本のほかに、マハートマ・ガンジーの語録集があると描かれていることは重要な意味をもとう。

まず、これらの本から大津がどのような信仰の世界を生きているかが、暗に示されているといえる。カトリックの神父として祈禱書をもつのは当然だろうが、それに加えて、ヒンズー教の聖典のウパニシャッド、インドのカルカッタで最も貧しい見棄てられた人たちに仕えるマザー・テレサの本、そしてインド独立の父マハートマ・ガンジーの語録集[12]と、彼がもつ書物はどれもインドの宗教的世界と深い関わりのあるものである。そして、特に、大津が何度も繰りかえし読んだガンジーの語録集の言葉として次の二箇所が引用されていることから、ガンジーの宗教性への強い共感がうかがえる。

> 私はヒンドゥー教徒として本能的に、すべての宗教が多かれ少なかれ真実であると思う。すべての宗教は同じ神から発している。しかし、どの宗教も不完全である。なぜなら、それらは不完全な人間によって我々に伝えられてきたものだからである。

この「不完全な人間」という表現には、『銀河鉄道の夜』のなかの「不完全な幻想第四次」という言葉で表現される宗教性と通じるものがあろう。すなわち、不完全な人間によってイメージされる天国は、いくら本人自身が「ほんたうの天上」と思っていても、どの「ほんたうの天上」のイメージであっても不完全であるという理解である。そうした宗教性からは、自らを絶対化しない謙虚さと、他に排他的にならない寛容さが生じよう。また、もう一つ、次の言葉が引用されている。

様々な宗教があるが、それらはみな同一の地点に集まり通ずる様々な道である。同じ目的地に到達する限り、我々がそれぞれ異なった道をたどろうと、かまわないではないか。

これらのガンジー語録集の「大津の好きなこの言葉」については、「彼がまだこの語録を知る前に、同じような気持を抱いていた」とあり、それは大津自身がヨーロッパでの神学校時代に、他宗教との対話の問題について次のように語る言葉と通じ合うものである。

神は幾つもの顔をもたれ、それぞれの宗教にもかくれておられる、と考えるほうが本当の対話と思うのです。

この「神は幾つもの顔をもたれ」という言葉からは、ジョン・ヒックの『神は多くの名前をもつ』が想起され得るため、ヒックの宗教多元主義の影響を指摘することは可能である。実際に『創作日記』のなかにはその著書との出会いの衝撃と共感が記されている。しかし、大津のガンジーの言葉に対する思いと同じく、こうした大津の言葉に込められた遠藤の思いが、それを「知る前に、同じような気持を抱いていた」ものであったことはこれまでの遠藤の著作からも明らかである。例えば遠藤の最初の一般向けのキリスト教入門書である『私のイエス――日本人のための聖書入門』(祥伝社、一九七六年)において、「キリスト教とほかの宗教」の小見出しで、「自分の置かれた環境で」「仏教に、本当に打ち込んでやっている人」と「キリスト教に打ち込んでやっている人」とは、「道は違うけれども、結局、同じ方向を目ざしているのではないか、と思うのです」と語っている。こうした考えが、ヒックのような神学者によって神学的に大胆に主張されていることに衝撃を受けたというのが事実に近いのではなかろうか。さらに、遠藤は大津に次のようにも語らせている。

ぼくは玉ねぎの存在をユダヤ教の人にもイスラムの人にも感じるのです。玉ねぎはどこにでもいるのです。

ここでいわれる「玉ねぎ」とは大津と美津子の間での神の暗喩として使われている。この大津の言葉[13]に込められた宗教性について、ヒックの宗教多元主義とも近似の宗教性がみられるものの、大津が何度も繰りかえし読んだとされるガンジーの語録集において確認すると、大津の宗教性はガンジーの宗教性と深く関連している点が指摘できる。そこで、まずその語録集でガンジーが「宗教」を次のように定義づけていることに注目したい。

私は、宗教という言葉によって、形式的あるいは慣習的な宗教を言っているのではない。そうではなくて、すべての宗教の根底にあり、造物主と直面させてくれるような宗教を言っているのである。

宗教は我々の行為のすべてに浸透しなければならない。ここで宗教とは、宗派主義を意味しない。宇宙の秩序正しい道徳的支配への信仰を意味する。それは目に見えないからといって、実在しないわけではない。この宗教は、ヒンドゥー教、イスラム教、キリスト教等々を超越する。この宗教は、それら諸宗教にとって代わるものでもない。それらの宗教を調和させ、それらの宗教に真実性を与えるのである。

ここにおける「宗教」という言葉は、ヒンズー教、キリスト教、イスラム教、仏教といった、目に見える組織としてある既成の宗教を超越し、諸宗教を調和させる目に見えない根源的な造物主に直面させる、開かれた宗教を指し示している。ちなみに、こうした根源的な造物主こそ、宮沢賢治が『銀河鉄道の夜』で「たったひとりのほんたうのほんたうの神さま」という言葉で表現しようとしたものと通じるものであろう。そして、ガンジーはさらにイエスはこの宗派を超えた「宗教」と関わる存在であると捉え、次のようにも語っていることは重要な意味をもとう。

イエスは、他の誰もができなかったような仕方で、神の精神と意志を表現した。私が彼を理解し、彼は神の子であると認めるのは、この意味においてである。そして、イエスの生涯は、私がすでに言及した意味深さと超越性とを備えているから、彼は単にキリスト教にだけ属する人ではなく、世界全体に、すべての人種に、そしてすべての人々に属する人である、と私は信じている。

この既成の宗教の枠を超えた開かれた宗教の捉え方が、大津の信仰とも響き合うものであることは、大津の次の言葉からも納得されよう。それは、大津がインドのヒンズー教の聖地ヴァーラーナスィで、ヒンズー教徒の行き倒れを背負ってガンジス河に運ぶ仕事をする生き方を選んだ理由を告白する言葉である。

でも結局は、玉ねぎがヨーロッパの基督教だけでなくヒンズー教のなかにも、仏教のなかにも、生きておられると思うからです。思っただけでなく、そのような生き方を選んだからです。

ここで、キリストを既成の宗教の枠を超えた存在と捉え、そのように「思っただけでなく、そのような生き方を選んだ」というところに、宗教を自らの行為のすべてに浸透させて生きようとする大津の信仰の姿がある。また、大津がここでヒンズー教の聖典の一つであるウパニシャッドを手元に置いていることにも意味があろう。先のガンジーの語録集のなかでガンジーは「世界の様々な聖典を共感的に読むということは、すべての教養ある男女の義務である、と私は考えている。我々が他の人々に是非我々自身の宗教を尊敬してもらいたいと思うように、我々も他の人の宗教を尊敬すべきであるとするならば、世界の諸宗教を友好的に学ぶことは、神聖な義務である」と語っている。実際に、ガンジー自ら、『聖書』や『コーラン』を敬意をもって共感的に学ぶことが、ヒンズー教聖典に対する自分の理解に深い刻印を残したと述べている。ガンジー自身は様々な他の宗教のなかに自らの宗教の美点と類似の美点を発見することを望み、他の宗教にあって自らの宗教にない良いものを見つけたら、それを自らの宗教に組み入れたいと願うことで自らの宗教をよりよく生きることを求めていた。ここで注意すべきことは、こうしたガンジーの言葉は、宗教はどれも同じだと安易に言っているのではなく、ガンジーがヒンズー教徒として徹底した厳しい信仰の道を生きながら、そこから体験的に滲み出た言葉であるという点である。こうした信仰の姿勢は大津にも同様に言えることである。大津は愛の塊であるイエスに愚直なまでにいちずに従い、その愛を実践していくなかで、苦しく哀しい人々に宗教の違いなどを超えて差別のない愛の眼差しをおのずから注いでいったのである。そこには、ガンジーの言葉やヒンズー教の聖典を共感的に読むことで、ヒンズー教への敬意をもつと共にそこからも学びながら、自分自身のキリスト教の信仰をより良く生きることを求める大津の信仰の姿勢があったと考えられるのである。

そして、大津は実際には一人で孤独に毎朝ミサをあげ、イエスに倣い、最も貧しい人たちの行き倒れのヒンズー教徒をガンジス河に運んでゆき、力つきた彼らが河のほとりで炎に包まれる時、イエスに、「ぼくの手わたすこの人をどうぞ受けとり抱いてください」と祈る。さらに大津は「ガンジス河を見るたび、ぼくは玉ねぎを考えます。（中略）玉ねぎという愛の河はどんな醜い人間もどんなよごれた人間もすべて拒まず受け入れて流れます」と、イエスという愛の河を母なるガンジス河に重ねている。

この大津の宗教意識においては、死者が迎えられる世界に、キリスト教徒とヒンズー教徒と仏教徒といったような区別がないことは明らかであろう。この点においても、ガンジーが語録集のなかで述べている「あの世にはヒンドゥー教徒もキリスト教徒もイスラム教徒もいない、と私は本当に信じている」という言葉と通じる。これは、マザー・テレサが、「死を待つ人の家」において臨終の人に対して各人の宗教を大切にしてヒンズー教徒にはガンジス河の水をかけ、イスラム教徒にはコーランを読み、その遺体は宗派の別なく同じ場所に安置され、そこには「私は天国に行く」との言葉を掲げていることとも通じよう。

このようにガンジーやマザー・テレサが既成の宗教の枠を超えた宗教性を有しているからといって、ガンジーもマザー・テレサも既成の宗教を超越した宗教があると考えているのではもちろんない。その点について、ガンジーは語録集ではっきりと次のように述べている。

> 地上にはただ一つの宗教しかあり得ない、あるいは、将来ただ一つの宗教だけが存在することになるだろう、などというようなことを信じている人がいるが、私は違う。だからこそ私は、諸々の宗教に共通する要

素を見出し、お互いの寛容さを引き出そうと努力しているのである。

ガンジーはヒンズー教徒として、マザー・テレサはカトリック教徒として、その信仰をいちずに生きていたことは疑いを得ない。しかし、ガンジーも、マザー・テレサも、他の宗教を否定する排他主義的になることも、また、他の宗教を自分の宗教に吸引する包括主義的になることも否定し、諸々の宗教が互いに敬意を払いながら寛容さをもち、並び立ちながら、それぞれが自らの信仰をいちずに生きる具体的な姿を私たちに示したといえよう。大津は、そのようなガンジーやマザー・テレサの信仰の生きた姿に裏打ちされた語録集を日々読み返すことでその宗教的姿勢に共感し、自らの信仰の支えにしていたにちがいなかろう。そして、それは遠藤自身が願い、この作品を通して示そうとした宗教のあるべき姿であったと考えられるのである。

5

遠藤は『深い河』を発表して三年後の一九九六年に死去する。その死の翌年に上智大学神学部夏期神学講習会で行われたシンポジウム「新しい霊性を求めて」のなかで森一弘司教は、過去の歴史のなかで、二十世紀ほど、戦争による死者の数が多い時期はなく、第一次世界大戦、第二次世界大戦、その後の地域紛争による死者の数は膨大な数であり、そうした二十世紀を特徴づけようとするならば、それは絶対化されたイデオロギーあるいは教条主義による「不寛容の世紀」といえるものであると説く。そして、そのような時代を超えて新しい時代に進むためには「寛容の霊性」を育てないといけないと述べる。その上で具体的なモデルは、多様な宗教の混在するインドで教条主義を捨て「寛容の霊性」を生きたマザー・テレサであると主張している[14]。この「不寛容の世紀」の宗教紛争の問題は、『深い河』のなかで繰り返し言及されているため、遠藤が作品のなかで問題にしたかった重要なテーマであったにちがいない。実際にこの作品ではヒンズー教徒とシーク教徒の宗教対立のなかでインディラ・ガンジー首相がシーク教徒に暗殺される事件が美津子たちのインド旅行中に起こる設定になっており、その場面ではその事件を知った美津子の内心は次のように語られる。

　宗教のちがいが昨日、女性首相の死を生んだ。人は愛よりも憎しみによって結ばれる。人間の連帯は愛ではなく共通の敵を作ることで可能になる。どの国もどの宗教もながい間、そうやって持続してきた。そのなかで大津のようなピエロが玉ねぎの猿真似をやり、結局は放り出される。

また、そうした状況の中でインディアン・タイムスに眼を通した美津子の思いが次のように述べられる。

　至るところで憎しみが拡がり、至るところで血が流れ、至るところで戦いがあった。（中略）憎しみがくすぶり、血が流れているのは印度だけではなく、イランとイラクの戦も泥沼に入り、アフガニスタンでも戦争が続いていた。そんな世界のなかで、大津の信じる玉ねぎの愛などは無力でみじめだった。玉ねぎが今、生きていたとして、この憎しみの世界には何の役にもたたない、と美津子は思う。

ここでは二十世紀の終りに近づいても、宗教的対立の絡んだ紛争によって憎しみが拡がり、多くの血が流れている事実が示されると共に、それとの対比で大津のイエスに倣う愛の行為など無力だという批判がなされている。

この小さな愛の行為など現実の世界に対しては無力だという批判は、マザー・テレサの活動にも向けられる批判であって、作品のなかでも、マザー・テレサのシスターたちが行き倒れの老婆を世話する姿を見、その活動について聞いた三條は、「意味ないな」と嘲り、「そんなことぐらいで、印度に貧しい連中や物乞いはなくならないもの。むなしく滑稽にみえますよ」と批判している。そうした貧者を生み出す根本的な社会構造を改革しなければ意味がないという批判に対して、マザー・テレサが「私の使命は一人ひとりに個人として仕え、一人ひとりを人間として愛することだ[15]」と答えていることは重要な意味をもとう。大津の愛の行為の無力さを批判していた美津子も、小説の最後には、このマザー・テレサの修道女たちの愛の行為を見て、関心を強く寄せて話しかけるに至っている。遠藤が『深い河』で「不寛容の世紀」の宗教対立の問題を取り上げ、それを乗り超えていく宗教のあるべき姿勢として、マザー・テレサのように貧しい一人ひとりを個人として愛していく大津の姿を描いていることはまちがいなかろう。そうした点で、遠藤がこの小説を書き上げた直後の談話で、世紀末の日本の宗教の問題を語っている次の言葉は注目に値しよう。

日本で最近、宗教と言うと社会と対立的で挑戦的なものとしてとらえられる場合が多いですね。あるグループに所属すると、狂信性と他宗教に対する敵対心ばかりを強める。本来、宗教が持つ精神とかけ離れた団体になってしまう。若い人たちが求めているのは宗教でなく、宗教的なもの。宇宙とか生命の神秘への関心をどこに向けていいかわからずにいるんだ[16]。

ここで問題にされている、社会と対立的で挑戦的な宗教グループの狂信性がこの日本で露呈したオウム事件がこの指摘の二年後に発生しているため、この時の遠藤の危惧は現実になったわけである。そうした日本の世紀末の現実に対して、ここで言う〈本来、宗教が持つ精神〉を描くことが、「不寛容の世紀」の宗教対立を越える「寛容の霊性」を示すことであり、この小説の大きなテーマであった点は確かであろう。それは、言うまでもなく、人種や宗教、身分などの違いによる対立や垣根を越えて一対一の人間が魂の次元で出会っていく愛を愚直に生きるマザー・テレサと通じる大津のインドでの姿に具現化される形で『深い河』に描かれている。この大津の姿を通して、宗教的関心をどこに向けてよいかわからないでいる若い人たちに、そうした他者の苦しみに寄り添う生き方を〈本来、宗教が持つ精神〉として伝えたい思いがあったにちがいなかろう。これは前章でも触れたが、遠藤が『深い河』執筆時に外国の友人に書いた書簡（一九九一年）のなかで、自分たちが二十世紀にあまりに多くの残酷残虐を見たり経験し、辛苦苦難に耐えてきたことを語り、「日本が早く世界の苦しみ悩んでいる人びとを救う役回りに回ってくれることを願っています[17]」と日本の将来に対する願いを述べている。これは来る二十一世紀を生きる日本人への遠藤の切なる願いであったにちがいなく、ガンジーやマザー・テレサの宗教性と響きあう大津の姿を描きながら、そこに遠藤がこうした願いを込めていたことは間違いなかろう。

そうした遠藤が『深い河』に込めた願いは、賢治が『銀河鉄道の夜』を通して、互いに相手に「うその神さま」と言い合う排他主義的信仰を乗り越えて、「お互ほかの神さまを信ずる人たちのしたことでも涙がこぼれる」共感と敬意の心をもって、違う信仰を持つ者たちが、みんなのさいわいのために生き、並び立つ開かれた宗教世界を願っていたことと通じるものであろう。

賢治は、『銀河鉄道の夜』を執筆していた時期、創作メモにパウロに関するものを残すなど、キリスト教への関心を深め、聖書研究をしていたことが知られている[18]。また、遠藤も晩年、仏教への関心を深め、仏教学者を呼んでの勉強会や仏教書の研究など熱心に行っていた[19]。両作家にとって、こうして他宗教をも熱意をもって学びながら、自らの宗教とは違う宗教世界を舞台背景とする作品世界の創造に取り組むことは、自らの宗教を開いていくことでもあり、諸々の宗教を平和的に共存せしめる開かれた根源的宗教性をテーマにした物語世界を創り上げるうえで必然的な過程であり、深い意味をもつことであったと考えられるのである。

註

(1) 遠藤周作「新刊　二冊」(「本」一九九三年六月号)。
(2) 鈴木秀子『神は人を何処へ導くのか』クレスト社、一九九五年。
(3) 私の管見では両者を比較研究している論は、鈴木健司『宮沢賢治という現象――読みと受容への試論』(蒼丘書林、二〇〇二年)の中の「遠藤周作小論」だけである。
(4) 『宮澤賢治研究』筑摩書房、一九五八年。
(5) 佐藤泰正『日本近代詩とキリスト教』新教出版社、一九六八年。
(6) 山根知子「『銀河鉄道の夜』とタイタニック号事件をめぐって」(「論攷宮沢賢治」一九九九年三月)。
(7) 山根知子「大正デモクラシーと宮沢賢治」(宮沢賢治生誕百年記念特別企画展図録「拡がりゆく賢治宇宙――19世紀から21世紀へ」一九九七年八月)。
(8) 斉藤文一「銀河鉄道はどこを走るか――十字架から十字架へ」(「別冊太陽」一九八五年夏)。
(9) 武田秀美「宮沢賢治『銀河鉄道の夜』――「ほんたう」のテーマ」(「キリスト教文学研究」14、一九九七年)の中ではこの子供たちの母への帰還が「母性なるものの救い」というテーマで論究されている。
(10) 『日本人と母――文化としての母の観念についての研究』(東洋館出版社)の著者である社会学者の山村賢明との対談「日本人の母子関係」(『対話の達人、遠藤周作2』女子パウロ会、二〇〇六年)及び、評論「うしろめたき者の祈り」(「海」一九八三年三月)、対談『人生の同伴者』(春秋社　一九九一年)等、参照。

(11) 書簡〔74〕(大正七年六月二十日前後　保阪嘉内あて) では、母がどれほどよく自分を育ててくれたか、そしてその母がどんなに苦労をしているかを書いた後、「私は自分の稼いだ御金でこの母親を伊勢参りがさせたいと永い間思ってゐました　けれども又私はかたい意地な子供ですから何にでも逆らってばかり居ます　この母に私は何を酬いたらい、のでせうか」と母への想いが述べられている。

(12) マハトマ・ガンディー『私にとっての宗教』竹内啓二他訳、新評論、一九九一年。

(13) この大津の言葉については「三田文学」(一九九七年夏季号) に発表された「『深い河』創作日記」の中に、ジョン・ヒックの『宗教多元主義』及び『神は多くの名前をもつ』を読んでの衝撃が記されていることから、多くの論者がヒックの影響を指摘しているが、武田秀美「『深い河』──「多元的宗教観」のテーマをめぐって」(「キリスト教文学研究」16、一九九九年) は、ヒックの「宗教多元主義」と『深い河』の「多元的宗教観」の明確な相違点を明らかにしている。

(14) 百瀬文晃・佐久間勤共編『キリスト教の神学と霊性』サンパウロ、一九九九年。

(15) マザー・テレサの言葉を集めた本は多数刊行されているが、ここでは、ホセ・ルイス・ゴンザレス－バラド編、渡辺和子訳『マザー・テレサ　愛と祈りのことば』PHP研究所、一九九七年から引用した。

(16) 「遠藤周作さんに聞く」「読売新聞」夕刊一九九三年七月十六日。

(17) 「ジャパン・タイムズ」二〇〇〇年四月三十日号に掲載のジョージ・ブル「文学の恋愛──グレアム・グリーンの遠藤周作とのはかない出会い」より引用、松村耕輔訳。

(18) 註 (7) によれば、賢治が花巻バプテスト教会で日曜学校校長や賛美歌指導を担当していた島栄蔵に聖書関係の本を借り、また、盛岡浸礼教会のタッピング牧師より受洗した中村陸郎にパウロの書いたロマ書を中心に聖書の解釈を聞くなど身近にキリスト者と交流があったという。

(19) 遠藤が中心になって一九八二年より始めた日本キリスト教芸術センターの勉強会に講師として玉城康四郎、紀野一義、岩本裕、金岡秀友、丘山新、中村元、ひろさちや等の仏教の専門家を呼んで学び、仏教関係の註解書や研究書を読み、仏教とキリスト教との相似点を見極めることをめざし、その成果を「宗教と文学の谷間で」(「新潮」一九八三年十月〜翌年十一月、後に『私の愛した小説』と題して刊行) 等で発表している。

あとがきに代えて——遺品となった二つの言葉から

遠藤周作氏が私に遺してくれた二つの言葉がある。どちらも『深い河(ディープ・リバー)』をめぐっての短い言葉だが、私にとっては大切な遺品のような言葉だ。

一つは遠藤氏からの一通の葉書による言葉。『深い河』が一九九三年六月に刊行されたとき、氏の健康状態が良くないことを聞いていた私は、手にしたこの小説を一気に読み終えた。そのなかで、その作中人物一人一人がこれまでの遠藤文学の様々なエピソードや作中人物とつながる懐かしさを感じるとともに、現代の様々な世代の日本人が背負う魂の問題がテーマとして描かれていたので、これは現代を生きる私たちへの遺言のような作品ではないかと直感的に思われた。そこで、作中人物一人一人に込められたテーマをできるかぎり丁寧に読み解かなければと思い、『深い河』刊行直後から「『深い河』を読む」と題した拙文を書きはじめ、季刊発行の「風(プネウマ)」に一九九三年九月より一九九五年七月まで二年にわたり連載した。それが本書の第一部である。ちなみに「風」は、『深い河』のなかでフランスの修道院に入って西欧キリスト教との違和感を深め、日本に戻ったら「日本人の心にあう基督教を考えたい」と願う大津のモデルである井上洋治神父が、まさにその課題を生涯追い求めるなかで一九八六年に創設した「風(プネウマ)の家」の運動の一環として発行している機関誌で、私はその創刊から編集に携わっている。

遠藤氏はその「風」に載せた拙文に目を通され、一通の葉書をくださった。そこには「実に丁寧に解読してくださいまして私としても嬉しく内容にも感心しております。書きがいがありました」との言葉が書かれてあり、未熟な内容にもかかわらず、若輩の私を最大限に励まそうと心遣いくださる氏の優しさが身に沁みて有り難かった。そしてそれに続く次の言葉を読んだときには心締め付けられる思いがした。「我々世代の人生を完了するのも、そう遠くはありません。あなたたちが是非今度は頑張ってください」。

フランスより帰国した井上神父の訪問を受けた遠藤氏が、日本人とキリスト教という同じ課題を井上神父も背負っていることを知り、共に先人のいない世界を切り拓き、次世代の踏石になろうと決意を語り合ったのは一九五八年だった。私はその頃生まれた世代である。遠藤氏や井上神父がその生涯をかけて道を切り拓き、踏石を置きながら、前を歩いていることで、その後を行く私たち日本人がどれほどキリスト教を心に響く身近なものと感じられるようになったことであろうか。そうした感謝とともにその世代の人生の完了はいつかは訪れることを覚悟せねばならないことは、想像するだけでも胸が痛んだ。

もう一つは、映画「深い河」をめぐっての言葉だ。遠藤文学の愛読者で『海と毒薬』の映画化をした熊井啓監督も『深い河』を読んで強く心打たれ、即、映画化したいと思い、実行に移された。その過程で、私の「『深い河』を読む」も読んで関心をもち、俳優の人たちにも読ませるなどしてくださった関係から、完成試写会に招いていただき、遠藤氏も同席する会場で最初の試写を観ることができた。その翌日、井上神父から遠藤氏が私に映画の感想を聞きたいと言っているから連絡するようにと電話があった。すぐに遠藤氏に電話をかけ、私は永遠の生命の象徴である水を全体のテーマに美しい映像と音楽で仕上げられ、また原作の大津のキリスト教的なテーマのせりふなどもしっかりと出ていることなど、まだ前日の余韻の残る印象をお伝えした。遠藤氏からも、大津や美津子などの俳優の演技やリヨンの坂を歩く大津の姿などの撮影が素晴らしかったこと、原作と違う映画のラストシーンは小説を書いているときに考えていた三通りの終わり方の一つであったことなどひとしきり話してくださった。そして、最後に声の調子を暗くして、こんな言葉を漏らされた。「日本映画でこれほどキリスト教の問題が前面に出ている作品は珍しいだろう。でも、日本の教会は何も言わんだろう。残念だが、さびしいね。井上神父もこうしたさびしさをずっと味わってきてるんだよ」。

『深い河』は、遠藤氏が「自分の人生が終わりに近づきつつあることを感じ」「文字通り骨肉をけずり」(「創作日記」)書き上げ、日本人としてキリスト教の信仰を生きぬいてきた人生のなかで捉えた真実を総決算の思いで込めた作品であっただけに、一般的には毎日芸術賞を受賞するなど高い評価を得ても、日本のキリスト教界からの反応が乏しいことをさびしく感じていたことが切々と伝わってきた。私は返す言葉に詰まりながらも、私たち若い世代が氏の投げられた問題をしっかりと受け取って行かねばと痛切に思った。もちろんこのような遠藤氏が日本人とキリスト教をテーマにしながら作品を発表することの孤独な闘いを最もよく理解していたのは同じ闘いをしていた井上神父であることはまちがいなかろう。そして研究者としては、佐藤泰正氏がその良き理解者であったことは、「研究者や批評家というものは同時代の作家に対しては、よき伴走者でありたいものだと思うが、遠藤さんに対しては、また格別この思いは深い。あえていえば、この風土におけるキリスト者作家としての孤独な闘いというものが、身にしみてわかるからだ」(「新潮」96・12)と佐藤氏が語っている言葉からもうかがえよう。私も、遠藤氏の最晩年に、わずかながらも「伴走者」になりえたことは得がたい体験であり、『深い河』を読む」はその結実であった。その後、遠藤氏から連載が終わったら本にしたらいい、出版社を紹介してあげよう、との言葉もいただいた。しかしながら、そうした言葉に励まされ、二年間の連載を書き終えたときには、遠藤氏は脳内出血で倒れられた後で、それは実現できないまま、私の宿題となった。

そして、ついに遠藤氏の人生が完了する日が一年後に来た。一九九六年九月二十九日、どんよりと曇った薄暗い夕暮、悲痛な表情でタクシーに乗り込む井上洋治神父を私は見送った。偶然にもその日は、日曜日で「風の家」のミサが終わった後、風編集室を兼ねる私のマンションに移動してその「風の家」の機関誌「風」を発送する作業を行っていた。手伝いに集まってもらった「風の家」の若い人たちと作業を終え、井上神父を囲んで食事をしていたときに、遠藤順子夫人より遠藤氏の危篤を知らせる電話が入り、井上神父が慶応病院へ駆けつけるのを見送ったのだ。そして遠藤氏の奇跡的な回復を願っていた私たちに、当日その場に参加できなかった青年から、今見ていたＮＨＫの大河ドラマのなかで遠藤周作の訃報を知らせるテロップが流れたとの電話が入り、大きなショックを受けた私たちの集いはそのまま遠藤氏を偲ぶ会となった。そこにいた十数名の若い人たちのなかには遠藤氏の本を通して井上神父を知った者も多く、もし、遠藤氏の本との出会いがなければ、今の自分の人生は違ったものであったことを、遠藤氏への感謝の想いを噛みしめながら語りあった。

十月一日、聖テレジアの記念日の夜、四谷の聖イグナチオ教会で通夜が行われ、翌二日、守護の天使の祝日に、隣で新しい教会の建築工事が行われている音の響く聖イグナチオ教会で葬儀ミサ・告別式が行われた。それらの司式は生前の遠藤氏の願いを受けて井上洋治神父が他の司祭とともに執り行った。別れの献花のために並んだ参列者は四千人を越え、遠藤氏の遺志に基づき『沈黙』と『深い河』が入れられた棺を載せた車が動きだしたとき、「遠藤先生、ありがとうございました」と叫ぶ若者がいた。それは、遠藤周作の本との出会いによって人生を支えられ、励まされたすべての人たちの想いでもあったろう。私は献花の後、柩を載せた車を人込みから離れて土手に上がって見つめていた。出棺を知らせる教会の鐘が高らかに鳴り、こみ上げる想いに堪えかねて思わず鐘の音が響きわたる空を見上げたとき、そこに二羽の白い鳩が舞い上がるのを見た。その時、遠藤氏が人生の旅を終えて母なる「深い河」に迎えられたことを確信にも似た想いで感じた。

遠藤氏の人生の完了は辛い出来事に違いなかったが、それを機に日本のキリスト教界のなかでも遠藤文学が投じた日本人とキリスト教の問題が論じられた。またその翌年、バチカンで開かれた二十一世紀に向けてのアジアの教会の方向が話し合われるアジア特別シノドスという歴史的な会議でも、日本のカトリック教会を代表する司教たちの発題のなかで遠藤周作の名前が挙げられ、文化の奥に母性的特徴の目立つアジア人の心に深く根ざすキリスト教の文化内開花（インカルチュレーション）の必要が提言された。こうした動きを、いつも踏石になりたいと願っていた遠藤氏は天国でどんなに喜んでおられるかと思われた。

私自身も、遠藤氏の人生の完了を機に、最初の「遠藤周作展」が世田谷文学館で行われた時から幾つかの場で年譜を担当することになった。『深い河』を読み解くため自分なりに取り組んでいたのだが、改めて氏の自伝的エッセイや作品を読み直し、順子夫人をはじめとする多くの縁故者の方たちから事実の確認や新たな情報をいただき、できるかぎり遠藤氏の人生と文学の理解の助けになる年譜をめざしてきた。そして一九九九年より刊行がはじまった『遠藤周作文学全集』全十五巻の解題も担当することとなり、初期からの作品を年代順に読み返し、作品の背景を伝える作者の言葉など調べるなどして、遠藤文学を確かな踏石として二十一世紀に伝えるために少しでも役立つようにと願いつつ、取り組んだ。その後も遠藤文学の研究を続けながら、二〇〇五年に遠藤氏の人生と『沈黙』に関する論をまとめた『遠藤周作　その人生と『沈黙』の真実』を朝文社より刊行することができた。

それに続く著書として『深い河』に関する論をまとめて刊行することは、私にとって遠藤氏の言葉に応えるべき長年の宿題であった。第一部の「『深い河』を読む」は、作品のそれぞれの登場人物の物語を丁寧に追いながらそこに込められた魂の問題を明らかにしようとしたものである。そのため重複する箇所もあり、没後発見され発表された「『深い河』創作日記」やその後の『深い河』研究も踏まえて書き直すことも考えてみた。しかし、そうすると、全面的に新たに書き直すことが必要であり、どのような形で出版するか迷っているうちに、連載終了から十五年も経ってしまった。そこで今回は、原点にもどって、遠藤氏が読んで刊行を勧めてくれた思い出のある文章をそのまま活かした形で、一部の加筆にとどめ、その分、資料編として、「『深い河』創作日記」主要登場人物変遷表と『深い河』研究文献を付ける形で出版することに決めた。それによって遅ればせながら、ようやく宿題が果たせることを思うと感慨深い。そして、遠藤氏の人生の完了を受けとめて、書いたのが、「夕焼けのレクイエム――遠藤周作氏の魂にささぐ」と題した追悼文（「風」遠藤周作氏追悼特集号一九九六年冬号）であり、その原稿を一部削除と加筆した文章を、第一部の序章として掲載した。

また、第二部は、『深い河』に遠藤氏の込めた宗教的テーマをめぐって、マザー・テレサの愛の実践および宮沢賢治の『銀河鉄道の夜』との響きあう世界を考察した論で、私の勤務するノートルダム清心女子大学キリスト教文化研究所の年報の二十三号（二〇〇一年三月）と二十九号（二〇〇七年三月）に載せた論文である。ちなみに、今年の八月二十九日はマザー・テレサ生誕百年にあたり、それを記念したミサや展覧会、写真展や映画会などが日本各地で行われている。今日の日本においてマザー・テレサがこれほど注目されるのはなぜか。私には大きな理由が二つあるように思われる。一つは、現代人の孤独の問題であり、もう一つは、宗教の対立の問題である。日本では近年自殺者が急増して一九九九年以降、毎年三万人を超えている。理由は様々にあろうが、根本的には人と人との絆がどんどん稀薄になり、さらに人間を生かす大いなる存在との絆の意識も欠如している現代日本の社会状況からくる孤独の問題があろう。マザーはこの孤独の問題を今日における最悪の病と呼んでいるが、日本では年々より深刻な問題となっている。そしてもう一つの宗教の対立の問題は、二十一世紀に入り、世界では宗教を背景とした文明の衝突とも関係したテロと報復の暴力の連鎖がより深刻化している。そうした現代人の孤独な魂を救い、また、宗教の対立を乗り越えるために、宗教に何が必要か、マザー・テレサとその修道女たちの愛の実践はそれに答える一つのモデルであるにちがいなかろう。そして、この二つの問題は、遠藤氏が現代人への遺言のように最後の力をふりしぼって書き上げた『深い河』に込められたテーマそのものであるにちがいないため、本書の第一部では一つ目の問題を、第二部では二つ目の問題を取り上げた。これからの二十一世紀の宗教はどうあるべきかを考えるうえで、マザー・テレサや賢治、ガンジーの宗教性と響きあう『深い河』の宗教性は示唆を与えてくれよう。

続いて資料編では、『深い河』をより深く理解するために参考になる資料を掲載した。まず、「『深い河』創作日記」主要登場人物変遷表は、『深い河』の主人公たちが作者のなかでどのように造形されていったかを確認できるように表にまとめたもので、そこには遠藤氏の意識的さらには無意識の働きによる創作の過程がうかがえる。

次に、日本キリスト教芸術センター資料について触れておきたい。「日本キリスト教芸術センター」は、一九七〇年に万博のキリスト教館のプロデューサー謝礼金を基金とするカトリック・プロテスタントの文学関係者の集まりである「零の会」を母体とし、その発展的解消を遂げた新たな形のセンターとして一九八二年より遠山一行会長、遠藤周作副会長、三浦朱門理事長らを中心に原宿にマンションを借りてはじまった。幾つかの活動のなかでも月曜会は、遠藤氏が中心となってキリスト教文学、芸術、思想をはじめ、仏教や深層心理学など様々な分野の専門家を呼んで話を聞く会で、講演の後には、講師を囲んで軽食を取りながら語り合う懇親会も行われた。私も井上神父に推薦してもらい、途中から会員になって月曜会には度々参加した。毎回、多彩な講師の話は学ぶべきことが多かった。それに加えて、その後の講師を囲んでの懇親会は、遠藤氏はもちろん、遠山会長のご夫人でピアニストの遠山慶子さんをはじめとする、誰しもが飾ることのない実に楽しく温かな雰囲気で、専門家の講師に専門外の者が気軽に質問できる自由な語らいの場であり、そこからも多くのことを学ぶことができる大変貴重な会であった。同センターの初年度に発行された、遠藤氏手書きの「センター・ニュース」を見ると、遠藤氏がどれほど同センターに愛情をもち、月曜会で刺激を受けていたかが確認できる。また、「月曜会一覧」を見ると、キリスト教関係だけでなく、仏教関係でも錚々たる人たちを呼んで学んでいることがわかることから、そうした学びを通して仏教とキリスト教との相似点を見つけることがその会の大きなテーマであったこともうかがえる。遠藤氏はそうした月曜会で刺激を受けると、その刺激のもとで同センターの図書を使って勉強するなど、いかに熱心な勉強家であったかも理解される。こうした刺激と勉強が、『深い河』創作の背景にあって重要な意味をもつことは確かであろう。

ところで、本書の表紙についても触れておくと、私は二度、『深い河』の舞台をたずねてインドを旅したが、ベナレスのガンジス河には強烈な印象を受けた。『深い河』では、ガンジス河に体を沈め、河の流れる方向に向いた美津子の視点から、「視線の向う、ゆるやかに河はまがり、そこには光がきらめき、永遠そのもののようだった」と描写されているが、ヒマラヤから水を集めたガンジス河が悠々と平原を流れ、ベナレスはシヴァ神の額にかかる三日月型にまがるところにあり、まさに河に入って流れの方向に視線を向ければ、河と空が溶け合う水平線がきらめき、このゆったりとした流れに身をまかせれば、そのきらめく光のなかに運ばれていくというイメージが喚起される聖なる大河である。私は朝陽にきらめくガンジス河を撮影したときの写真を送り、この川面のきらめきのイメージの装丁をお願いしたが、その意を汲んだ装丁にしあげていただき、有り難かった。遠藤氏が、ベナレスを旅したのは、一九七一年と一九九〇年の二回であるようだが、晩年には、戦国三部作の舞台となる木曽川をよく訪れ、その最後の作品『男の一生』は、「物語は終り、今は黄昏、私は川原に腰をおろし、膝をかかえ、黙々と流れる水を永遠の生命のように凝視している」との言葉で結ばれるように、木曽川が氏の晩年の心の風景となっており、遠藤氏はこの直後から『深い河』の執筆に本格的に向かう。私も一度、遠藤氏が佇んでいたという木曽川の川原に立って、夕陽にきらめく木曽川を眺めたことがあるが、一羽の鳥が川下のきらめく光の方に飛んで夕空に消えていったのが心に残っている。私は、自宅で仕事をしているときは、夕刻になると、犬をつれて、近くを流れる旭川のほとりを散歩するのだが、川面が夕陽にきらめいているときは、きらめくガンジス河や木曽川の情景とも重なり、私もこの犬も最後にはあのきらめく光のなかに運ばれていくのだなと想うと、なにか言いようのないほどやさしい気持ちに満たされる。そして、しばらく散歩を続け、次第に西の空が紅く染まって美しい夕焼け空になるときは、あのきらめく光にすでに迎えられた遠藤氏をはじめ懐かしい人たちがこの夕焼けのあかるさのなかに想われ、深い安らぎが与えられる。それは、せわしい生活のなかでひと時、人生の次元にふれることのできる大切な時間になっている。

最後に、本書の刊行にあたって何よりもまず、井上洋治神父に感謝の言葉をささげたい。今年は井上神父の司祭叙階五十周年金祝記念の年である。五十年前に、西欧キリスト教というだぶだぶの服を自分たち日本人の身の丈に合わせて仕立て直すことを使命とする真の意味での日本人司祭の誕生の意義を誰よりも強く感じて喜んだのは、同じ使命を背負う遠藤氏であったことは間違いなく、当時、結核再発で病床にあった遠藤氏は、ミサ聖祭で使う聖杯（カリス）を叙階の祝いに贈っている。井上神父のそれからの司祭としての五十年の歩みはその使命に貫かれ、特にその後半はその使命の実現のために「風の家」運動にささげられるのだが、ちょうど井上神父の司祭叙階の年に生まれた私は、今日までの人生の半分を、井上神父と共に「風の家」運動に携わってきたことになる。そうした営みのなかで本書の内容は書かれたのであり、当然のことながら、井上神父との出会いとその後の導きがなければ本書が生まれることはなかった。それを思うと、井上神父と遠藤氏が切り拓いた道をしっかりと受け継いでいかなければとの思いを新たに強くしている。また、遠藤順子夫人には、今回も連絡をすると「主人が喜ぶわ」と言って励ましてくださり、本書の資料の掲載にあたって快くご許可をいただき、改めて心より深謝したい。遠藤氏が多病を抱えながら執筆した『深い河』の完成は順子夫人の献身なくしてはありえず、『深い河』の現世をこえる夫婦愛の物語は順子夫人にささげられたものにちがいなかろう。さらに、長年遠藤氏の秘書を務められた塩津登美子さん、日本キリスト教芸術センターの秘書を務められた佃朋子さんにもご協力とご支援をいただき、心より感謝の意を表したい。また、朝文社の渡部純子社長には原稿が遅れるなか、辛抱強く待ちながら激励くださり、いろいろと無理を受け入れていただき、朝文社のスタッフの方々にもご尽力をいただき、心より深謝したい。さらに、資料編の作成においては、『深い河』で優秀な卒論を書いた卒業生の井上万梨恵さんに協力をいただいた。また、研究においても良きパートナーである山根知子には様々な面で支援してもらった。こうした多くの協力と支援のおかげで本書を刊行できることに心より感謝を申し上げたい。なお、本書が遠藤氏と縁の深い日本ペンクラブの国際ペン東京大会２０１０記念出版として刊行できたことに感謝したい。また、本書がノートルダム清心女子大学の出版助成を受けての刊行であることを感謝を込めて記したい。

二〇一〇年九月　夕焼けの美しい季節に

山根道公

参考文献

遠藤周作『深い河』関連書籍

『私の愛した小説』（新潮社、一九八五年七月）
『死について考える——この世界から次の世界へ』（光文社、一九八七年二月）
『遠藤周作と語る——日本人とキリスト教』（女子パウロ会、一九八八年二月）〔対談集〕
『こころの不思議、神の領域』（PHP研究所、一九八八年七月）〔対談集〕
『春は馬車に乗って』（文藝春秋、一九八九年三月）
『落第坊主の履歴書』（日本経済新聞社、一九八九年一二月）〔『私の履歴書』を改題〕
『変るものと変らぬもの』（文藝春秋、一九九〇年七月）
『心の海を探る』（プレジデント社、一九九〇年九月）〔対談集〕
『人生の同伴者』（春秋社、一九九一年一一月）〔佐藤泰正との対談〕
『心の砂時計』（文藝春秋、一九九二年二月）
『異国の友人たちに』（読売新聞社、一九九二年八月）
『万華鏡』（朝日新聞社、一九九三年四月）
『心の航海図』（文藝春秋、一九九四年二月）
『「遠藤周作」とShusaku Endo』（春秋社、一九九四年一一月）〔共著〕

『「深い河」をさぐる』（文藝春秋、一九九四年一二月）〔対談集〕
『風の十字路』（小学館、一九九六年七月）
『最後の花時計』（文藝春秋、一九九七年一月）
『好奇心は永遠なり』（講談社、一九九七年八月）〔対談集〕
『「深い河」創作日記』（講談社、一九九七年九月）

『深い河』関連書籍

堀田善衛『インドで考えたこと』（岩波新書、一九五七年一二月）
マルコム・マゲッリッジ『マザー・テレサ』沢田和夫訳（女子パウロ会、一九七六年三月）
マザー・テレサ『マザー・テレサのことば』半田基子訳（女子パウロ会、一九七六年八月）
井上洋治『余白の旅』（日本基督教団出版局、一九八〇年一月）
門脇佳吉／鶴見和子編『日本人の宗教心』（講談社、一九八三年一〇月）
シャーリー・マクレーン『アウト・オン・ア・リム』山川紘矢／山川亜希子訳（地湧社、一九八六年二月）
ジョン・ヒック『神は多くの名前をもつ』間瀬啓允訳（岩波書店、一九八六年一二月）
ピーター・トムプキンズ／クリストファー・バード『植物の神秘生活』新井昭廣訳（工作舎、一九八七年五月）
アルフォンス・デーケン／重兼芳子編『伴侶に先立たれた時』（春秋社、一九八八年一一月）
土屋道雄『福田恆存と戦後の時代』（日本教文社、一九八九年八月）
イアン・スティーヴンソン『前世を記憶する子どもたち』笠原敏雄訳（日本教文社、一九九〇年二月）

立川武蔵『女神たちのインド』（せりか書房、一九九〇年六月）
ジョン・ヒック『宗教多元主義』間瀬啓允訳（法蔵館、一九九〇年一〇月）
マハトマ・ガンディー『私にとっての宗教』竹内啓二他訳（新評論、一九九一年一月）
カール・ベッカー『死の体験――臨死現象の探究』（法蔵館、一九九二年六月）

『深い河』研究文献

中村真一郎「現代小説の可能性――遠藤周作『深い河』」（「毎日新聞」一九九三年六月二二日）
大江健三郎「文芸時評下　小説家の流儀『深い河』」（「毎日新聞」夕刊、一九九三年六月二四日）
菅野昭正「文芸時評下」（「西日本新聞」一九九三年六月二五日）
矢部一雄「人間の生や死の意味を追求――遠藤周作著『深い河』」（「週刊読書人」一九九三年七月一九日）
黒井千次「書評　川と河と川――遠藤周作『深い河』」（「群像」一九九三年七月）
遠山一行「書評」（「週刊文春」一九九三年七月二九日）
千石英世「今月の文芸書　遠藤周作『深い河』」（「文学界」一九九三年八月）
饗庭孝男「アジア的自然のなかの「愛」――『深い河』遠藤周作」（「新潮」一九九三年八月）
高堂要「書評　深い河」（「キリスト新聞」一九九三年八月七日）
秋山駿「書評」（「週刊朝日」一九九三年八月二七日）
井上洋治／安岡章太郎／遠藤周作「座談会　「信」と「形」――『深い河』を手がかりに」（「群像」一九九三年九月）
遠藤周作／加賀乙彦「対談　最新作『深い河』――魂の問題」（「國文学」一九九三年九月）

安岡章太郎「『深い河』について――「復活」と「転生」」（同誌）
池内輝雄「『沈黙』の方法――『深い河』への行程」（同誌）
佐藤泰正「『スキャンダル』を通って『深い河』へ」（同誌）
虎岩正純「重層性の寓話――『スキャンダル』『深い河』論」（同誌）
川村湊「天竺にあにまを求めて――『深い河』論」（同誌）
柘植光彦「イエス像――「遠藤神学」の円環が閉じる時」（同誌）
山根道公「『深い河』を読む（一）　磯辺の場合」（「風（プネウマ）」一九九三年九月）
千頭剛「戦後文学の作家たち（9）　遠藤周作『深い河』――苦悩する現代人と宗教」（「関西文学」一九九三年一〇月）（のちに『戦後文学の作家たち』（関西書院、一九九五年五月）に収録）
山根道公「『深い河』を読む（二）　大津の場合」（「風（プネウマ）」一九九三年一二月）
山形和美「キリスト教文学の可能性はどこにあるか――森内俊雄・小川国夫・遠藤周作の近作における文体を基軸にして」（「福音と世界」一九九三年一二月）
山形和美「〈聖なるもの〉と〈想像力〉――ひとつの視覚への試み」山形和美編『聖なるものと想像力』上巻（彩流社、一九九四年三月）
三木サニア「遠藤周作『深い河』論――復活と転生をめぐって」（「久留米信愛女学院短期大学研究紀要」一九九四年三月）
山根道公「『深い河』を読む（三）　大津の場合（続）」（「風（プネウマ）」一九九四年四月）
佐藤泰正「遠藤周作を読む4　『沈黙』以後（二）――『スキャンダル』から『深い河』へ」（「月刊国語教育」一九九四年六月）

山根道公「『深い河』を読む（四）　美津子の場合」（「風（ブネウマ）」一九九四年七月）

田中佐二郎「『深い河』（遠藤周作）を読む」（「かながわ高校教育の研究」一九九四年一〇月）

山根道公「『深い河』を読む（五）　美津子の場合（続）」（「風（ブネウマ）」一九九四年一〇月）

V・C・ゲッセル「集いの地に行きたい――『深い河』考」遠藤周作他『「遠藤周作とShusaku Endo』（春秋社、一九九四年一一月）

山根道公「『深い河』を読む（六）　沼田の場合」（「風（ブネウマ）」一九九五年一月）

山根道公「『深い河』を読む（七）　木口の場合」（「風（ブネウマ）」一九九五年四月）

高柳俊一「『深い河』――転生と同伴者」（「キリスト教文学研究」一九九五年五月）

川島秀一「『深い河』の実験――〈愛〉の言説をめぐって」（同誌）

山根道公「『深い河』を読む（最終回）　真の主人公〈深い河〉」（「風（ブネウマ）」一九九五年七月）

鈴木秀子『神は人を何処へ導くのか』（クレスト社、一九九五年九月）

熊井啓『映画の深い河』（近代文芸社、一九九六年三月）

兼子盾夫「日本におけるキリスト教受容の問題――遠藤の『沈黙』から『深い河』まで」（「比較思想研究」一九九六年三月）

兼子盾夫「遠藤周作における神の問題――『沈黙』と『深い河』」（「湘南工科大学紀要」一九九六年三月）

佐伯彰一「解説　ふしぎな類縁」遠藤周作『深い河』（講談社文庫、一九九六年六月）

山根道公「夕焼けのレクイエム――遠藤周作氏の魂にささぐ」（「風（ブネウマ）」一九九六年一二月）

高山鉄男「『創作日記』解説」（「三田文学」一九九七年七月）

田中実「『深い河』遠藤周作と『歯車』芥川龍之介」『読みのアナーキーを超えて――いのちと文学』（右文書院、一九

九七年八月）
遠藤順子／鈴木秀子『夫・遠藤周作を語る』（文藝春秋、一九九七年九月）
三浦朱門／河合隼雄「対談　『深い河』創作日記を読む」（「三田文学」一九九七年一一月）
間瀬啓允「遠藤周作と宗教多元主義――『深い河』創作日記をめぐって」（同誌）
山根道公「遠藤周作――夕暮れの眼差し」（同誌）
遠藤祐「『深い河』――その物語構造」山形和美編『遠藤周作――その文学世界』（国研出版、一九九七年一二月）
日本福音ルーテル教会東教区教師会・宣教ビジョンセンター編『遠藤周作をどう読むか――日本人とキリスト教』（日本福音ルーテル教会、一九九八年三月）
V・C・ゲッセル「『深い河』を読む」世田谷文学館編『遠藤周作展』（世田谷文学館、一九九八年四月）
瀬戸内寂聴「『深い河』を読む」（同書）
アルフォンス・デーケン「『深い河』を読む」（同書）
山折哲雄「『深い河』を読む」（同書）
湯浅泰雄「『深い河』を読む」（同書）
高橋英夫「小説作法からみた『深い河』」（「軽井沢高原文庫」一九九八年七月）〔のちに『ロマネスクの透明度』（鳥影社、二〇〇六年五月）に収録〕
佐藤泰正「『深い河』再読」（「キリスト教文学研究」一九九九年五月）
笠井秋生「『深い河』の作中人物」（同誌）
高堂要「『深い河』について」（同誌）
武田秀美「『深い河』――「多元的宗教観」のテーマ」（同誌）

玉置邦雄「『深い河』論」笠井秋生／玉置邦雄編『作品論　遠藤周作』（双文社出版、二〇〇〇年一月）
小田島本有「『深い河（ディープ・リバー）』論――〈愛のまねごと〉が向かうもの」（「日本近代文学会北海道支部会報」二〇〇〇年五月）
遠藤祐「ガンジスの流れに向けて――『深い河（ディープ・リバー）』の美津子と大津」（「玉藻」二〇〇〇年五月）
川原由子「遠藤周作『深い河』が包み込む世界」（「筑紫国文」二〇〇〇年六月）
安藤軍一「遠藤周作『深い河』（一九九三年六月）とG・グリーン文学との響き合い――〈魂の救済への道〉を探ねて」（「北九州市立大学文学部紀要」二〇〇〇年九月）
久保田暁一「『深い河』にみる独自の視点」（「キリスト教文藝」二〇〇〇年一一月）
長濱拓磨「『深い河』とキリスト教――〈母なるもの〉のイメージをめぐって」（同誌）
麻生晶子「『深い河』ノート――『深い河』の登場人物分析」（「武蔵野女子大学大学院紀要」二〇〇一年二月）
金恩暎「遠藤周作の『深い河』研究――神の形象化と意味を中心に」（「言葉と文化」二〇〇一年三月）
山根道公「遠藤周作『深い河』とマザー・テレサ」（「キリスト教文化研究所年報」二〇〇一年三月）
武田秀美「他宗教との対話――遠藤周作の『深い河』をめぐって」（「清泉女子大学キリスト教文化研究所年報」二〇〇一年三月）
槌賀七代「『深い河』論――遠藤周作文学の世界におけるカニバリズムの意味するもの」（「経済文化研究所年報」二〇〇一年四月）
荒井英恵「遠藤周作『深い河』における美津子像――もうひとつの物語」（「同志社国文学」二〇〇一年一二月）
青柳達雄「遠藤周作「砂の城」「深い河」重箱帖」（「関東学園大学紀要」二〇〇二年三月）
天羽美代子「遠藤周作『深い河』論――〈多元的宗教観〉の検証と再定義」（「高知大国文」二〇〇二年一二月）

小嶋洋輔「「それぞれ」の救い、「宗教的なるもの」の文学――遠藤周作『深い河（ディープ・リバー）』論」（「千葉大学日本文化論叢」二〇〇三年三月）
田村都「遠藤周作論――『スキャンダル』から『深い河』へ」（「就実修士論文報」二〇〇三年三月）
山田都与「遠藤周作『決戦の時』論攷――『スキャンダル』成瀬夫人と『深い河』成瀬美津子の間」（「金城学院大学大学院文学研究科論集」二〇〇三年三月）
林水福「遠藤周作『深い河』」（「異文化との出会い」二〇〇三年三月）
長井苑子／泉孝英「文学にみる病いと老い（15）遠藤周作「深い河」」（「介護支援専門員」二〇〇三年五月）
伊藤義器「〈読み〉のレッスン（49）遠藤周作『深い河』」（「月刊国語教員」二〇〇三年七月）
三木サニア「遠藤周作『深い河』論――生と死のドラマを読む」（「キリスト教文学」二〇〇三年八月）
大田正紀「遠藤周作における〈神〉観――神は多くの顔を持つか」（「梅花短大国語国文」二〇〇三年一二月）
山田都与「『深い河』の「違和感」と「隔絶」――試論　遠藤周作処女小説「アデンまで」」（「金城学院大学大学院文学研究科論集」二〇〇四年三月）
宮野光男「遠藤周作「深い河」を読む――醜い男のイメージを追って」佐藤泰正編『遠藤周作を読む』（笠間書院、二〇〇四年五月）
小嶋洋輔「遠藤周作作品における語り手――同伴者としての語り手、『沈黙』、『深い河』」（「キリスト教文学研究」二〇〇四年五月）
小嶋洋輔「遠藤周作『深い河』と瀬戸内寂聴『渇く』――現代人の救い」（「キリスト教文学」二〇〇四年八月）
武田秀美「遠藤周作と『深い河』（ディープ・リバー）――多元的な宗教観に至るまで」（「日本比較文学会東京支部研究報告」二〇〇四年九月）

鎌田東二『霊性の文学誌』（作品社、二〇〇五年三月）
辻本千鶴「悪と求道――遠藤周作『深い河』」鈴木紀子他編『〈悪女〉の文化誌』京都橘大学女性歴史文化研究所叢書（晃洋書房、二〇〇五年三月）
蘭香代子「愛するひとの喪失「死別」と癒しについての心理学的考察――「深い河」と「十二番目の天使」の作品を事例にして」（「日本文化研究」二〇〇五年七月）
Narsimhan, Ranjana「遠藤周作『深い河』に見られるヒンドゥー教の女神――カーリーとチャームンダー」（「日本語・日本文化研究」二〇〇五年一一月）
高橋英夫「小説作法からみた『深い河』――遠藤周作」『ロマネスクの透明度――近・現代作家論集』（鳥影社、二〇〇六年五月）
李英和「『深い河』論――ピエロのイメージをめぐって」（「文学研究論集」二〇〇六年七月）
黒古一夫「「宗教心」とは何か――遠藤周作の『深い河』」『魂の救済を求めて――文学と宗教との共振』（佼成出版社、二〇〇六年一一月）
山根道公「遠藤周作『深い河』と宮沢賢治『銀河鉄道の夜』」（「キリスト教文化研究所年報」二〇〇七年三月）
加藤憲子「遠藤周作『深い河』論――チャームンダー女神の意味するもの」（「国文白百合」二〇〇七年三月）
兼子盾夫「『深い河』と母の顔」（「三田文学」二〇〇七年七月）
兼子盾夫『遠藤周作の世界――シンボルとメタファー』（教文館、二〇〇七年八月）
取井一「遠藤周作『深い河（ディープ・リバー）』――アイデンティティを求める日本人たち」（「群系」二〇〇七年一一月）
山田都与「遠藤周作『深い河』と聖書物語」（「金城学院大学大学院文学研究科論集」二〇〇八年三月）

小嶋洋輔「ヒック神学との合致――神は多くの名前をもつ」柘植光彦編『遠藤周作　挑発する作家』（至文堂、二〇〇八年一〇月）
近藤光博「インドとの共生――《インド》なる表象の刷新のために『深い河』を再読する」（同書）
柘植光彦「深い河（ディープ・リバー）――死と生の逆転」（同書）
長谷川（間瀬）恵美「愛と救済――遠藤周作『深い河』」間瀬啓允編『宗教多元主義を学ぶ人のために』（世界思想社、二〇〇八年一二月）
後藤恒允「遠藤周作『深い河』試読――成瀬美津子を中心に」（「聖霊女子短期大学紀要」二〇〇九年三月）
川島秀一「〈文学と死〉をめぐる問い――遠藤周作『深い河』瞥見」（「キリスト教文学研究」二〇〇九年五月）
井上万梨恵「遠藤周作『深い河』論――磯辺をめぐる現代日本人の「死」の問題」（「清心語文」二〇〇九年七月）
大田正紀「遠藤周作『深い河』論――宗教的多元主義と〈神〉像の変容」（「改革派神学」二〇〇九年一〇月）
片山はるひ「遠藤周作の文学におけるキリスト教の「東」と「西」――『深い河』の女神チャームンダーと聖母マリアの比較を通して」（「上智大学キリスト教文化研究所紀要」二〇一〇年三月）
兼子盾夫「七つのテーマから『深い河』の象徴と暗喩を読み解く――宗教多元論を超えて――『深い河』はカトリック者としての遠藤の信仰告白か」（「横浜女子短期大学研究紀要」二〇一〇年三月）
李英和「イザヤ書五十三章を視座にして――遠藤周作の『深い河』論」（「国際文化研究所紀要」二〇一〇年三月）
泉谷瞬「遠藤周作『深い河』論――「混沌」の女性／インド」（「論究日本文学」二〇一〇年五月）
笛木美佳「遠藤周作『深い河』論――「玉ねぎ」に秘められたもの」（「遠藤周作研究」二〇一〇年九月）
岡田勝明「第2章　遠藤周作『深い河』――あなたを離れず、あなたを捨てない」『自己を生きる力――読書と哲学』（世界思想社、二〇一一年八月）

兼子盾夫「21世紀に遠藤周作を読む――『深い河』のもつ今日的意味を中心に――遠藤文学の力の秘密」（「横浜女子短期大学研究紀要」二〇一二年三月）
二平京子「「深い河」――イエスとの旅・イエスへの旅」（「久留米信愛女学院短期大学研究紀要」二〇一二年七月）
古浦修子「遠藤周作『深い河』論――魂のドラマを開示させる〈場〉としての「河」と「ほとり」」（「日本文藝研究」二〇一二年一〇月）
二平京子「『深い河』――印度への旅・美津子の場合」（「久留米信愛女学院短期大学研究紀要」二〇一三年七月）
山根道公「遠藤周作と宮沢賢治　死をめぐる宗教性――『深い河』と『銀河鉄道の夜』に触れて」（「キリスト教文藝」二〇一三年七月）
古浦修子「遠藤周作『深い河』における〈宗教性〉――感じる主体としての自己と「永遠」との〈つながり〉」（同誌）
竹本俊雄「『深い河』の成瀬美津子」（「遠藤周作研究」二〇一三年九月）
古浦修子「遠藤周作『深い河』論――美津子の魂の旅程における〈母なるもの〉の内実」（同誌）
緒方秀樹「遠藤周作『深い河』における悪の問題」（「Comparatio」二〇一三年一二月）
森一弘「第6章　遠藤周作の西欧世界との遭遇、キリスト教との遭遇――作品『留学』から『沈黙』へ、『沈黙』から『深い河』へ」『あなたにとって神とは？』（女子パウロ会、二〇一四年六月）
笠井秋生「『スキャンダル』から『深い河』へ――「創作日記」を読み解きながら」（「遠藤周作研究」二〇一四年九月）
長原しのぶ「遠藤周作『反逆』論――『深い河』に展開する〈生〉の循環」（「遠藤周作研究」二〇一五年九月）
加賀乙彦「『沈黙』と『深い河』について」（「三田文学」二〇一六年七月）
松田真理子「マザー・テレサによる「死にゆく人々」の看取りと遠藤周作の『深い河』」『医療心理学を考える――カウンセリングと医療の実践』（晃洋書房、二〇一六年八月）

島薗進「すべての祈りを包む河――遠藤周作『深い河（ディープ・リバー）』」『宗教を物語でほどく――アンデルセンから遠藤周作へ』（NHK出版新書、二〇一六年八月）
増田斎「遠藤周作『深い河』における身体論――成瀬美津子像の変遷」（「遠藤周作研究」二〇一六年九月）
金珍赫「特別掲載　苦難のしもべの行く旅路――遠藤周作『深い河』における傷つきやすき英雄、女性神、精神的変革」（「キリスト教文化」二〇一六年一一月）
余盼盼「遠藤周作『深い河』論――啓子の実像とその真の役割」（「遠藤周作研究」二〇一七年九月）
兼子盾夫「神学と文学の接点『深い河』と『創作日記』再訪――宗教多元主義 VS. 相互的包括主義」（同誌）
笛木美佳「遠藤周作「深い河」論――グレアム・グリーン「燃えつきた人間」の受容について」（「学苑」二〇一八年一月）
長谷川（間瀬）恵美『深い河の流れ――宗教多元主義への道』（春風社、二〇一八年八月）
兼子盾夫『遠藤周作による象徴と隠喩と否定の道――対比文学の方法』（キリスト新聞社、二〇一八年一〇月）
余盼盼「遠藤周作『深い河』に見る宗教とジェンダーの交錯――美津子の〈真似事〉と〈母〉の問題を中心に」（「キリスト教文学研究」二〇一九年四月）
大塩香織「遠藤周作『深い河』論――『スキャンダル』成瀬夫人から『深い河』成瀬美津子へ」（「遠藤周作研究」二〇一九年九月）
桑原理恵「〈芸術交流体〉の証しとしての『深い河』」（同誌）
ヴェベル・ミハエル「『深い河』――遠藤周作の再発見」（「比較日本学教育研究部門研究年報」二〇二〇年三月）
阿部曜子「グレアム・グリーン『ヒューマン・ファクター』を読む――遠藤周作『深い河』への影響を中心に」（「遠藤周作研究」二〇二〇年九月）

響存する霊性

若松　英輔

作者である山根道公は、遠藤周作研究の第一人者であるだけでなく、八木重吉、宮沢賢治の霊性を論じながら、詩と信仰、あるいは文学と宗教のあいだにある高次の緊張を論究してきた批評家でもある。この著作は、いわば遠藤周作の遺言の解読だといえる。

本文は三部からなっている。第一部は小説『深い河』の精読、第二部は、『深い河』と遠藤周作の文学世界、宮沢賢治とマザー・テレサとの霊性的響振を追究した論考、第三部は、遠藤周作が残した『深い河』の創作日記や遠藤が主宰したキリスト教芸術センターなど、創作活動に随伴して営まれた未公開だった記録が資料として収録されている。

第一部は、六章からなり、それぞれの章に副題がつけられている。「愛する者の死後の行方をさがす旅」、「イエスの愛に生きる旅」、「真の愛をさがす旅」、「動物との魂の交流を求める旅」、「戦友の死後の平安を祈る旅」、「魂の故郷を求める旅」。もちろん、小説には、このような副題はついていない。そもそも、山根が指摘しているように、『深い河』はほかの「純文学書き下ろし長編」と同じく、完全数を意味する十二に一つ加えた、十三章からなっている。たとえ、『深い河』を手にしたことのない読者でも、第一部の序章さえ読めば、そのとき心に響く主題を選び、どこから読んでも作者を導者に『深い河』の世界とその源泉をさぐる道程に参入することができるように構成されている。

どの作品にも来歴はある。だが、本書においてそれは、特別の意味を持つ。一つは書かれた動機と作者がそこに費やした、あるいは作品がおのずから動き始めるのを待たなくてはならなかった時間である。山根が本書の第一部を発表しはじめたのは、一九九三年九月、『深い河』刊行の三カ月後である。以来連載は季刊の雑誌で二年間続けられた。第一部「『深い河』を読む」が書かれたとき、遠藤周作は存命だった。それを読んだ遠藤は、作者の「読み」を高く評価する言葉を伝え、書き上がったなら出版社を紹介すると約束していたという。

遠藤周作が亡くなって、今年で十五年になる。この本もまた、書き始められてから完成に十五年の歳月を要した。さらに、作者が遠藤周作の作品に深く親しみ始めてからの期間を数えるなら、年数は倍化するだろう。そうした積年の蓄積は作品の随所に無音の「言葉」となってちりばめられている。それらを「読む」、あるいは行間に感じるのも、読む者の楽しみである。

たとえば、山根は『深い河』執筆以前に書かれた遠藤の小品エッセイを丹念に読み解き、遠藤周作が狭義の教義的世界から逸脱していくことに随伴する。こうした試みは従来の遠藤論にはなかった。「また、人生は、生活とは異なる次元にある、と遠藤周作が明確に書いたのは、『満潮の時刻』以降である」、そう端的に指摘する作者の筆致からも、彼がいかに遠藤周作の作品に親しみ、また読みを重ねてきたかを感じ取ることができる。あるいは、山根は、主人公の一人磯辺が、妻の末期のガンを医師から告げられる場面に触れ、ギィーっときしむ音を立てながら椅子を回転させ、磯辺にその残酷な事実を伝えようとする医師の何気ない姿に、生活の次元から、人生の次元への強制的な転換を求められることの「徴（しるし）」を見ようとする。

優れた作品は、書かれただけでは「完成」しない。作品は「完成」以後も育ってゆく。完成への道行きは、読者の手にゆだねられているのである。遠藤が、作者を評価したのは、単に自分の意図をくみ取ってくれたからだけではないだろう。山根の指摘のいくつかは、小説を書いた遠藤をも驚かせ、思いもしなかった展開の予兆を感じ取らせていたのではないだろうか。

本当の意味での批評は、論じられる対象の協同なくしては生まれない。本書を読みながら感じるのは、遠藤周作の「助力」である。それは、単に生前の遠藤が協力を惜しまなかった事実を指すのではない。死者である遠藤周作が、書き手である山根と共に、作品を完成に近付けようとする風景すら、かいま見ることができる。

すべからく人は、死ぬ。死は、存在の消滅を意味するのか。死者は存在するのか、存在するなら、生者と死者の間には交わりがあるのか。死者の問題は、『深い河』において、遠藤が私たちに問うた根本問題だった。山根道公も、本書でその問題を継承する。魂はときに死者の異名として論じられる。ここでいう死者とはすなわち、死後も生者との交通をつづけ、現実世界に介入する者、「生ける死者」である。この本が書かれたのは、3・11の半年ほど前である。だが、本書は今、ふたたび読まれることを待っている。

本書の第二部で、山根は宮沢賢治とマザー・テレサを『深い河』と出会わせる。ここで試みられているのは、単に遠藤の文学世界と賢治やマザー・テレサの精神性が似ていることを指摘する、水平的な比較ではない。彼が見出そうとするのは、霊性の響振である。

山根の目に、先人たちの営みは、自己を表現することよりも、何かにむかって自己を沈めて行くことのように映っただろう。個は、表現をもとめるのではなく、身をかがめて超越に飲みこまれていく。それは個が、滅することを意味しない。個は、無尽の他と結びつくことにおいてはじめて「個」たり得ることが、小説の主人公大津やマザー・テレサの営みを通じて描かれる。

大津やマザーにとって、救われる対象はすでに自己ではなく、眼前の他者でありまた、死者すなわち不可視なる他者である。だが、その道を行くなかで明らかになるのは、他者の救済を願う自分であるよりも、他者に救われている自分である。『深い河』に登場するほかの人物たちが体現しているのもまた、同質の事実である。

また、全編を通じて、ことに賢治との対峙において、山根が自身の実存を賭けて問うのは、宗教と原宗教の問題である。キリスト者はキリスト者のままで、他の信仰者とつながることができる。真実の意味で手を結ぶためにこそ、キリスト者に留まりながら他の信仰にあるいは、信仰を持たない人々のなかへ自分をなげうつ。真実の意味での連帯を築き上げるために、その信仰を生き抜く。

作者の批評家としての力量がうかがわれるのは、引用である。批評は、引用し、沈黙するに極まるといった小林秀雄の言葉を、本書を読みながらしばしば思った。次に引くガンディーの言葉は、その一例である。

地上には一つの宗教しかあり得ない、あるいは、将来ただ一つの宗教だけが存在することになるだろう、などというようなことを信じている人がいるが、私は違う。だからこそ私は、諸々の宗教に共通する要素を見出し、お互いの寛容さを引き出そうとしているのである。

信仰は個に宿る。しかし、恩寵はしばしば、個を乗り越えて、無数の他者へと広がってゆく。個は個のままに、与えられた場所を掘らねばならない。そうした詩と信仰の秘儀を、作者は静かに語っている。

遠藤周作はもちろん、宮沢賢治、マザー・テレサも、山根を導く者である。先人三人は松明を掲げる。彼は、その光が指し示す道を歩む。それぞれの霊性が出現してくる始原に、彼もまた触れ、その経験を読者と分かち合おうとする。本書を手に取るものは、言葉にふれながらも、眼には光に随いひたすらに歩いてきた作者の姿をまざまざと見るだろう。

（わかまつ・えいすけ／批評家

「ノートルダム清心女子大学キリスト教文化研究所年報」34号、二〇一二年三月所収）

改訂復刊あとがき

本書は二〇一〇年に朝文社より刊行されたが、その後、出版社が廃業となり、品切れのまま再版できず、入手困難な状態になっていた。そうした中で二〇二一年にNHK「こころの時代」で、「遠藤周作没後25年　遺作『深い河』をたどる」が二回シリーズで放映された。その番組は、遠藤周作と志を共にした井上洋治神父が主宰していた「風の家」に集う青年として共に学び、その志を受け取った批評家の若松英輔氏と私との『深い河』をめぐる対談を軸にしつつ、主人公の大津のモデルでもある井上神父も取り上げたもので、アンコール放送もされ好評であった。そこで、本書が取り上げられたこともあって、多くの方から入手できないかと復刊の要望が寄せられていた。その要望に応えて、『遠藤周作と井上洋治――日本に根づくキリスト教を求めた同志』を刊行していただいている日本キリスト教団出版局によって、今回、遠藤周作生誕百年記念の遠藤周作探究シリーズの一巻として、復刊の運びとなった。

『深い河』には、様々に対立の火種になっている宗教が、マザー・テレサのような愛と寛容の霊性によって平和を実現する方向に進むことを願う遠藤の思いが込められている。キリスト教の信仰に根ざす国同士が対立し、憎しみ争う現在の世界において、『深い河』が改めて深く読まれ、一人ひとりが平和を創る宗教のあり方をめぐって考えるために、そうした視点からも『深い河』を読み解いている本書の復刊が少しでも役立つことを願わずにはいられない。

全体にわたって旧版の文章を読みやすくするため、復刊するにあたって手を加えたが、序章については「愛と寛容」のテーマにも関わる遠藤文学の根底にある「夕暮の眼差し」を探究した文章に書き換えた。それは、「遠藤周作の晩年とその文学」を特集した「三田文学」（97・秋）に「遠藤周作――夕暮の眼差し」と題して発表した文章に、旧版の序章の追悼文「夕焼けのレクイエム」（初出は「風」43号）も取り込みながら大幅な加筆をしたものである。

さらに、資料としては旧版の「『深い河』創作日記」主要人物変遷表と日本キリスト教芸術センター関係資料は割愛し、『深い河』研究文献に最新の論文を追加した。また、若松英輔氏が旧版に寄せられた書評を、本書に加えさせていただいた。本書収録をご快諾くださった若松氏には深謝したい。

また、本書の装丁に使用されている夕焼けの絵は、私の妹で和紙ちぎり絵作家の斉藤泉によるもので、本書のイメージを受け取って、茜色の夕焼けの慈光に包まれる世界を見事に表現してくれた。心より感謝したい。

最後に、本書の出版に当たってご尽力いただいた日本キリスト教出版局の皆様、特に加藤愛美氏に深く感謝申し上げたい。

二〇二三年一月　「岡山　風の家」にて

山根道公

著者　**山根道公**（やまね・みちひろ）

【略歴】

1960年岡山県生まれ。早稲田大学第一文学部卒、立教大学大学院修了、ノートルダム清心女子大学キリスト教文化研究所教授。博士（文学）。遠藤周作学会代表。日本キリスト教文学会中国支部長。日本文学とキリスト教を研究テーマとして、遠藤周作を中心に八木重吉、宮沢賢治、芥川龍之介等に関する論文、著作を発表。また、遠藤と志を共にする井上洋治神父が日本におけるキリスト教の文化内開花（インカルチュレーション）を目的に1986年より創めた「風（プネウマ）の家」運動を共にし、その機関誌「風（プネウマ）」の編集・発行を担う。同じ頃より遠藤らが設立した日本キリスト教芸術センターの会員となり、月曜会に参加。

現在も、「風の家」運動を引き継ぎ、「風」発行、風編集室YouTubeチャンネル動画配信などの活動に携わる。

【著書・監修等】

〈単著〉

『遠藤周作――その人生と「沈黙」の真実』（日本キリスト教文学会奨励賞）、『遠藤周作『深い河』を読む――マザー・テレサ、宮沢賢治と響きあう世界』、『遠藤周作と井上洋治――日本に根づくキリスト教を求めた同志』。

〈監修・編者等〉

遠藤没後に刊行開始の『遠藤周作文学全集』全15巻（1999–2000年）の解題、年譜・著作目録を担当。遠藤没後10年に『落第坊主を愛した母』監修。井上洋治神父帰天を受けて『井上洋治著作選集』全11巻（2015–19年）編者・解題を担当。遠藤没後25年に遠藤作品の全容を提示した『遠藤周作事典』（遠藤周作学会編2021年）共同責任編者。『Handbook of Japanese Christian Writers』（2022年）共同編者。

〈共著〉

『遠藤周作を読む』、『遠藤周作――挑発する作家』、『風のなかの想い――キリスト教の文化内開花の試み』、『イーハトーヴからのいのちの言葉――宮沢賢治の名言集』、『文学における神の物語』『福音の喜び――人々の中へ、人々と共に』等。

遠藤周作探究Ⅱ

遠藤周作『深い河』を読む　マザー・テレサ、宮沢賢治と響きあう世界

2023年　2月25日　初版発行

著者 …………山　　根　　道　　公

発行 …………日本キリスト教団出版局

〒169-0051　東京都新宿区西早稲田2-3-18

電話・営業03（3204）0422、編集03（3204）0424

https://bp-uccj.jp

印刷・製本 … 三秀舎

ISBN 978-4-8184-1127-2　C0095

Printed in Japan